LE JUGEMENT DERNIER

Le Cercle de la Croix, Belfond, 1998, et Pocket, 1999
L'Affaire Raphaël, Belfond, 2000, et 10/18, 2002
Le Comité Tiziano, Belfond, 2000, et 10/18, 2002
L'Affaire Bernini, Belfond, 2001, et 10/18, 2002
Le Songe de Scipion, Belfond, 2002

IAIN PEARS

LE JUGEMENT DERNIER

Traduit de l'anglais
par Georges-Michel Sarotte

belfond
12, avenue d'Italie
75013 Paris

Titre original :
THE LAST JUDGEMENT
publié par Victor Gollancz Ltd, Londres

Si vous souhaitez recevoir notre catalogue
et être tenu au courant de nos publications,
envoyez vos nom et adresse,
en citant ce livre,
aux Éditions Belfond,
12, avenue d'Italie, 75013 Paris.
Et, pour le Canada, à
Havas Services Canada LTEE,
1050, bd René-Lévesque-Est,
Bureau 100,
Montréal, Québec, H2L2L6.

ISBN 2-7144-3782-6

Certains des bâtiments et des tableaux mentionnés dans ce livre existent, d'autres sont inventés, et tous les personnages sont imaginaires. S'il y a bien un service chargé de la protection du patrimoine artistique dans une caserne du centre de Rome, je l'ai fait arbitrairement dépendre de la police et non pas des carabiniers afin de souligner que celui qui est ici représenté n'a rien à voir avec l'original.

À mes parents

1

Médusé, Jonathan Argyll s'immobilisa devant la violence de la scène qui se présenta soudain à ses yeux lorsqu'il se retourna. Appuyé au dossier du fauteuil, le mourant supportait stoïquement les affres de la mort. Sur le sol, une fiole qu'il venait de laisser choir. Il n'était pas nécessaire d'être grand clerc pour deviner qu'elle avait contenu du poison. Exsangue, le bras flasque, le mourant laissait pendre son poing serré. À gauche, un groupe d'amis et d'admirateurs le veillaient, éplorés, courroucés ou simplement bouleversés devant un tel spectacle.

La tête, surtout, captait l'attention : si les yeux étaient exorbités, vitreux, l'expression du visage était digne et sereine. C'était celui d'un martyr à l'agonie qui savait qu'on pleurerait sa mort. Loin de mettre un terme à sa gloire, son trépas ne ferait que l'accroître et l'exalter.

« Pas mal, hein ? dit la voix tout près de lui.

— Ah oui ! Tout à fait. »

Il plissa les yeux à la manière des professionnels. Il s'agissait sans doute de la mort de Socrate, entouré de ses disciples : après avoir été condamné à mort pour avoir corrompu la jeunesse, le vieux philosophe avait bu la ciguë. Ce n'était pas du mauvais travail dans l'ensemble, mais ça ne devait pas être donné. École française *circa* 1780, et le tableau coûterait sûrement plus cher si on l'achetait à Paris. Comme c'était souvent le cas, cette pensée le refroidit. Y jetant un nouveau coup d'œil, Argyll se convainquit qu'après tout il n'était pas si intéressant que ça. À l'évidence, le peintre était peu connu. La toile nécessitait quelque restauration. En y regardant de plus près, il décida que la scène était traitée avec une grande froideur, voire une certaine raideur. L'état actuel de son compte en banque acheva de le conforter dans ses positions. Ce n'est pas pour moi, conclut-il, soulagé.

Cependant, il se devait de faire les frais de la conversation.

« Vous en demandez combien ?

— C'est déjà vendu, répondit le galeriste. Je l'espère, en tout cas. Je suis sur le point de l'envoyer à un client de Rome.

— Qui est le peintre ? » demanda Argyll, un peu jaloux d'apprendre que quelqu'un avait réussi à vendre un tableau. Voilà des mois que ça ne lui était pas arrivé. En faisant un bénéfice, à tout le moins.

« C'est signé Jean Floret. Je ne sais rien sur lui, mais ce n'est pas, disons, un peintre de tout premier plan. Heureusement, ça n'a pas l'air de gêner mon client ! Tant mieux ! »

Le galeriste, un vague confrère qui par le passé lui avait pris un ou deux dessins, contempla le tableau avec satisfaction. Argyll ne le trouvait guère sympathique, un peu trop malin sur les bords pour lui... Quand on quittait ce genre de personnage, on avait intérêt à se tâter les poches pour vérifier que chéquiers et cartes de crédit étaient toujours en place. Non qu'il se fût un jour mal conduit envers le jeune Anglais, mais celui-ci était bien décidé à ne jamais lui en fournir l'occasion. Il avait vite appris à connaître les mœurs du marché de l'art. Les négociants, plutôt courtois et serviables dans l'ensemble, se comportaient de manière fort bizarre dès qu'il était question d'argent.

Il se trouvait dans la galerie de Jacques Delorme, une galerie située vers le milieu de la rue Bonaparte, à quelques centaines de mètres de la Seine. C'est une rue bruyante, très polluée, bordée de librairies, de boutiques d'estampes et de reproductions, ainsi que de magasins d'antiquités de second ordre dont les propriétaires, en général de fins connaisseurs, vendent des tableaux médiocres. À la différence des riches marchands du Faubourg-Saint-Honoré qui refilent des croûtes hors de prix à des étrangers pleins de fric et dépourvus de bon sens. Cela rend plus agréable la compagnie des antiquaires de la rue Bonaparte, même si l'ambiance y est moins sélecte. La galerie de Delorme était un peu miteuse et les voitures klaxonnaient dangereusement près de l'entrée. Il s'agit en effet d'une de ces rues parisiennes où les trottoirs ne sont rien moins que symboliques. Le temps n'arrangeait rien : le ciel était plombé, et depuis l'arrivée d'Argyll, deux jours auparavant, il pleuvait presque sans interruption. Légère mais persistante, la pluie se déversait dans les caniveaux qui se vidaient en gargouillant dans les bouches d'égout. Il lui tardait de rentrer chez lui, à

Rome, où le soleil brillait encore, même à la fin septembre.

« C'est pas trop tôt, pour être franc ! reprit Delorme d'un ton enjoué. La banque commençait à me harceler. Le montant de mes emprunts était trop élevé et ils ne voulaient plus me suivre. Vous connaissez la chanson. Une fois que ce tableau sera payé, je serai tranquille pendant quelque temps. »

Argyll hocha la tête en s'efforçant d'avoir l'air compréhensif. Il ne possédait pas de galerie mais, même en réduisant ses frais au minimum et en travaillant chez lui, il avait beaucoup de mal à joindre les deux bouts. Le marché était déprimé, et ce qui était encore plus déprimant, c'était la conversation des confrères dont l'unique sujet était la crise actuelle.

« Qui est donc ce riche personnage ? demanda Argyll. Il n'aurait pas besoin, par hasard, de belles pièces baroques au sujet religieux ?

— Vous en avez un surplus, c'est ça ?

— Une ou deux.

— Désolé. Pas que je sache, en tout cas. Il ne veut que ce tableau. Mon seul problème, c'est de les mettre en contact, lui et le tableau, suffisamment vite pour apaiser mes créanciers.

— Alors, bonne chance ! Vous l'avez depuis longtemps ?

— Non. Je n'investirais pas dans ce genre de chose sans être certain de pouvoir le placer très rapidement. Surtout en ce moment. Vous voyez ce que je veux dire... »

Certes. Argyll se trouvait lui-même dans une situation similaire. Un marchand d'art bien organisé doit agir comme n'importe quel autre commerçant. Petit stock, grande vitesse de rotation. Mais, pour une raison inconnue, le commerce des tableaux paraissait obéir à d'autres lois. Les peintures sont faites pour être achetées même s'il n'y a pas le moindre client en vue. Argyll en détenait donc tout un tas – certaines depuis plusieurs mois –, et les acheteurs ne se bousculaient pas.

« Bon. Pour revenir à ces dessins... », poursuivit Delorme.

Ils négocièrent pied à pied. Les choses étaient simples : la banque de Delorme faisait pression sur lui pour qu'il vende quelque chose, et Argyll avait pratiquement reçu l'ordre d'acheter les dessins quel qu'en soit le prix. Pour le moment, le jeune Anglais s'en tirait grâce à son emploi à temps partiel d'agent pour l'Europe d'un musée américain. Autrement, il eût été en fort mauvaise posture. Des mois auparavant, le musée avait décidé de se constituer une collection d'estampes et de dessins, car, s'il possédait bien une salle consacrée aux estampes et aux dessins, celle-ci était vide. Voilà pourquoi, Argyll ayant signalé l'existence d'un dossier Boucher circulant sur le marché parisien, on lui avait enjoint de s'empresser de l'acquérir. Et si autre chose se présentait par la même occasion...

Il s'était exécuté aussitôt. Quand il était passé voir Delorme, qu'il connaissait depuis une année environ, le Français avait mentionné une esquisse de Pontormo. Après un bref coup de fil en Californie la négociation avait pu s'engager.

Le marchandage auquel ils prirent plaisir l'un et l'autre se termina à la satisfaction des deux parties. Le montant de la transaction fut certes plus élevé que si l'esquisse avait été vendue aux enchères, cependant le prix était correct. Avec un rien de sadisme, Argyll sut profiter de la situation financière de Delorme. Un des atouts du musée Moresby était qu'il payait rubis sur l'ongle. La facture serait réglée dès réception de l'esquisse et, dans une atmosphère cordiale, l'affaire fut scellée par une tasse de café et une poignée de main. Désormais, seul un semblant de contrat manquait.

Restait encore la corvée de l'expédition en Californie de tous ces dessins. Argyll savait tout juste naviguer dans le labyrinthe de la bureaucratie italienne, mais en France c'était une autre paire de manches. Il appréhendait de passer les deux journées suivantes à faire le pied de grue dans divers bureaux parisiens pour tenter d'obtenir une signature au bas de chaque document.

C'est alors – peut-être sur une allusion de Delorme – qu'une idée extraordinairement brillante par sa simplicité germa dans son esprit.

« Dites donc un peu..., commença-t-il.

— Hum ?

— Ce tableau... Votre *Mort de Socrate*... Et si je le livrais pour vous à votre client romain ? En échange, vous pourriez vous charger de la paperasse concernant mes dessins et de leur expédition. »

Delorme réfléchit.

« Ce n'est pas une mauvaise idée. Pas mauvaise du tout. Quand comptez-vous partir ?

— Demain matin. Je n'ai plus rien à faire ici, à part me procurer toutes les licences d'exportation. »

Le Français soupesait le pour et le contre.

« Pourquoi pas ? fit-il enfin. Pourquoi pas, en effet ? D'ailleurs, ce sera plus aisé que vous ne pouvez l'imaginer.

— Faudra-t-il aussi un permis d'exportation ? »

Delorme secoua la tête.

« Théoriquement peut-être. Mais il ne s'agit que d'une formalité. Ne vous en faites pas. Je vais m'en occuper. Emportez-le et je régulariserai auprès des autorités concernées. »

D'accord, ce n'était pas tout à fait légal. Mais il ne s'agissait pas de sortir de France *La Joconde*. Le seul ennui, c'est qu'il serait obligé de transporter lui-même le tableau. Emballeurs et affréteurs exigent des tas de papiers officiels constellés de toutes sortes de tampons.

« Qui est l'heureux acheteur ? » demanda Argyll en s'apprêtant à griffonner le nom et l'adresse au dos d'un paquet de cigarettes. Bizarrement il était passé à côté de la génération des agendas-classeurs Filofax.

« Un certain Arthur Muller, répondit Delorme.

— Son adresse ? »

Delorme fouilla un peu partout (il était presque aussi désordonné qu'Argyll) et finit par dénicher l'adresse en question. Il s'agissait d'une rue inconnue d'Argyll, située dans un quartier rupin du nord de Rome. Il pourrait s'y rendre sans problème. Évidemment, un jeune négociant international en œuvres d'art plein de promesses comme lui aurait pu se passer de jouer les coursiers pour un confrère, mais cela simplifierait les choses, et c'est ce qui comptait. Ravi d'avoir ainsi réglé ses affaires, il quitta la boutique pour aller déjeuner.

Le lendemain matin, il buvait un café dans la grande brasserie de la gare de Lyon, en attendant l'heure du départ. Le train, prévu vingt minutes plus tard environ, l'emmènerait vers le sud. S'il était très en avance – il y avait déjà à peu près une demi-heure qu'il était là –, c'était dû à un ensemble de facteurs. D'une part, il ne supportait pas de rater le train et aimait l'ambiance fiévreuse qui régnait dans les gares. D'autre part, de toutes les gares du monde, celle-ci était sa préférée. Elle apportait une touche méditerranéenne au lugubre climat du nord de l'Europe. Les rails se perdaient dans le lointain vers ces lieux pleins de promesses qu'il avait adorés bien avant d'avoir quitté son île glaciale pour les voir de ses propres yeux. Lyon, Avignon, Marseille, Nice ; ensuite Gênes, puis les collines de Toscane, Pise, Florence ; et enfin la campagne romaine en direction de la capitale, avant de se diriger encore plus au sud jusqu'à Naples. Chaleur, soleil, bâtiments ocre brun, et cette nonchalance, cette tranquillité, totalement inconnues dans les contrées baignées par la mer du Nord.

La gare elle-même annonçait cette atmosphère par son architecture exubérante et son restaurant au chic un peu obsolète, ridicule mais absolument charmant, plein de dorures, de corniches et de moulures en plâtre, de tableaux, évoquant le paradis terrestre au-delà des voies. Cela suffisait presque à faire oublier au voyageur le plus blasé qu'il se trouvait à Paris, où une froide pluie d'automne tombait à verse, inlassablement.

L'endroit étant à moitié vide, Argyll fut surpris d'avoir soudain de la compagnie. Un homme, pas loin de la quarantaine, s'installa à sa table après lui avoir courtoisement demandé la permission. Vêtu d'un ample imperméable vert et d'une veste grise, sobre mais de grande qualité, il ressemblait en tout point à l'image qu'un étranger se fait du Français. Beau visage brun, avec pour seul défaut une petite cicatrice au-dessus du sourcil gauche, en partie cachée par des cheveux châtain foncé dont une mèche tombait sur un grand front bombé – coupe que semblent affectionner les Français d'un bon niveau intellectuel et social. Argyll hocha poliment la tête, l'inconnu fit de même et, une fois les civilités d'usage terminées, les deux hommes se plongèrent dans leurs journaux respectifs.

« Excusez-moi, dit le nouvel arrivant au moment où Argyll venait d'atteindre la moitié du compte rendu déprimant d'un match de cricket en Australie, auriez-vous du feu ? »

Argyll fouilla dans sa poche, en tira une boîte d'allumettes aplatie, puis un paquet de cigarettes. Tous deux étaient vides. Ça devenait sérieux.

Ils s'apitoyèrent brièvement sur leur sort, puis l'Anglais songea aux terribles conséquences d'un voyage de plus de quinze cents kilomètres sans nicotine.

« Si vous me gardez mes affaires, reprit l'homme, je vais aller en acheter sur le quai. Moi aussi, il m'en faut un paquet.

— Vous êtes très aimable.

— Au fait, auriez-vous l'heure ? » demanda l'autre en se levant.

Argyll consulta sa montre.

« Dix heures et quart.

— Ah zut ! Ma femme ne devrait pas tarder. Et elle se met dans tous ses états si elle ne me trouve pas là où je suis censé être. Je crains que nous ne devions nous en passer. »

Après réflexion, Argyll, mis en confiance, proposa à son tour d'y aller.

« Vous feriez ça ? C'est très aimable à vous », déclara le Français.

Il sourit d'un air encourageant et promit à Argyll de surveiller ses bagages jusqu'à son retour. L'une des qualités de la confrérie internationale des fumeurs, c'est que ses membres sont prêts à s'entraider. Quand on appartient à une minorité assiégée et persécutée, on se serre les coudes.

Il venait de franchir le seuil du restaurant lorsqu'il s'aperçut qu'il n'avait pas d'argent sur lui. Toute sa monnaie était restée dans la poche de son manteau, plié sur la chaise. Il poussa un juron, fit demi-tour et remonta l'escalier en direction du bar.

Comme le lui expliqua plus tard Flavia, quoiqu'il n'ait plus eu besoin qu'on lui fasse un dessin, c'était là la plus vieille entourloupe du monde. Entamez la conversation avec votre victime, gagnez sa confiance, détournez son attention. Comparé à quelqu'un d'aussi peu méfiant et d'aussi naïf qu'Argyll, même un gamin aurait mieux défendu ses bonbons.

Mais la Providence, en cette matinée de grisaille, était dans son camp. Il pénétra dans la brasserie juste au moment où la personne censée garder ses bagages disparaissait par la porte du fond. Avec, calé sous son bras, un paquet d'environ quatre-vingt-dix centimètres sur soixante enveloppé dans du papier kraft. À peu près la taille moyenne des tableaux représentant la mort de Socrate...

« Ohé ! » hurla Argyll, affolé.

Il se lança alors dans une course-poursuite effrénée, tandis qu'il envisageait avec désespoir la suite. Le tableau ne valait pas grand-chose, mais Argyll était certain que son compte en banque ne résisterait guère au choc, s'il devait le rembourser. Ce n'est pas le courage qui lui fit traverser le bar comme une flèche, puis dévaler les escaliers quatre à quatre, mais la peur de voir le tableau lui échapper. Certains marchands sont assurés contre cette sorte de risque, mais les compagnies d'assurances, même les plus compréhensives, ne remboursent pas facilement un vol de tableau commis dans de telles conditions...

Le sport n'était pas son fort. Courir après un ballon sur un terrain boueux et glacial n'avait jamais motivé Argyll. Il faisait assez bonne figure dans une partie de croquet distinguée, mais n'avait aucune prédilection pour de plus grands exploits sportifs.

Le placage au vol qu'il exécuta après une course folle en se jetant sur les jambes du Français qui filait à l'anglaise était d'autant plus miraculeux qu'il était sans précédent. Un spectateur parmi la foule du hall ne put s'empêcher d'applaudir – plus que tout autre nationalité les Français apprécient l'élégance sur un terrain de rugby – la précision avec laquelle il fendit l'air au ras du sol, attrapa les genoux du fuyard, le fit tomber, effectua un demi-roulé-boulé, ramassa le paquet et se redressa en serrant le trophée contre sa poitrine.

Le malheureux ne comprit pas ce qui lui arrivait : la violence de l'attaque d'Argyll et la chute sur le sol en ciment lui coupèrent le souffle et lui causèrent, semble-t-il, de graves dommages à la rotule droite. S'il avait eu la présence d'esprit d'appeler la police, Argyll eût pu facilement tirer quelque argent de sa mésaventure, mais il était bien trop occupé à serrer la peinture contre son cœur, soulagé d'avoir gagné la bataille et consterné par sa propre bêtise.

Lorsque Argyll eut suffisamment recouvré ses esprits, le voleur avait disparu dans la cohue, très dense en ce milieu de matinée, de la salle des pas perdus.

En regagnant le bar, Argyll s'aperçut qu'un jeune filou avait profité de son absence pour embarquer sa valise. Mais elle ne contenait que du linge sale, des livres et quelques autres effets. Rien d'important en comparaison. Il éprouva presque un sentiment de reconnaissance.

2

« Tout ce que je peux dire, c'est que tu as eu une sacrée veine, dit Flavia di Stefano bien plus tard ce jour-là, une fois qu'Argyll, affalé dans un fauteuil, eut terminé son récit en se resservant à boire.

— J'en suis conscient, répondit-il, fatigué mais heureux d'être enfin chez lui. Tu aurais été fière de moi, malgré tout. J'ai été magnifique. J'en ai été le premier surpris.

— Un de ces jours, ça pourrait être plus grave.

— Ça, je le sais aussi. Mais ce jour n'est pas encore arrivé, et pour le moment c'est tout ce qui compte. »

Pelotonnée sur le divan, son amie le regarda avec une certaine désapprobation. Selon son humeur elle jugeait sa naïveté très amusante ou terriblement agaçante. Ce soir-là, parce qu'elle ne l'avait pas vu depuis cinq jours et qu'il s'en était tiré honorablement, elle était encline à pardonner. Étrange, à quel point elle avait ressenti son absence dans l'appartement. En neuf mois de vie commune, c'était la première fois qu'il était parti en voyage sans elle. En neuf mois, elle s'était de toute évidence habituée à sa présence. C'était très bizarre. Il y avait des années qu'elle n'avait pas regretté d'être seule, de ne s'occuper que d'elle-même et que la totale liberté d'agir à sa guise l'avait déboussolée.

« Puis-je voir la raison de cet exploit sportif ? demanda-t-elle en s'étirant et en désignant le paquet.

— Hein ?... Je ne vois pas pourquoi tu ne le pourrais pas. » Il s'extirpa du fauteuil et alla chercher l'objet en question dans un coin de la pièce. « Je doute que ce soit tout à fait ton genre de peinture. »

Il s'affaira quelques instants avec des couteaux et des ciseaux, déchira l'emballage, et en dégagea le tableau qu'il posa sur le bureau près de la fenêtre, faisant tomber par terre une liasse de lettres, un paquet de linge, une tasse sale et une pile de vieux journaux.

« Quel foutoir ! Cet endroit est un vrai débarras... Bon ! poursuivit-il en reculant d'un pas pour admirer, l'air songeur, les derniers moments de Socrate. Qu'en penses-tu ? »

Flavia examina le tableau en silence pendant un certain temps, remerciant brièvement la Providence qu'il ne dût demeurer que quelques jours dans leur petit appartement.

« Eh bien, ça réduit à néant l'hypothèse selon laquelle il s'agit d'un voleur d'œuvres d'art professionnel, déclara-t-elle ironiquement. En d'autres termes, quelle personne sensée risquerait la prison pour avoir dérobé un truc pareil ? Il aurait mérité que tu le lui laisses.

— Allons ! Allons ! Ce n'est pas si moche que ça. Bien sûr, ce n'est pas un Raphaël, mais c'est pas trop mal quand même. »

L'ennui avec Argyll c'est qu'il ne possédait pas le moindre penchant pour la banalité. La plupart des gens, comme Flavia avait tenté de le lui expliquer, avaient des goûts ordinaires, tout simples. Tableaux impressionnistes. Paysages. Portraits de femmes sur des escarpolettes laissant voir un petit bout de cheville. Enfants. Chiens. Voilà, s'efforçait-elle parfois de le convaincre, comment on pouvait gagner sa vie en vendant ce qui plaisait aux gens.

Mais les goûts d'Argyll n'avaient absolument rien de conventionnel. Plus la référence classique, biblique ou allégorique était obscure, plus il était fasciné. Il pouvait délirer devant un sujet mythologique traité de façon originale mais s'étonnait toujours que les clients potentiels le prennent pour un fou.

Certes, il faisait des progrès, apprenant à faire passer au second plan ses préférences pour les peintres abscons, afin de fournir aux clients ce qu'ils souhaitaient réellement acheter plutôt que ce qui, selon lui, élèverait leur esprit. Mais cela lui demandait des efforts, et à la moindre occasion son penchant naturel pour l'obscur reprenait le dessus.

Flavia soupira. Les murs de leur appartement étaient déjà couverts de tant d'héroïnes en pâmoison et de héros prenant la pose qu'il ne restait plus un espace libre. Argyll aimait ce décor, mais elle commençait à trouver oppressant d'être entourée de tant d'œuvres édifiantes. Si elle ne regrettait pas qu'il soit venu partager son minuscule appartement, elle n'avait toutefois pas prévu qu'il apporterait son stock de marchandises avec lui.

25

« Je sais ce que tu penses, dit-il, mais ça m'a épargné des tas de soucis. Et ça m'a aussi permis de gagner du temps. Entre parenthèses, continua-t-il en faisant un pas en arrière et en marchant sur un vieux sandwich astucieusement dissimulé sous le fauteuil, as-tu pensé à voir si ce nouvel appartement était encore disponible ?

— Non.

— Oh ! allons... Tôt ou tard, il va bien falloir déménager, tu sais. Regarde-moi ça ! Cet endroit est réellement insalubre. »

Flavia grommela. Sans doute était-ce un peu en désordre et réellement surchargé, mais de là à être un taudis insalubre... C'était son taudis à elle et elle avait fini par s'y attacher. Ce qui, sous le regard objectif d'Argyll, apparaissait comme un trou à rats, sombre, mal aéré et beaucoup trop cher constituait pour elle son chez-soi. En outre, le bail était à son nom. Tout nouveau bail serait cosigné par eux deux. À Rome, vu la pénurie de logements, un tel engagement était plus contraignant qu'un contrat de mariage en bonne et due forme. Ce n'était pas, quand elle était de bonne humeur, que ce dernier projet lui déplaisait, elle mettait seulement un temps fou à se décider. Et, bien sûr, on ne lui avait fait aucune proposition. C'était un point non négligeable.

« Va le visiter, toi. J'y réfléchirai... Entre-temps, quand sera-t-on débarrassés de ce truc-là ?

— Si par "ce truc-là" tu désignes une représentation tout à fait inhabituelle du thème de la mort de Socrate dans le style français néoclassique, alors la réponse est demain. Je vais le livrer au dénommé Muller et ainsi tu n'auras plus à le regarder. Mais parlons d'autre chose : que s'est-il passé ici pendant mon absence ?

— Absolument rien. Les délinquants se laissent vraiment aller. Depuis une semaine, on a l'impression de vivre dans un pays civilisé où règnent l'ordre et la loi.

— C'est atroce pour vous !

— Je sais. Pour tuer le temps Bottando peut toujours aller de réunion idiote en réunion idiote et déjeuner avec les collègues. Mais ça fait des jours que le reste du personnel se tourne les pouces en bayant aux corneilles. Pourquoi ? je n'en ai pas la moindre idée. Ce n'est sûrement pas parce que les escrocs ont trop peur d'être arrêtés...

— Vous en avez attrapé deux il y a quelques mois. Je m'en souviens très bien. Tout le monde a été très impressionné.

— C'est vrai. Mais c'est seulement parce que c'étaient des amateurs.

— Puisque tu n'arrêtes pas de te plaindre d'être débordée, il me semble que tu devrais en profiter. Pourquoi ne fais-tu pas du rangement ? La dernière fois que j'ai vu ton bureau, il était encore plus en désordre que l'appartement.

— Qu'est-ce que tu fabriques ? » demanda-t-elle, traitant la suggestion avec le mépris qu'elle méritait en voyant Argyll fouiller sous une montagne de papiers avant d'en extraire le téléphone.

« Je crois que je vais donner un coup de fil au Muller en question. Pour prendre rendez-vous. Ça fait toujours bien d'avoir l'air efficace.

— C'est un peu tard, tu ne penses pas ? Il est dix heures passées.

— Tu veux que je nous en débarrasse, oui ou non ? » répliqua-t-il tout en composant le numéro.

Comme prévu, le lendemain matin, juste après dix heures, il était devant la porte de Muller. Ce dernier, ravi de son appel, l'avait chaleureusement félicité de son efficacité et de sa courtoisie, et avait eu du mal à contenir son impatience. Si Argyll n'avait pas déclaré qu'il était épuisé, il aurait dû se rendre chez lui sur-le-champ.

Il ne savait pas à qui il avait affaire. L'appartement suggérait une certaine aisance. Delorme avait confié que son client était américain ou canadien, en tout cas il venait de l'autre côté de l'Atlantique. Agent commercial d'une firme internationale, Muller dirigeait les opérations en Italie. C'est du moins ce qu'Argyll avait cru comprendre.

À ses yeux, l'homme n'avait pas le physique de l'emploi. On ne l'imaginait pas en représentant commercial international qui contrôle des zones entières du monde, élabore froidement des stratégies de grande envergure pour pénétrer dans certaines régions, s'emparer de parts de marché et éliminer la concurrence. D'abord, il était encore chez lui à dix heures du matin, alors qu'Argyll croyait que ce genre de personne ne s'accorde que dix-sept minutes de répit par jour pour se laver, se changer, manger et dormir.

C'était un petit homme qui ne présentait en outre aucun signe apparent de mercantilisme pur et dur.

Le vaste tour de taille révélait à l'évidence des décennies d'un mauvais régime alimentaire. Arthur Muller était le type même de l'homme qui meurt dans la fleur de l'âge, son rapport poids/taille étant de ceux qui donnent des cauchemars aux diététiciens et les font se réveiller la nuit en poussant des cris d'effroi. Le cholestérol aurait dû l'expédier dans l'autre monde depuis une bonne trentaine d'années, à moins que son foie n'ait été plus vite en besogne.

Mais, en attendant, il était toujours là, ce petit gros, apparemment bien décidé à défier les statistiques médicales. Toutefois, son visage démentait quelque peu cette première impression : s'il semblait tout à fait content de voir Argyll devant sa porte, le paquet sous le bras, il ne respirait pas la joie de vivre. L'expression naturelle du visage paraissait presque mélancolique : c'était celle d'un homme qui n'espère pas grand-chose de la vie et qui n'est jamais surpris quand survient un malheur. Quelque chose clochait : comme s'il y avait eu une erreur de montage et qu'on n'avait pas fixé la bonne tête sur le corps de Muller.

Il réserva à Argyll un accueil chaleureux.

« Monsieur Argyll, je suppose. Entrez, entrez donc... Je suis enchanté de vous voir. »

L'appartement n'est pas mal du tout, songea Argyll, même s'il était clair qu'il avait été meublé par l'agent de la société chargée du logement du personnel muté. Le mobilier standard était de bon goût mais sans âme, cependant Muller avait réussi à mettre sa touche personnelle. Il ne s'agissait pas, hélas ! d'un grand collectionneur, mais il avait acquis, bon an mal an, deux beaux bronzes et plusieurs tableaux qui, loin d'être exceptionnels, possédaient néanmoins une certaine valeur. Aucun, au demeurant, ne révélait un quelconque intérêt pour l'art néoclassique, encore moins pour les peintures baroques qui encombraient l'appartement de Flavia. Mais peut-être, se prit à espérer Argyll, cherchait-il à élargir sa palette.

Argyll s'assit sur le divan, plaça le paquet dans son emballage de papier kraft devant lui, puis sourit d'un air encourageant.

« Vous ne pouvez pas savoir à quel point je suis content que vous soyez ici, dit Muller. Il y a pas mal de temps que je recherche ce tableau.

— Ah oui ? » fit Argyll, intrigué.

Muller lui lança un regard pénétrant, un rien espiègle, avant d'éclater de rire.

« Qu'est-ce qu'il y a de si drôle ? s'enquit l'Anglais.

— Ce que vous sous-entendez, c'est "Pourquoi diable quelqu'un perdrait-il son temps à chercher un tableau d'une telle banalité ? Sait-il quelque chose que moi j'ignore ?" »

Argyll reconnut qu'une telle pensée lui avait en effet effleuré l'esprit. Non pas qu'il n'ait pas aimé le tableau.

« Moi, je suis plutôt amateur de ce genre de chose, avoua-t-il. Mais ce n'est pas un goût très répandu. D'après une de mes amies, en tout cas. Ces amateurs sont en minorité, me répète-t-elle.

— Elle n'a peut-être pas tort. En ce qui me concerne, mes raisons n'ont rien à voir avec l'art.

— Vraiment ?

— Vraiment. Mon père en était le propriétaire. Je désire découvrir quelque chose sur moi-même. Il s'agit d'un devoir filial, voyez-vous.

« — Ah bon, d'accord ! » fit Argyll, en s'agenouillant respectueusement sur le sol pour essayer de desserrer le nœud qui maintenait tout l'emballage en place. Il avait été trop consciencieux la veille lorsqu'il avait décidé de refaire le paquet. Encore un de ces types en quête de ses racines ! se dit-il en triturant la ficelle. Sujet à éviter. Autrement Muller risquait de proposer de lui montrer son arbre généalogique.

« Il y en avait quatre, d'après ce que je crois comprendre, reprit Muller tout en contemplant d'un air absent la maladresse d'Argyll. Ils représentaient tous des scènes ayant trait à des procès et peintes dans les années 1780. Celui-ci aurait été peint en dernier. J'ai fait des recherches sur ces tableaux.

— Vous avez eu de la chance de le retrouver, dit Argyll. Cherchez-vous les trois autres également ? »

Muller secoua la tête.

« Je pense qu'un seul suffira. Comme je vous l'ai dit, ce n'est pas l'aspect artistique qui m'intéresse au premier chef. Au fait, voulez-vous du café ? ajouta-t-il au moment où Argyll, étant venu à bout du nœud, dégageait le tableau de l'emballage.

— Oh oui ! merci, répondit Argyll en entendant ses genoux craquer lorsqu'il se releva. Non, non ! Restez là pour admirer le tableau. Je peux me servir moi-même. »

Il laissa donc Muller contempler sa nouvelle acquisition, se dirigea vers la cuisine et se versa une tasse de café. C'était peut-être faire preuve de quelque sans-gêne mais également d'un certain tact. Il connaissait ce genre de clients. Non seulement il leur tardait de voir l'objet pour lequel ils avaient dépensé tant d'argent, mais ils avaient aussi besoin de passer un moment avec l'œuvre sans témoin. D'apprendre à la connaître en tête à tête, pour ainsi dire.

Lorsqu'il rentra dans la pièce il s'aperçut que Muller et Socrate ne faisaient pas aussi bon ménage qu'il l'avait prévu. En tant que simple coursier, il pouvait se permettre de rester quelque peu détaché, mais Argyll était un bon garçon qui aimait que les gens soient heureux, même lorsqu'il n'en retirait aucun profit. Au fond de lui, il n'avait pas imaginé que des larmes de joie allaient jaillir des yeux du client en découvrant le tableau. Même un *aficionado* ne pouvait avoir le coup de foudre pour cette peinture. Après tout, elle était très encrassée et en piteux état : le vernis avait dès longtemps terni et elle ne possédait pas la mine éclatante et radieuse des bons tableaux bien soignés qu'on voit dans les musées.

« Voyons un peu », dit prudemment Muller. Il acheva son examen en appuyant sur la toile pour déterminer son degré de souplesse, s'assurant que le cadre n'était pas vermoulu et retournant le tableau afin de vérifier l'état du châssis. Attitude on ne peut plus professionnelle, à n'en pas douter. Argyll ne s'était pas attendu à un comportement aussi méthodique. Ni à la déception qui s'étalait peu à peu sur le visage de l'acquéreur.

« Il ne vous plaît pas ? »

Muller leva les yeux vers lui.

« S'il me plaît ? Non. Franchement. Ce n'est pas du tout ce que j'aime. J'avais espéré quelque chose d'un peu plus...

— Lumineux ? suggéra Argyll. Correctement peint ? Animé ? Maîtrisé ? Digne ? Génial ? Compétent ?

— Intéressant. Un point c'est tout. Rien de plus. Jadis il figurait dans une collection importante. Je m'attendais à quelque chose de plus intéressant.

— Je suis désolé pour vous », s'apitoya Argyll. Et il l'était vraiment. Il n'y a pas pire désappointement que celui de l'amateur qui, ayant fondé de grands espoirs sur une œuvre d'art, les voit s'écrouler et se sent trahi en découvrant la triste et décevante réalité. Ça lui était arrivé très souvent. La première fois qu'il avait vu la Joconde, à l'âge de seize ans à peu près... Au comble de l'excitation, après s'être frayé un chemin en jouant des coudes au milieu de l'énorme cohue du musée du Louvre, parvenu au saint des saints, il avait découvert ce petit tableau riquiqui accroché au mur. Qui aurait dû être, disons, plus... intéressant qu'il ne l'était. Muller avait raison. C'était le mot juste.

« Vous pouvez toujours le suspendre dans un couloir », suggéra-t-il.

Muller fit non de la tête.

« Je regrette un peu, par conséquent, d'avoir empêché qu'on le vole, continua Argyll d'un ton enjoué. Car alors vous auriez pu faire jouer l'assurance et récupérer votre mise.

— De quoi parlez-vous ? »

Argyll le lui expliqua.

« Comme je disais, si j'avais su que vous n'en vouliez pas, je lui aurais dit de l'emporter, et bon débarras ! »

Étrangement, cette tentative de remonter le moral de Muller échoua. L'idée qu'il avait raté l'occasion

33

de résoudre si facilement son problème le rendit encore plus songeur.

« Je ne me rendais pas compte que ce genre de choses pouvait se produire », reprit Muller. Puis il se secoua et changea de ton : « Je crains de vous avoir grandement dérangé pour rien. C'est pourquoi je suis gêné de vous demander un nouveau service. Mais seriez-vous disposé à m'en libérer ? Accepteriez-vous de le revendre pour moi ? Je crains de ne pouvoir supporter de garder cette chose chez moi. »

Argyll exécuta une série de grimaces pour suggérer le calamiteux état du marché actuel. Tout dépendait du prix qu'il l'avait payé. Et de combien il en demanderait. En son for intérieur il maudissait les gens qui avaient trop d'argent.

Muller répondit qu'il l'avait payé dix mille dollars, sans compter les diverses commissions. Mais il était prêt à le laisser pour une moindre somme. Ça lui apprendrait...

« Considérez ça comme un impôt sur la bêtise », déclara-t-il avec un petit sourire. Cet aveu le fit remonter dans l'estime d'Argyll.

Il s'ensuivit une petite négociation qui se termina par la promesse d'Argyll de placer le tableau dans une vente aux enchères tout en cherchant à en obtenir un meilleur prix ailleurs avant que celle-ci n'ait lieu. Il repartit, le même paquet dans son emballage de papier kraft sous le bras, et dans la poche un chèque d'un montant correct pour rémunérer les services rendus.

Il occupa le reste de la matinée à aller toucher le chèque, puis à se rendre à la salle des ventes pour faire estimer le tableau et l'inscrire en vue des enchères du mois suivant.

3

Ça ne peut pas continuer comme ça, se dit Flavia en contemplant le chantier tout autour d'elle. Il faut remédier à cette situation et le plus tôt sera le mieux. Attachée à la brigade chargée de la protection du patrimoine artistique, elle était arrivée tard à son bureau et, une heure après, n'avait toujours rien accompli de concret.

On était en septembre, grand Dieu ! Pas en août quand on sait bien que tous les Romains sont en vacances. Et aucune équipe de foot locale ne jouait sur son terrain. Elle-même était rarement dans les parages quand Rome ou Lazio disputaient un match. À quoi cela aurait-il servi ? Tout le gouvernement italien mettait la clé sous le paillasson quand se déroulait un match important. Même les voleurs marquaient une pause...

Mais aujourd'hui il n'y avait aucune excuse et pourtant il était impossible de joindre qui que ce soit. Elle avait téléphoné au ministère de l'Intérieur pour communiquer un message important, mais on l'avait informée que tous les secrétaires, sous-secrétaires, sous-secrétaires adjoints, bref, que tout le personnel, du ministre au balayeur, était occupé. Et sous quel prétexte ? L'arrivée à Rome de quelque délégation étrangère pour participer à des agapes aux frais du contribuable. Réunions au sommet. Accords internationaux. Discussions en coulisses de fonctionnaires et de juristes à propos de règlements législatifs et financiers et sur la manière de contourner les directives de Bruxelles. Comment obéir à la lettre tout en oubliant l'esprit. De telles rencontres avaient lieu sur tout le continent. Voilà ce que signifie l'Union... Rien de surprenant à ce que le pays aille à vau-l'eau...

Pour une fois qu'elle était arrivée au bureau pleine d'enthousiasme malgré le manque d'intérêt des affaires courantes ! Argyll s'était remis de son bref séjour parisien et avait enfin trouvé quelque chose à faire. La veille, son client lui avait déclaré qu'il ne voulait plus du tableau et lui avait proposé de le vendre moyennant une commission de 10 %. Du coup, Argyll avait décidé d'y consacrer la journée. Le but était de tenter d'augmenter un peu sa valeur. Il était revenu enthousiasmé par la perspective d'avoir enfin une tâche à accomplir et dès potron-minet avait filé vers la bibliothèque.

Étant elle-même dans une situation similaire, elle approuvait ses efforts pour trouver une occupation. Non seulement le marché de l'art connaissait un certain marasme, mais la chute des prix avait eu aussi des répercussions sur le milieu du crime. Ou peut-être tous les grands voleurs d'objets d'art s'étaient-ils payé des voyages tout compris en Tchécoslovaquie, le seul endroit d'Europe où il était désormais plus facile de voler des œuvres d'art qu'en Italie. Seuls les voleurs de second ordre étaient demeurés au pays, semblait-il. Il y avait les effractions habituelles et autres délits de cet acabit, mais dans l'ensemble il s'agissait surtout de petite délinquance. Rien de passionnant à se mettre sous la dent.

Comment meubler son temps par conséquent ? En faisant du rangement comme Argyll l'avait si méchamment suggéré. Rien que dans son petit local elle apercevait pêle-mêle des dizaines de dossiers jonchant le sol. Son patron, le général Bottando, en possédait plusieurs dizaines supplémentaires plus ou moins en désordre. Et, de l'autre côté du couloir, dans la série de cages à lapins où s'activait le reste du personnel, à peu près la moitié de ce qu'on appelait en riant les archives était utilisée pour poser des tasses à café, pour caler des bureaux ou comme revêtement de sol de fortune.

L'ordre et l'organisation n'étaient pas son fort, et elle admettait volontiers qu'en matière de rangement elle ne valait pas mieux que ses collègues du service – exception faite de Bottando, mais vu que c'était le chef... De temps en temps, malgré tout, dans les profondeurs de son subconscient, elle percevait une légère poussée de zèle ménager et sentait alors monter en elle une passion ardente, quoique éphémère, pour l'ordre et le classement. Il est possible que Jonathan ait raison, reconnut-elle à contrecœur. Peut-être devrais-je m'occuper un peu de mon bureau.

Elle ramassa donc tous les dossiers éparpillés par terre et les empila sur sa table de travail. Sous l'un d'entre eux elle découvrit une petite liasse de formulaires au bas desquels Bottando aurait dû apposer sa signature de toute urgence, trois semaines auparavant. Il ne faut jamais remettre à demain..., se dit-elle. Voilà pourquoi, à la fois pour régler cette affaire et pour informer son patron qu'on ne recommencerait à pourchasser les auteurs de délits que lorsque les dossiers seraient classés, elle grimpa les marches d'un pas alerte, l'air dynamique et affairé, en direction du bureau de Bottando.

« Ah ! Flavia », fit ce dernier lorsqu'elle entra dans la pièce en omettant de frapper comme à l'accoutumée. Il n'en prenait pas ombrage : elle oubliait toujours cette formalité et Bottando s'y était habitué. D'aucuns exigent le respect. Plus d'un haut gradé de la police aurait toisé l'insolent en se rappelant – et en rappelant à son subordonné – qu'il était général, et qu'on frappait avec déférence avant d'entrer chez un tel personnage. Mais ce n'était pas son cas. Ce n'était pas dans sa nature. Ni – surtout – dans celle de Flavia...

« Bonjour, général ! lança-t-elle d'un ton joyeux. Signez ici, s'il vous plaît. »

Il s'exécuta.

« Vous ne voulez pas savoir ce que vous avez signé ? Ç'aurait pu être n'importe quoi. Vous devriez être plus prudent.

— Je vous fais confiance, chère amie, répliqua-t-il en la regardant avec une certaine inquiétude.

— Que se passe-t-il ? Vous avez un drôle d'air.

— Un petit boulot...

— Ah ! tant mieux !

— En effet. Il s'agit d'un meurtre. Très bizarre, apparemment. Mais il est possible que nous ayons un rôle à jouer dans cette affaire. Les carabiniers ont appelé, il y a vingt minutes environ, pour demander si nous pouvions envoyer quelqu'un.

— Je vais y aller. » Elle avait horreur des crimes, mais faute de grives on mange des merles. Tout plutôt que rester au bureau.

« Vous n'avez pas le choix. Il n'y a personne d'autre de disponible. Mais vous n'allez sûrement pas être aux anges. »

Elle le dévisagea d'un air méfiant. Nous y voici, pensa-t-elle.

« Pourquoi ?

— Giulio Fabriano a été promu : il travaille maintenant à la Criminelle, répondit simplement Bottando, l'air contrit.

— Oh non ! gémit-elle. Ça ne va pas recommencer ! Vous ne pouvez pas envoyer quelqu'un d'autre ? »

Bottando comprenait le problème. Flavia et Fabriano avaient été très intimes naguère. Un peu trop, au goût de Flavia, et, il y avait plusieurs années de cela, leur amitié avait dégénéré en disputes, bagarres et franche inimitié. Peu de temps avant l'entrée en scène d'Argyll, en fait. Normalement elle n'aurait pas dû avoir affaire à lui. Il appartenait au corps rival des carabiniers — où il se débrouillait fort bien, vu son intelligence relativement limitée, mais il n'y avait guère de concurrence chez les carabiniers — et depuis quelques années il s'était mis à lui téléphoner chaque fois qu'il s'occupait d'un dossier où l'art jouait un rôle, même minime. Par exemple, un quidam se faisait voler sa voiture. Puisqu'il avait jadis acheté un tableau, Fabriano appelait pour savoir s'il y avait une fiche à son nom. Tout prétexte était bon. Et il était tenace, cet homme-là. L'ennui, c'est qu'il ne se prenait pas pour de la petite bière, et comme Flavia continuait à garder ses distances, tout en fréquentant en outre un Anglais ridicule, son ton était devenu carrément hostile. Remarques cinglantes. Sarcasmes proférés derrière son dos auprès de collègues. En vérité, elle s'en moquait, mais aurait préféré ne pas être obligée d'avoir affaire à lui, dans la mesure du possible.

« Désolé, chère amie, enchaîna Bottando, sincèrement ennuyé. Mais il n'y a réellement personne dans le service. Je ne sais vraiment pas ce qu'ils fabriquent tous, mais malgré tout... »

Entre Fabriano et du classement, Flavia ne savait pas ce qui était le pire. À vue de nez, elle jugeait que c'était Fabriano. Il ne pouvait s'empêcher de vouloir lui démontrer qu'en rompant avec lui elle avait laissé échapper le gros lot. Mais, à l'évidence, Bottando n'allait pas lui donner le choix.

« Vous voulez vraiment que j'y aille ?

— Oui. Mais je ne pense pas que cela vous retienne trop longtemps. Tâchez de revenir le plus tôt possible.

— Ne vous en faites pas ! » répondit-elle, l'air sombre.

Elle mit environ quarante minutes à comprendre que la victime du crime dont s'occupait Fabriano était vraisemblablement l'homme qu'Argyll avait rencontré la veille. À sa décharge, il faut dire qu'elle avait passé trente minutes sur les quarante dans un embouteillage bloquant le centre-ville et la majeure partie des dix minutes restantes dans la contemplation horrifiée de l'appartement. Il ne restait pratiquement aucun livre dans la bibliothèque. Ils avaient tous été enlevés, la plupart déchiquetés, avant d'être flanqués par terre pêle-mêle au milieu du petit salon. Tous les papiers se trouvant dans des fichiers avaient également été sortis et jetés sur le sol. Le mobilier avait été éventré et les coussins dépecés. Tous les tableaux avaient été arrachés des murs et mis en pièces.

« Arrêtez tout ! persifla Fabriano au moment où Flavia entra dans l'appartement. La signora Sherlock est arrivée. Allez ! je t'en prie, ne me fais pas attendre ! Qui est le coupable ? »

Elle lui jeta un regard glacial sans prendre la peine de répondre.

« Grand Dieu ! s'exclama-t-elle en contemplant le chaos, il n'a pas ménagé sa peine.

— Tu ne sais pas qui c'est ?

— La ferme, Giulio ! Tenons-nous-en au niveau professionnel, tu veux bien ?

— Mille excuses, concéda-t-il en s'appuyant au mur dans un coin de la pièce. Du point de vue professionnel, je n'en sais rien. Ç'a dû lui prendre des heures, tu ne crois pas ? Pour commettre de tels dégâts, je veux dire. On peut écarter l'hypothèse du simple vandalisme, qu'est-ce que tu en penses ?

— C'est curieux, fit-elle en regardant tout autour de la pièce.

— Quoi donc ? Une intuition fulgurante est-elle sur le point de se faire jour ?

— Tous les meubles et les objets ont été lacérés. Avec violence et n'importe comment. Les tableaux ont été découpés avec précision. Ils ont été sortis de leur

41

cadre, les cadres ont été brisés et empilés, la toile a été coupée. Aux ciseaux, apparemment. »

Fabriano exécuta un geste ambigu suggérant à la fois la raillerie et l'autosatisfaction.

« Et d'après toi on ne s'en est pas aperçus ? Pourquoi penses-tu que j'ai appelé ? »

Il est réconfortant de constater que certaines personnes ne changent pas.

« Qu'est-il arrivé à l'occupant des lieux ? » demanda-t-elle. Reste calme, se dit-elle. Ne réponds pas sur le même ton.

« Va voir. Il est dans la chambre », répliqua-t-il avec un petit sourire inquiétant.

Elle comprit tout de suite que le spectacle ne serait pas réjouissant. Mais la réalité dépassa de beaucoup ses prévisions.

« Mon Dieu ! » s'exclama-t-elle.

Les divers spécialistes qui s'assemblent dans ce genre d'occasion n'avaient pas encore terminé. Cependant, même quand ils eurent progressé en besogne, l'horreur ne diminua pas. On eût dit un des plus affreux cauchemars de Jérôme Bosch. La chambre elle-même avait un côté familial, voire douillet. Le couvre-lit de chintz, les rideaux de soie, le papier peint à fleurs donnaient une impression de confort et de calme. Le contraste était d'autant plus frappant.

Avant d'être assassiné, l'homme avait été attaché sur le lit et atrocement torturé. Le corps était couvert de coupures, de bleus et de zébrures. La main gauche n'était plus qu'un moignon ensanglanté. Le visage n'avait pratiquement plus rien d'humain. Son supplice avait dû être épouvantable. L'auteur de ce carnage avait pris son temps et s'était donné beaucoup de mal. La première pensée qui vint à l'esprit de Flavia, c'est qu'il fallait l'enfermer séance tenante.

« Ah ! » fit l'un des experts médicaux, en saisissant quelque chose avec une paire de pinces et en le plaçant dans un sac en plastique.

« Quoi ? » s'enquit Fabriano, adossé le plus nonchalamment possible contre la porte. Flavia voyait bien que même lui avait beaucoup de mal à garder la pose.

« L'une de ses oreilles », répondit l'homme en tendant le sac qui contenait l'organe découpé et ensanglanté.

Ce fut Fabriano qui tourna les talons et fila le premier. Flavia lui emboîta le pas sur-le-champ sans réclamer son reste. Elle se rendit tout droit à la cuisine pour se servir un verre d'eau.

« Est-ce que c'était vraiment nécessaire ? demandat-elle, furieuse, au moment où il la rejoignit. Ça t'a mis du baume au cœur de m'envoyer voir ça, hein ? »

Il haussa les épaules.

« Que voulais-tu que je te dise ? Quelque chose du genre : "Ce n'est pas un spectacle pour une petite femme comme toi" ? »

Elle ne réagit pas tout de suite, s'efforçant de calmer son estomac.

« Eh bien ? fit-elle en le regardant à nouveau, agacée d'avoir eu l'air si fragile en sa présence. Que s'est-il passé ?

— On dirait qu'il a reçu un visiteur, non ? Lequel l'a attaché, a saccagé l'appartement avant de s'occuper de lui. Selon le médecin légiste, il a été achevé d'une balle.

« — Pour quel motif ?

— Je donne ma langue au chat. C'est justement pourquoi on a demandé à ton service d'envoyer quelqu'un. Apparemment, il en voulait aux tableaux.

— Un rapport avec le crime organisé ?

— Pas autant qu'on puisse en juger. Il était directeur du marketing chez un fabriquant d'ordinateurs. Canadien. Pas le moindre antécédent. »

C'est à ce moment précis que Flavia eut un affreux pressentiment.

« Comment s'appelle-t-il ?

— Arthur Muller.

— Oh ! » Sacrebleu ! Il ne manquait plus que ça ! Les choses étaient claires : si elle révélait qu'Argyll était venu là la veille, Fabriano s'empresserait de l'arrêter. Et il le bouclerait sans doute pendant une semaine, par pure méchanceté.

« Tu en as entendu parler ? demanda Fabriano.

— C'est possible, répondit-elle prudemment. Je vais demander autour de moi, si tu veux. Il se pourrait que Jonathan sache quelque chose.

— Qui est Jonathan ?

— Un marchand de tableaux. Mon... fiancé. »

Fabriano se troubla, ce qui justifia le petit mensonge.

« Félicitations ! fit-il. Touches-en un mot à ce petit veinard, veux-tu ? Peut-être devrais-tu l'emmener ici ?

— Ce n'est pas nécessaire, répliqua-t-elle d'un ton sec. Je vais l'appeler. Au fait, y a-t-il eu vol ?

— Ah ! C'est là le hic. Comme tu vois, c'est un peu en désordre. Déterminer ce qui a été emporté risque de prendre un certain temps. La gouvernante dit qu'elle n'a pas l'impression qu'il manque quelque chose. Rien qui saute aux yeux en tout cas.

— Par conséquent, quelles sont les pistes ?

— Aucune pour le moment. Chez les carabiniers, on agit avec méthode et en se fondant sur des preuves. On ne joue pas aux devinettes. »

Après cet échange de propos aimables, elle alla dans la salle de séjour téléphoner à Argyll. Personne ne décrocha. C'était au tour du jeune homme de faire les courses pour le dîner. Il ne tarderait pas. Elle appela une voisine et laissa un message.

« Oui ? » fit Fabriano d'un ton brusque au moment où entrait un autre inspecteur, un jeune homme d'à peu près vingt-cinq ans qui, après avoir travaillé seulement deux heures aux côtés de Fabriano, arborait déjà un air blasé, à la fois moqueur et méprisant. « Qu'est-ce qu'il y a ?

— La voisine de palier, Giulio...

— Inspecteur Fabriano.

— La voisine de palier, monsieur l'inspecteur, reprit-il en roulant les yeux de désespoir à la pensée que l'enquête risquait d'être longue. C'est le genre de gentil satellite espion qui surveille le quartier.

— Elle était présente à l'heure du crime ?

— Vous pensez bien que dans le cas contraire je n'aurais pas osé vous déranger, non ? Évidemment qu'elle était là ! C'est la raison pour laquelle...

— D'accord, d'accord, coupa Fabriano. Bien joué. Bon travail ! enchaîna-t-il, pour gâcher tout le plaisir que le policier aurait pu tirer de sa petite découverte. Alors, qu'elle rapplique ! »

Il doit y avoir des centaines de milliers de femmes en Italie comme la signora Andreotti... Des vieilles dames tout à fait charmantes, qui ont passé toute leur vie dans de petites villes ou même dans des villages. Capables d'effectuer de véritables travaux d'Hercule – faire la cuisine pour des milliers de personnes, élever des dizaines de gosses, s'occuper de maris et de pères, et très souvent en pratiquant un métier. Puis leurs enfants grandissent, leurs maris meurent, et elles emménagent chez l'un des enfants pour s'occuper de la maison. Elles n'y perdent pas, dans l'ensemble, et ça vaut beaucoup mieux que d'être enfermée dans un asile de vieillards.

Or, il n'est pas rare que les enfants se soient installés fort loin de leur lieu d'origine. Ayant très bien réussi dans la grande ville, à la tête d'une petite fortune inimaginable pour les gens de la génération de leurs parents, bon nombre d'entre eux vivent confortablement grâce à leur travail.

La famille Andreotti suivait ce modèle : les parents qui travaillent, un enfant qui va à l'école, et personne à la maison de huit heures du matin à huit heures du soir. La vieille signora Andreotti, qui jadis dans son village passait son temps libre à commérer avec les voisines, se barbe maintenant à mourir. C'est pourquoi rien ne lui échappe. Elle remarque la moindre camionnette de livraison dans la rue, le moindre gosse jouant dans la cour. Elle entend le moindre bruit de pas dans le couloir, connaît les habitudes de tous les habitants du pâté de maisons, sans exception. Elle n'est pas de nature fouineuse, mais, simplement, n'a rien de mieux à faire. Certains jours, c'est là son seul contact humain.

C'est ainsi que la veille, comme elle l'expliqua à Fabriano, elle avait vu un homme assez jeune arriver avec un paquet enveloppé dans du papier kraft et repartir, environ quarante minutes plus tard, avec le même paquet. Elle l'avait pris pour un colporteur.

« Quelle heure était-il ? interrogea Fabriano.

— Dix heures du matin environ. M. Muller est sorti vers onze heures et n'est revenu qu'à six heures. L'après-midi, un autre homme est venu et a sonné à sa porte. Comme je savais que M. Muller était au travail, j'ai passé la tête par l'entrebâillement pour dire qu'il n'était pas chez lui. Il n'avait vraiment pas l'air commode...

— Et cela se passait à quel moment ?

— À environ deux heures et demie. Alors il est reparti. Il est possible qu'il soit revenu, sans faire de bruit. Je n'ai rien entendu, mais il m'arrive de regarder une bonne émission de jeu à la télé. »

Elle expliqua que le soir – le moment crucial aux yeux de Fabriano – elle était trop occupée à préparer le repas familial pour remarquer quoi que ce soit. Et, à dix heures, elle allait se coucher.

« Pouvez-vous décrire ces deux hommes ? »

Elle hocha doctement la tête.

« Bien sûr, affirma-t-elle, puis elle se mit à brosser un portrait fidèle d'Argyll.

— C'était le visiteur du matin, n'est-ce pas ?

— En effet.

— Et celui de l'après-midi ?

— À peu près un mètre quatre-vingts. Environ trente-cinq ans. Cheveux châtain foncé assez longs. Chevalière en or à l'annulaire gauche. Lunettes

47

rondes cerclées de métal. Chemise à raies bleues et blanches, avec des boutons de manchettes. Mocassins noirs...

— Hauteur de l'entrejambe ? » demanda Fabriano, médusé. La femme était le genre de témoin dont rêvent les policiers, mais qu'ils ne trouvent pas souvent.

« Je ne sais pas. Mais je peux essayer de faire une évaluation si vous le désirez.

— Ça ira comme ça. Autre chose ?

— Voyons un peu... Pantalon de coton gris à revers, veste grise en lainage avec un filet rouge. Et une petite cicatrice au-dessus du sourcil gauche. »

4

« Dans ce cas, si vous voulez mon avis, conseillez-lui de se rendre de toute urgence chez les carabiniers pour faire une déposition. N'attendez pas », dit Bottando en pianotant sur son bureau. Comme c'était ennuyeux de devoir travailler avec la profession : le témoin d'aujourd'hui devenait souvent le prévenu de demain. On avait intérêt à ne pas se lier trop intimement avec des gens qui couraient le moindre risque d'être soupçonnés. Et en Italie, dans le monde du crime et de la politique, les accusations de corruption allaient bon train. Vu la rancœur de Fabriano, dans le contexte d'un meurtre, la liaison d'Argyll et de Flavia constituait une vraie bombe à retardement. Flavia en était parfaitement consciente. Il était tout à fait compréhensible qu'elle veuille dissimuler sa vie privée au regard torve de Fabriano, mais elle aurait dû se méfier davantage.

« Je sais, j'aurais mieux fait de tout avouer. Mais vous le connaissez. Il aurait coffré Jonathan et lui aurait fait passer un mauvais quart d'heure rien que pour me donner une leçon. De toute façon, j'ai essayé de le joindre, mais il était sorti. Dès que je le verrai, je prendrai moi-même sa déposition, même s'il ne peut y avoir de lien significatif. Dès demain, j'enverrai la déposition à Fabriano. »

Bottando émit un grognement. Ce n'était pas la solution idéale, mais on s'en contenterait.

« À part ça, est-ce que vous avez un rôle à jouer dans cette affaire ? Sommes-nous le moins du monde concernés ?

— Non, pas à première vue. En tout cas, pas pour le moment. Fabriano se charge de l'enquête sur le terrain. Interroger les collègues de bureau de Muller, étudier ses divers déplacements, ainsi de suite. Il a, paraît-il, une sœur à Toronto qui va peut-être venir ici. Si on découvre quelque chose qui puisse nous intéresser, je suis certaine qu'il nous préviendra.

— Il est toujours aussi casse-pieds ?

— Ça va de mal en pis. Sa mutation à la Crim semble lui être montée à la tête.

— Je vois. Bien. Dans ce cas, jusqu'à ce que vous ayez parlé à M. Argyll, vous pouvez toujours vous distraire avec le traintrain quotidien. Ça vous dirait d'utiliser l'ordinateur ? »

Elle blêmit.

« Oh non ! s'écria-t-elle. Pas l'ordinateur ! »

Il s'était attendu à cette réaction. Selon ses concepteurs, l'horrible machine était censée être le dernier cri en matière d'enquêtes policières. L'idée était simple : pour toutes les polices du monde chargées du patrimoine artistique, ce serait l'oracle de Delphes. Dans chaque pays, le service concerné pourrait y entrer les caractéristiques des tableaux et autres objets, ainsi que des photographies d'œuvres d'art ayant disparu.

Les autres polices pourraient ensuite avoir accès à ces données, les consulter, reconnaître des articles mis en vente chez des négociants, se rendre dans leurs galeries, procéder à leur arrestation, les faire passer en justice et restituer les marchandises volées à leurs légitimes propriétaires. Le comité qui avait promu ce système avait nourri le fol espoir que, dès que les forces de la loi et de l'ordre auraient à leur disposition une arme de pointe aussi perfectionnée, du jour au lendemain, les vols d'objets d'art cesseraient presque complètement.

Et pourtant...

L'ennui avec cet appareil, c'est que ses oracles étaient un peu trop cryptiques. Si on voulait visionner un étang de Monet, on avait toutes les chances de voir apparaître la photo d'un calice d'argent Renaissance. À d'autres moments, il vous présentait des lignes et des lignes de charabia ou, pis, le redoutable message en huit langues : « Le service est momentanément interrompu. Veuillez réessayer plus tard. »

Selon le technicien appelé à la rescousse, il s'agissait là du merveilleux résultat de la coopération européenne. « C'est le symbole parfait du continent », avait-il déclaré dans une envolée de philosophie abstraite un jour où, une fois de plus, la machine avait affirmé qu'une sculpture futuriste était un chef-d'œuvre de Masaccio perdu depuis longtemps. Spécifications allemandes, matériel italien, logiciel britannique, télécommunications françaises. Résultat : l'ensemble ne fonctionnait pas. Quelqu'un y avait-il vraiment cru ? Le technicien finit par partir en recommandant le service postal. « C'est plus sûr », avait-il proféré, l'air sombre.

« Je vous en prie, Flavia, il faut l'utiliser.

— Mais ça ne sert à rien !

— Je le sais. Là n'est pas la question. Il s'agit d'un projet international qui a coûté une fortune. Si on ne l'utilise pas de temps en temps, on va nous demander des explications. Chère amie, la dernière fois où je suis entré dans le local, l'ordinateur était utilisé comme sellette pour poser une plante. On aurait bonne mine si un inspecteur de la commission du budget débarquait !

— Non. »

Il poussa un soupir. Pour une raison inconnue, malgré son grade de général il éprouvait une certaine difficulté à se faire obéir. Prenez Napoléon, par exemple... Lorsqu'il lançait un ordre, est-ce que ses subordonnés ricanaient, refusant de lui prêter deux sous d'attention ? Si César enjoignait à un détachement de flanquer immédiatement une colonne, ses lieutenants levaient-ils les yeux de leurs journaux et, prétextant qu'ils n'étaient pas réellement en forme ce jour-là, proposaient-ils de remettre le mouvement au mercredi ? Bien sûr que non. Que Flavia ait tout à fait raison affaiblissait un tant soit peu sa position, il est vrai. Mais il ne s'agissait pas de ça. L'heure était venue de reprendre la situation en main. De montrer qui était le maître.

« Je vous en prie ! supplia-t-il.

— Bon, d'accord, finit-elle par répondre. Je vais le mettre en route. Mieux : je vais le laisser allumé toute la nuit. Qu'en pensez-vous ?

— Excellente idée, chère amie. Je vous en suis très reconnaissant. »

5

Tandis que les fonctionnaires du service chargé de la protection du patrimoine traitaient de sujets cruciaux relevant de la coopération internationale, Jonathan Argyll passait la matinée à s'occuper de choses plus terre à terre comme la gestion de stock. C'est-à-dire qu'il effectuait quelques recherches à propos de son tableau. Il venait d'avoir une bonne idée. Muller n'avait-il pas affirmé que le tableau faisait partie d'une série ? Alors qui était le plus susceptible de vouloir l'acquérir que le particulier, le musée ou l'institution qui possédait les autres ? À supposer, naturellement, que les autres tableaux soient tous ensemble. Il n'avait donc qu'à découvrir le lieu où ils se trouvaient et à offrir de compléter la série. Il était possible, bien sûr, que ça ne marche pas, mais ça valait le coup de consacrer une heure ou deux à cette recherche.

En outre, c'était l'aspect du métier qu'il préférait. Affronter des clients récalcitrants, marchander, soutirer de l'argent, tenter de déterminer si on pouvait revendre les objets en faisant un bénéfice, tout ça lui était nécessaire pour vivre de son métier, mais ne lui plaisait guère. C'était trop pragmatique. Une heure de réflexion en bibliothèque correspondait bien davantage à ses goûts.

Mais par où commencer ? Muller avait déclaré s'être documenté sur le tableau, mais où ça ? Il avait presque envie de lui téléphoner, mais il se dit qu'il avait dû déjà partir pour son bureau, et il n'en connaissait pas l'adresse. De toute façon, un chercheur de sa compétence pouvait, à n'en pas douter, se débrouiller tout seul.

Le seul élément en sa possession était le nom du peintre : Floret. Delorme le lui avait dit et la signature en bas et à gauche, quoiqu'un peu floue, venait le confirmer. La peinture avait été exécutée dans les années 1780 et, sans conteste, elle était française.

Aussi procéda-t-il avec ordre et méthode, un peu comme Fabriano, mais en plus discret. En commençant par le commencement, c'est-à-dire par la grande bible de tous les historiens d'art, *Thieme und Becker*. Les vingt-cinq volumes, pas un de moins, en allemand, hélas ! mais il pouvait en comprendre assez pour passer à l'étape suivante.

Floret, Jean. Künstler, gest. 1792. On y était. Liste de tableaux, tous dans des musées. Six lignes en tout, le strict minimum, en somme. Ce n'était pas un peintre qui comptait. Mais la référence le dirigea vers un article publié en 1937 dans la *Gazette des beaux-arts*, signé de Jules Hartung ; guère plus, en fait, qu'une esquisse biographique, mais elle donnait un peu de corps au personnage. Né en 1765, il avait travaillé en France et avait été guillotiné en 1792 pour ne pas s'être montré assez révolutionnaire. D'après l'article, il l'avait bien mérité. Floret avait travaillé pour un mécène, le comte de Mirepoix, et exécuté une série de tableaux sur des sujets judiciaires. Puis, à la Révolution, il avait dénoncé son bienfaiteur et présidé à la confiscation des biens de l'aristocrate et à la ruine de la famille. Rien d'exceptionnel à cela, sans doute.

1937, c'était loin. D'autre part, l'article ne précisait pas où étaient les tableaux, se contentant de supputer qu'ils n'étaient sûrement plus entre les mains des Mirepoix. Argyll n'était pas au bout de ses peines... Pendant le reste de la matinée, empiétant même largement sur sa pause-déjeuner afin de dénicher le moindre indice révélateur susceptible de le mettre sur le bon chemin, il parcourut des ouvrages d'histoire de l'art français, des essais sur le néoclassicisme, des guides de musée, ainsi que des annuaires répertoriant les lieux où se trouvent les œuvres.

Des bibliothécaires se lassaient de lui apporter ouvrage sur ouvrage lorsqu'il finit par tomber sur le bon filon. L'information capitale figurait dans un catalogue d'exposition datant seulement de l'année précédente. Le catalogue venant d'arriver à la bibliothèque, il se félicita de sa chance. Il s'agissait d'une jolie petite exposition montée dans une de ces lointaines banlieues parisiennes qui s'efforcent de se créer une identité culturelle. *Mythes et maîtresses*, tel était le titre de cette présentation d'œuvres hétéroclites presque uniquement liées entre elles par la date. Un zest de classicisme, une pincée de religion, des tas de portraits et nombre de femmes du XVIIIe jouant les dryades à demi nues. Le catalogue contenait une introduction quelque peu hyperbolique sur l'imagination et le jeu dans le monde idyllique et idéalisé de la cour de France. Il aurait pu faire mieux lui-même.

Même si la conception manquait par trop de rigueur, l'auteur fut cher au cœur d'Argyll, ne serait-ce que pour la rubrique numéro 127. « Floret, Jean », signalait-elle, de manière encourageante. « *La Mort de Socrate*, peint *circa* 1787. Volet d'une série de quatre tableaux représentant des scènes religieuses et classiques ayant toutes pour sujet un jugement. Les procès de Socrate et de Jésus constituant deux exemples où le système judiciaire n'avait pas donné une bonne image de lui-même, les jugements d'Alexandre et de Salomon, deux autres où les détenteurs du pouvoir s'étaient comportés un peu plus honorablement. Collection privée. » Suivait tout un baratin pour expliquer le contexte historique de la peinture reproduite dans le catalogue. Hélas ! aucune information concernant un éventuel acheteur souhaitant regrouper les divers tableaux. Les deux représentations d'un procès équitable n'étaient pas accessibles : *Le Jugement de Salomon* se trouvait à New York et *Le Jugement d'Alexandre*, la propriété d'un musée allemand. Bien pis : il y avait des lustres que *Le Jugement de Jésus* avait disparu et on le pensait perdu. Le vieux Socrate risquait de demeurer seul... Quelle plaie !

En outre le catalogue ne révélait pas le nom de son ancien propriétaire. Ni son adresse. Juste « Collection privée ». Non que cela ait beaucoup d'importance. Il se sentit un peu désappointé, mais c'était l'heure de déjeuner, et il devait faire des courses avant que les magasins ferment pour l'après-midi. C'était à son tour. Flavia tenait beaucoup à ce genre de choses.

Sans aucun doute, se disait-il une heure plus tard en gravissant péniblement l'escalier, chargé de sacs en plastique remplis de bouteilles d'eau et de vin, de pâtes, de viande et de fruits, le précédent propriétaire vit en France. Peut-être devrait-il au moins vérifier ? Il pourrait alors retracer le parcours de l'œuvre, ce qui accroît toujours un peu sa valeur. Muller n'avait-il pas affirmé que le tableau avait jadis figuré dans une collection prestigieuse ? Rien de tel qu'un nom célèbre pour flatter le snobisme qui sommeille chez tant de collectionneurs. « Eh bien ! Cela faisait partie de la collection du duc d'Orléans, vous savez... » Ce genre de déclaration produit des miracles. Et comment mieux s'y prendre pour dénicher l'ancien propriétaire que de contacter Delorme ? La simple courtoisie exigeait qu'il le mette au courant de la décision de Muller, et Argyll se ferait un plaisir de lui apprendre que, grâce à ses diligentes recherches en bibliothèque, il pourrait lui-même gagner plus d'argent en revendant le tableau que le galeriste lorsqu'il s'en était débarrassé.

Malheureusement, son coup de téléphone à Paris ne donna aucun résultat. Le jour où la Communauté européenne aura enfin décidé de la bonne longueur des poireaux, de la forme standard des œufs et fini d'interdire tout ce qui n'a pas tout à fait mauvais goût, peut-être s'occupera-t-elle des communications téléphoniques. Chaque nation paraît posséder un système différent, si bien que tous ensemble ils constituent une véritable symphonie de gazouillis : Un long signal indique en France que le téléphone sonne, en Grèce que c'est occupé et en Angleterre que le numéro n'est pas attribué. Deux bips signifient en Angleterre que ça sonne, en Allemagne que c'est occupé et en France, comme le découvrit Argyll après plusieurs vaines tentatives et une longue et pénible discussion avec l'opératrice, que ce crétin de Delorme avait une fois de plus oublié de payer sa facture et qu'en représailles la compagnie avait coupé sa ligne.

« Que voulez-vous dire ? demanda-t-il. Comment est-ce possible ? »

Où va-t-on les chercher ? Toutes les opératrices du monde possèdent quelque chose en commun : de l'Algérie au Zimbabwe, par la phrase la plus courtoise en apparence, elles sont capables d'exprimer le plus profond mépris. Après avoir eu affaire à l'une d'entre elles, il est impossible de ne pas se sentir rabaissé, humilié, frustré.

« On coupe simplement la ligne », répondit-elle. Tout le monde sait ça, sous-entendait-elle. Ça vous apprendra à fréquenter des gens louches qui ne règlent pas leurs factures, suggérait-elle implicitement. Elle se retint même de prédire que le téléphone d'Argyll, personnage de toute évidence peu recommandable, ne tarderait probablement pas à être coupé lui aussi d'un jour à l'autre.

Aurait-elle l'obligeance de chercher à savoir quand la ligne avait été coupée ? Non, désolée. Y aurait-il par hasard une autre ligne au nom du même abonné ? Non. Un changement d'adresse aurait-il été effectué ? J'crains qu'non.

Mi-furieux, mi-perplexe, il raccrocha. Peut-être allait-il devoir écrire une lettre... Cela faisait des années qu'il ne s'était pas livré à ce genre d'exercice. Sans compter que son français écrit laissait à désirer.

Il se mit donc à feuilleter son carnet d'adresses pour voir s'il connaissait quelqu'un d'autre à Paris susceptible de lui rendre un service. Personne. Quelle barbe ! C'est à ce moment-là que retentit la sonnerie du téléphone.

« Allô ? fit-il, l'esprit ailleurs.

— Est-ce que je parle à un certain M. Jonathan Argyll ? demanda-t-on dans un italien exécrable.

— En effet.

— Et avez-vous en votre possession un tableau intitulé *La Mort de Socrate* ? continua la voix dans un anglais tout aussi détestable.

— Oui, répondit Argyll, quelque peu surpris. Enfin, en quelque sorte...

— Que voulez-vous dire ? »

La voix était calme, bien timbrée, presque douce, mais l'impudence avec laquelle les questions étaient posées, sans le moindre « s'il vous plaît », lui déplaisait. De plus, elle lui rappelait quelqu'un.

« Ce que je veux dire, répliqua Argyll d'un ton ferme, c'est que pour l'instant le tableau se trouve dans une salle de ventes aux enchères afin d'être évalué. Qui êtes-vous ? »

Sa tentative pour reprendre le contrôle de la conversation fit chou blanc. À l'autre bout du fil, son correspondant – mais quel était donc cet accent ? – ne prit pas la peine de répondre à sa question.

« Êtes-vous conscient du fait qu'il a été volé ? »

Tiens, tiens ! songea Argyll.

« Je me vois dans l'obligation de vous demander qui vous êtes.

— J'appartiens à la police française. À l'Office central de lutte contre le trafic des œuvres d'art, pour être précis. Je suis en mission à Rome afin de récupérer cette peinture. Et c'est bien ce que je compte faire.

— Mais je...

— Vous n'étiez pas du tout au courant. C'est ce que vous alliez dire ?

— Eh bien...

— Je vous crois. J'ai pour instructions de ne pas porter plainte contre vous à propos de votre rôle dans cette affaire.

— Ah ! tant mieux !

— Mais je dois reprendre ce tableau sans tarder.

— C'est impossible. »

Il y eut un silence à l'autre bout du fil. À l'évidence, son correspondant n'avait pas prévu d'opposition.

« Et pourquoi, je vous prie ?

— Je vous l'ai dit : il est actuellement dans une salle des ventes, qui est fermée jusqu'à demain matin. Je ne pourrai pas le récupérer avant.

— Donnez-moi le nom de cette salle.

— Je ne vois pas pourquoi ! s'exclama Argyll, soudain récalcitrant. Je ne sais pas qui vous êtes. Comment puis-je être certain que vous êtes policier ?

— Je serai absolument ravi de vous rassurer sur ce point. Si vous le désirez, je peux passer vous voir ce soir. Vous pourrez alors le constater par vous-même.

— À quelle heure ?

— Cinq heures ?

— D'accord ? Très bien. Eh bien, à plus tard. »

Une fois qu'il eut raccroché, Argyll déambula dans l'appartement, plongé dans ses pensées. Nom d'un chien ! C'est incroyable à quel point les choses peuvent mal tourner. Ça ne lui aurait pas rapporté gros, mais c'était toujours ça. Heureusement qu'il avait touché le chèque de Muller !

Mais plus il y pensait, plus cette histoire lui semblait suspecte. Pourquoi Flavia ne lui avait-elle rien dit ? Elle devait bien savoir qu'un policier français, spécialiste de la peinture, se trouvait en mission à Rome. Il se serait bien passé de ce genre de mauvaise surprise. En outre, si le tableau était volé, il lui avait donc fait franchir la frontière clandestinement. C'était un peu gênant. S'il le rendait tout de suite, était-ce un quelconque aveu de culpabilité ? Ne devrait-il pas consulter quelqu'un de compétent sur la question ?

Il jeta un coup d'œil sur sa montre. Flavia devait avoir fini de déjeuner et être de retour au bureau. Il évitait en général de la déranger en plein travail, mais ce jour-là il avait une bonne raison de faillir à la règle.

« Ah ! je suis contente de te voir, fit-elle en le voyant débarquer dans son bureau vingt minutes plus tard. Tu as eu le message ?

— Quel message ?

— Celui que j'ai laissé à la voisine ?

— Non. Que disait-il ce message ?

— Je te demandais de passer ici.

— Je n'ai reçu aucun message. Pas de toi, en tout cas. Il est arrivé quelque chose d'horrible.

61

— Tu as raison. "Horrible" est le mot qui convient. Le pauvre homme ! »

Il la fixa du regard.

« On ne parle pas de la même chose, si ?

— Je crains bien que non. Pourquoi es-tu là ?

— Le tableau. C'est un objet volé. J'ai eu au bout du fil un policier français qui le réclame. Je suis venu te demander ce que je dois faire. »

La nouvelle était assez surprenante pour que Flavia enlève ses pieds du bureau afin de mieux se concentrer.

« Quand cela s'est-il passé ? » demanda-t-elle. Puis, une fois qu'Argyll lui eut donné quelques explications supplémentaires, elle ajouta : « Comment s'appelle-t-il ?

— Il ne m'a pas dit son nom. Il m'a juste annoncé qu'il viendrait ce soir pour m'en parler.

— Et comment sait-il que c'est toi qui l'as ? »

Il secoua la tête.

« Je ne sais pas. Je suppose qu'il l'a appris par Muller. Il n'y a que lui qui était au courant.

— C'est bien ça le problème, non ? Parce que Muller est mort. Il a été assassiné. »

Si l'univers d'Argyll était déjà quelque peu ébranlé à cause du tableau, cette dernière nouvelle acheva de l'anéantir.

« Quoi ? s'écria-t-il, sidéré. Quand ?

— Hier soir. On n'a pas davantage de précisions pour l'instant. Allons, viens ! Il vaut mieux qu'on aille demander son avis au général. Mon Dieu ! et moi qui lui ai affirmé que si tu étais chez Muller c'était pure coïncidence... »

Ils interrompirent Bottando en plein milieu de son thé de l'après-midi. Ses collègues se moquaient de cette habitude, si peu italienne ; c'est à Londres qu'il l'avait contractée, de nombreuses années auparavant, après une semaine en compagnie de collègues britanniques. Il avait apprécié cette coutume, non pas tant pour le thé lui-même, que les Italiens n'ont jamais su préparer, mais pour cette oasis de calme et de réflexion qui interrompait le cours de la journée et qui permettait d'oublier les soucis du monde. C'est ainsi qu'il ponctuait son temps : tasse de café, déjeuner, thé, puis, après le travail, petit verre au bistrot, de l'autre côté de la piazza. Il ne s'agissait que de brefs interludes au cours desquels il posait ses documents, dégustait sa boisson à petites gorgées et, le regard dans le vide, s'interdisait de penser à quoi que ce soit.

Il protégeait jalousement ces moments de répit. Sa secrétaire savait alors psalmodier : « Le général est en réunion... Est-ce qu'il peut vous rappeler ? » Il fallait alors beaucoup de courage au subordonné pour oser le déranger à ce moment-là.

C'était le cas de Flavia. Même elle avait besoin d'une solide raison. Elle emmena la solide raison avec elle et lui enjoignit de s'asseoir dans le fauteuil d'en face, tandis qu'elle s'efforçait de calmer un Bottando hérissé.

« Je suis désolée, dit-elle. Je sais. Mais j'ai pensé que vous deviez être mis au courant. »

Bougonnant, croisant les bras pour souligner son agacement et dire adieu à son thé et à sa méditation, Bottando s'appuya au dossier de son siège.

« Bon, d'accord ! fit-il d'un ton rageur. Je vous écoute... »

Argyll raconta son histoire, se rendant compte que finalement, malgré ses réticences, Bottando s'intéressait de plus en plus à son récit. Lorsqu'il l'eut enfin terminé, le général se gratta le menton et se mit à réfléchir.

« Deux choses, ajouta Flavia avant qu'il ait le temps d'ouvrir la bouche. D'abord, quand vous m'avez demandé tout à l'heure de m'amuser avec l'ordinateur, j'ai tapé le nom du tableau. Juste histoire de m'occuper. Et il n'est pas répertorié en tant qu'objet volé.

— Ça ne veut rien dire. Vous savez aussi bien que moi qu'on ne peut absolument pas se fier à cette machine.

— Deuzio, y a-t-il des policiers français dans les parages ?

— Non. Pas officiellement, du moins. Et je serais fort mécontent qu'il y en ait sans qu'on en soit officiellement avisés. Ça ne se fait pas. C'est une question de politesse. Et, il faut le reconnaître, ce n'est pas le style de Janet. »

Jean Janet était l'alter ego parisien de Bottando, le chef de l'Office central de lutte contre le trafic d'œuvres d'art. C'était un type bien avec qui les Italiens entretenaient depuis des années des relations cordiales. Comme l'avait dit Bottando, ça ne lui ressemblait pas. En outre, il n'aurait rien eu à gagner en agissant de la sorte.

« Je ferais peut-être quand même mieux de vérifier. Mais on devrait considérer que le type du téléphone est un imposteur. Dites-moi, monsieur Argyll, à part Muller, quelqu'un d'autre savait-il que vous étiez en possession de ce tableau ?

— Non, répondit-il avec assurance, j'ai tenté de dire à Delorme...

— À qui ?

— Delorme. L'homme qui me l'a confié en premier lieu.

— Ah ! Bottando griffonna une note. A-t-il un petit côté louche ? demanda-t-il plein d'espoir.

— Certainement pas ! répliqua vertement Argyll. Enfin, même si je ne peux pas dire que je l'adore, j'espère connaître assez bien ce milieu pour deviner qui est malhonnête et qui est simplement roublard. »

Bottando n'en était pas aussi certain. Il nota qu'il devait également poser des questions sur Delorme lorsqu'il téléphonerait à Janet.

« Bon. Flavia m'a signalé, reprit le général, que quelqu'un avait tenté de voler ce tableau au moment où vous quittiez Paris. Pensez-vous que ce soit simplement une autre "coïncidence", comme elle dit ? »

Il parlait d'un ton plutôt benoît, mais une légère aigreur perçait dans ses propos. Le général Bottando était mécontent. Et il avait toutes les raisons de l'être, reconnaissait Flavia. Fabriano pourrait faire ses choux gras de cette affaire. Et il n'allait sûrement pas s'en priver d'ailleurs.

« Comment le saurais-je ? s'écria Argyll. J'ai cru que seule l'occasion avait fait le larron.

— Vous avez alerté la police française ?

— Non. Je n'en voyais pas la nécessité, et le train était sur le point de partir.

— Quand vous ferez votre déposition, n'oubliez pas de préciser ces petits détails. Seriez-vous capable de donner une description de cet homme ?

— Je pense que oui. En fait, il était plutôt banal physiquement. Taille moyenne, poids moyen, cheveux châtains. Deux bras, deux jambes. Le seul signe particulier, c'était une petite cicatrice, là. »

Il indiqua un endroit au-dessus du sourcil gauche ; le cœur de Flavia flancha de nouveau.

« Nom d'un chien ! s'écria-t-elle.

— Quoi ?

— Ça ressemble au portrait de l'homme qui s'est présenté à la porte de Muller hier. »

Bottando soupira. Voilà ce qui se passe quand on essaie de protéger ses petits amis.

« Par conséquent, ça signifie que nous devons envisager la possibilité que vous allez recevoir la visite d'un assassin. À quelle heure vient-il ?

— À cinq heures.

— Alors nous l'attendrons de pied ferme. Et en prenant toutes les précautions nécessaires, qui plus est. Si c'est un meurtrier, c'est aussi un malade. Le tableau se trouve toujours à la salle des ventes, dites-vous ? »

Argyll opina de la tête.

« Il ne peut pas rester là. Flavia, demandez à Paolo d'aller le chercher. Placez-le dans la chambre forte au rez-de-chaussée jusqu'à ce que nous décidions quoi en faire. Ensuite contactez Fabriano. Deux hommes armés dans la rue et un autre dans l'appartement devraient suffire. De la discrétion, hein ? Assurez-vous qu'il comprenne bien ça. Quand nous nous serons emparés de cet homme, nous aviserons. S'il vient au rendez-vous, évidemment. Si nous arrêtons un meurtrier, peut-être pourrons-nous faire oublier tout le reste. »

6

Un scénario aussi simple s'avéra être bien trop opti-
miste. Ils attendirent une heure dans le petit appartement sans que le moindre visiteur se présente. Pas
même Fabriano, quoique Flavia ne l'ait pas regretté.
Ils durent se contenter de l'un des policiers attachés à
leur service qui admit à contrecœur savoir quel bout
du pistolet on pointait sur un suspect. Quant à
Fabriano, selon les carabiniers, il était parti en mission.

« Et quand doit-il revenir ? avait demandé Flavia à
l'homme qui avait répondu au téléphone. C'est une
affaire importante. »

Il l'ignorait.

« Pouvez-vous me brancher sur sa radio ? s'enquit-
elle avec impatience.

— Vous brancher ? se moqua son interlocuteur.
Vous nous prenez pour l'armée américaine ? On s'estime heureux de pouvoir seulement faire fonctionner
les appareils.

— Bien. Alors faites-lui parvenir un message. C'est
pressé. Il faut qu'il vienne chez moi de toute urgence.

— Vous vous remettez ensemble tous les deux ?

— Pardon ?

— Désolé. D'accord. Je vais voir ce que je peux faire pour vous », dit l'homme à l'autre bout du fil. Il n'avait pas l'air très fiable, toutefois.

Si leur préparation laissait à désirer, au moins Bottando avait-il réussi à contacter Janet, qui lui affirma qu'aucun de ses agents ne se trouvait en Italie.

« Taddeo, hurla la voix tonitruante, comment pouviez-vous imaginer une chose pareille ? Je n'ai jamais agi de la sorte.

— Simple vérification, le rassura Bottando. Il y a certaines règles à suivre, vous savez. Maintenant, parlez-moi de ce tableau : est-ce qu'il s'agit d'un objet volé ? »

Janet n'en avait pas la moindre idée. Il devait se renseigner. Il rappellerait dès qu'il saurait quelque chose.

« Il ne nous reste plus qu'à attendre », dit Bottando. Il jeta un regard circulaire dans l'appartement. « C'est gentil chez vous...

— Vous voulez dire que c'est exigu, sinistre et en désordre, répondit Argyll. Je suis tout à fait d'accord. Personnellement, j'estime qu'on devrait déménager. »

S'il avait compté sur le soutien de Bottando, il dut cependant déchanter. Non que le général n'ait pas été d'accord, mais un coup de sonnette l'empêcha de répondre. Chacun retint son souffle. Argyll blêmit, le policier en uniforme dégaina son pistolet et le contempla d'un air malheureux, tandis que Bottando allait se cacher dans la chambre à coucher. Ce n'est pas juste, pensa Argyll. Il avait prévu de s'y réfugier lui-même.

« Bon allez, chuchota Flavia. Va ouvrir ! »

Avec mille précautions, s'attendant à se faire attaquer à tout moment, Argyll se dirigea vers la porte, la déverrouilla et recula pour sortir de la ligne de feu. Les traits tendus, le policier braqua son pistolet. Flavia s'aperçut qu'en fait elle avait oublié de lui demander s'il s'était déjà servi d'une arme à feu.

Rien ne se produisit pendant quelques instants, puis la porte pivota lentement sur ses gonds et un homme fit son entrée.

« Oh ! c'est toi ! » soupira Flavia, à la fois soulagée et déçue.

Debout dans l'encadrement de la porte, Fabriano fixa sur elle un regard agacé.

« Tu n'as pas l'air vraiment contente de me voir. Je ne suis pas l'homme que tu attendais ?

— Tu n'as pas reçu mon message, toi non plus ?

— Quel message ?

— C'est vraiment mon jour ! s'écria-t-elle avant de lui donner des explications.

— Ah ! je vois..., dit-il en triturant sa petite radio. Les batteries sont à plat. De quoi s'agissait-il ? »

Elle lui fit un bref résumé, passant un peu vite sur certains aspects. Quand le récit fut terminé, on aurait pu croire que sa relation avec Argyll était fondée sur une incompréhension mutuelle.

« Mais ce type est en retard, non ? fit remarquer Fabriano.

— En effet.

— Peut-être était-il occupé à d'autres tâches... » Il semblait sous-entendre par là qu'il savait quelque chose qu'elle ignorait.

Elle soupira.

« Eh bien quoi, par exemple ?

— À commettre un autre meurtre, peut-être. » Il poursuivit : « Le meurtre d'un touriste suisse inoffensif qui a eu le malheur d'avoir dans sa poche l'adresse de Muller et la tienne. »

Il raconta qu'il avait été appelé à quatre heures à l'hôtel Raphaël, charmant établissement fort tranquille situé près de la piazza Navona. Encore sous le choc, le gérant avait téléphoné pour signaler d'une voix étouffée le suicide d'un client dans l'une des chambres. Fabriano s'était immédiatement rendu sur les lieux. Ce n'est pas un suicide, avait-il déclaré. Le gérant avait pris ses désirs pour des réalités. La victime n'aurait absolument pas pu se tirer une balle de cette manière. De toute façon, pas avec une arme sur laquelle on avait soigneusement essuyé les empreintes digitales.

« Je crains, chère amie, que vous ne puissiez éviter d'aller jeter un coup d'œil sur cette chambre, dit Bottando. Je sais que vous n'aimez pas les cadavres, mais pourtant... »

Elle acquiesça à contrecœur, tout en constatant, comme elle s'apprêtait à partir, que le général avait réussi à se défiler. Il devait regagner son bureau pour donner des coups de téléphone.

Argyll n'eut pas cette chance. Non seulement il n'avait aucun désir de contempler un tel spectacle, mais il sentait monter en lui une aversion certaine pour Fabriano, ce dernier ne cachant pas l'antipathie qu'il éprouvait à son égard. Argyll savait qu'il avait intérêt à prendre le large ; hélas ! après l'avoir toisé un instant, un léger rictus méprisant flottant sur la lèvre supérieure, l'Italien annonça qu'il avait besoin de la déposition d'Argyll et que, par conséquent, celui-ci ferait bien de les accompagner. On s'occuperait de lui plus tard.

Flavia avait décrit sa matinée dans l'appartement de Muller et, bien qu'elle lui eût épargné les détails les plus atroces, Argyll était doué d'une imagination assez fertile pour craindre le pire longtemps avant d'avoir atteint la chambre située au troisième étage de l'hôtel Raphaël. Fabriano, il va sans dire, en rajoutait : à telle enseigne qu'au moment où il entra enfin dans la chambre 308 Argyll fut presque déçu et, en tout cas, soulagé. Si chaque crime possédait son style, celui-ci n'avait pu être commis par la personne qui avait tué Muller.

Comparée au chaos régnant sur le lieu de l'autre meurtre, la scène qu'ils avaient sous les yeux paraissait presque domestique. Les vêtements de l'occupant de la chambre étaient toujours rangés sur la table en piles impeccables ; un journal était soigneusement plié sur la télévision ; la pointe des chaussures, placées côte à côte, apparaissait sous le lit qui avait été ouvert avec un soin méticuleux.

Jusqu'à l'apparence du cadavre qui s'harmonisait avec le décor. Bizarrement, l'horreur était absente. Même Argyll ne parvenait pas à avoir la nausée. Assez âgée, la victime était à l'évidence bien conservée. Jusque dans la mort – condition qui met rarement les gens en valeur. L'homme ne semblait avoir qu'une soixantaine d'années. Son passeport indiquait qu'il avait soixante et onze ans et qu'il s'appelait Ellman. La balle qui l'avait tué avait fait un trou net et tout rond, exactement au centre de son crâne chauve et luisant. Il n'y avait même pas assez de sang pour que cela vous soulève le cœur.

Flavia l'ayant fait observer, Fabriano grogna et désigna dans un coin de la pièce l'un de ces inévitables sacs en plastique. Le sac était vert. Avec beaucoup de rouge.

« C'est bizarre, dit-il. Autant qu'on puisse en juger, la victime était assise dans le fauteuil. Le tueur a dû s'approcher par-derrière – il mima le mouvement pour illustrer son hypothèse –, placer la serviette autour de la tête et tirer. En plein milieu du crâne. La balle s'est enfoncée dans le corps : on n'a pas pu localiser l'endroit où elle est ressortie. Elle a dû traverser le cou pour terminer sa course dans la région de l'estomac. Je suppose qu'on finira par la retrouver. C'est pourquoi ça n'a pas fait beaucoup de dégâts. Et comme le pistolet était équipé d'un silencieux, ça n'a pas fait beaucoup de bruit non plus. Vous connaissez aussi cet homme, Argyll ? Est-ce que par hasard vous lui auriez également vendu des tableaux ?

— Non je ne l'ai jamais vu », répondit Argyll en scrutant la scène avec une singulière attention. Il décida de faire fi de la manière plutôt discourtoise dont Fabriano s'adressait à lui. « Son visage ne me dit absolument rien. Êtes-vous sûr que ce n'est pas la personne qui m'a téléphoné ?

— Comment le saurais-je ?

— Alors pourquoi est-il en possession de mon adresse ? Et de celle de Muller ?

— Ça, je ne le sais pas non plus, rétorqua Fabriano, avec un certain agacement.

— Que sait-on de ses déplacements ? D'où vient-il ?

— De Bâle. Il est suisse. Je peux vous fournir d'autres renseignements ? Pour vous aider dans votre enquête ?

— Tais-toi, Giulio, dit Flavia. C'est toi qui l'as fait venir. Tu peux au moins rester poli.

— De toute façon, reprit Fabriano, manifestement énervé d'avoir à perdre son temps à donner des explications à ces inutiles, il est arrivé hier après-midi, est sorti le soir, est revenu tard et, après le petit déjeuner, il a passé le reste de son temps dans sa chambre. On a découvert le corps peu après quatre heures.

— Et on a appelé Jonathan vers deux heures, dit Flavia. Est-ce qu'il y a une trace de ces appels ?

— Non. Il n'a pas téléphoné à l'extérieur. Évidemment, il a peut-être utilisé le téléphone public dans le hall d'entrée. Mais aucun témoin ne l'a vu quitter sa chambre.

— Des visiteurs ?

— Personne ne l'a demandé à la réception, personne n'a remarqué le moindre visiteur. Nous sommes en train d'interroger le personnel et les clients qui se trouvaient dans les chambres voisines.

— Par conséquent, il n'y a aucune raison de penser qu'il a quelque chose à voir avec la mort de Muller ou avec le tableau en question.

— Sauf les adresses et l'arme qui est du même type que celle dont on s'est servi pour envoyer Muller dans l'autre monde. En dehors de ça, non. Mais ce n'est pas un mauvais début. Sauf si une spécialiste distinguée comme toi a une meilleure idée ?

— Eh bien..., commença Flavia.

— D'ailleurs, ton avis ne m'intéresse pas particuliè-rement. Tu es ici pour m'assister, quand je requerrai ton aide. Et ton ami n'est qu'un témoin, rien de plus. Compris ? »

Argyll suivait la prestation de Fabriano avec grand intérêt. Qu'est-ce que Flavia avait pu trouver autrefois chez ce type ? se demandait-il, piqué. Il avait le senti-ment que Fabriano pensait à peu près la même chose à son sujet.

« Cependant, tu ne sais pas qui l'a tué, n'est-ce pas ? poursuivit Flavia. Tu ne connais pas le mobile. Ni le rôle joué par le tableau. En fait, tu ne sais pas grand-chose.

— On finira par tout savoir. Ce ne sera pas très dif-ficile. Dès qu'on aura étudié le dossier d'un peu plus près, affirma Fabriano avec assurance.

— Hmm... », commenta Argyll d'un coin de la pièce. Ce n'était sans doute pas la repartie cinglante qu'idéalement il eût souhaité lancer, mais il ne trouva pas mieux. Bizarrement, quand on le traitait de haut, il perdait sa faconde. C'était une faiblesse dont il n'était pas du tout fier.

Ils restaient donc là tous les trois à s'agacer mutuelle-ment. Et sans rien accomplir de positif. Flavia décida qu'elle devait prendre l'initiative de recueillir la dépo-sition d'Argyll à propos du tableau. Si Fabriano voulait d'autres renseignements, il pourrait les demander le lendemain. Le regard de celui-ci laissait clairement entendre qu'il ne s'en contenterait sûrement pas. Mais, pour le moment en tout cas, il n'était pas encore passé à l'action. Elle s'empressa donc d'emmener Argyll, suggérant que Fabriano s'occupe de ce qu'il était censé faire, quoi que ce soit. Elle lui enverrait une copie de l'entretien dès qu'il serait terminé.

Pendant qu'ils s'éloignaient, ils entendirent Fabriano crier qu'il viendrait la chercher lui-même. Et qu'elle ne croie surtout pas qu'il n'allait pas poser de questions supplémentaires. Et en grand nombre.

Une surdose de crime rendait Flavia quelque peu insensible. Étrangement, les événements de la soirée l'avaient mise d'excellente humeur. Finies, les enquêtes sur de minables vols de ciboires dorés dans les églises ou les interrogatoires de petits voleurs à propos de disparitions de bijoux ! Enfin ! Pour la première fois depuis des mois elle avait quelque chose de consistant à se mettre sous la dent.

Elle avait d'ailleurs eu du mal à se retenir de fredonner joyeusement lorsqu'ils s'étaient tous les deux installés dans son bureau pour enregistrer le compte rendu détaillé d'Argyll concernant son rôle dans l'affaire. Mais elle se comporta avec tant de professionnalisme qu'il en fut quelque peu désarçonné ; cela faisait bien longtemps qu'elle ne l'avait pas interrogé ainsi, et il avait oublié à quel point elle pouvait être intimidante derrière une machine à écrire. Ce furent les petits détails qui le mirent mal à l'aise, comme de devoir lui fournir – à elle ! – son numéro de passeport et lui communiquer sa date de naissance et son adresse.

« Mais tu connais mon adresse ! C'est la même que la tienne.

— Oui, mais tu dois me l'indiquer. Il s'agit d'une déposition officielle. Tu préférerais la donner à Fabriano ?

— Bon, d'accord... », soupira-t-il avant de s'exécuter. Puis il se lança dans une longue déposition que Flavia traduisait dans le langage administratif officiel. C'est ainsi qu'il avait rendu une visite d'affaires à J. Delorme, galeriste, au lieu d'être passé le voir ; qu'il avait pris le chemin de la gare du chemin de fer afin de regagner Rome, au lieu d'avoir filé à la gare pour attraper un train ; que l'individu inconnu susdit avait tenté de s'échapper avec ladite peinture, au lieu qu'Argyll ait failli être roulé par un filou.

« Par conséquent, tu as pris ensuite le train pour rentrer directement à Rome. Rien de plus ?

— En effet.

— J'aurais préféré que tu aies fait une déposition auprès de la police française. Ça nous aurait beaucoup simplifié la vie.

— La vie aurait été bien plus simple si je n'avais jamais vu ce tableau.

— Soit.

— En tout cas, je n'aurais jamais eu affaire à ce fichu Fabriano... Qu'est-ce qui a bien pu te plaire chez ce type ?

— Giulio ? Il n'est pas si mal que ça, en fait », dit-elle, l'air distrait. Elle se demanda pourquoi elle s'était soudain mise à le défendre. « Quand il est de bonne humeur, il est drôle, plein d'entrain et d'agréable compagnie. Il a tendance à être un peu possessif, remarque. »

76

Argyll émit l'un de ses grognements dubitatifs qui indiquaient qu'il pensait précisément le contraire.

« Bon, poursuivit-elle, nous ne sommes pas ici pour parler de ma jeunesse. Il faut que je retape ça. Tais-toi un peu pendant ce temps. »

Argyll, boudeur, s'agita sur son siège tandis qu'elle fignolait son rapport, la langue passée entre les dents, le sourcil légèrement froncé, tentant de commettre le moins d'erreurs possible.

« Or, à Rome... », continua-t-elle. Et l'entreprise dura presque une heure de plus, jusqu'à ce qu'elle soit absolument satisfaite du résultat. Enfin, elle se pencha en arrière, retira la feuille de la machine et la lui tendit.

« Relis ça, assure-toi qu'il s'agit d'un compte rendu complet et exact, lui enjoignit-elle d'un ton officiel. Puis signe-le, quoi que tu en penses. Je n'ai pas l'intention de le retaper. »

Il lui fit une grimace puis relut sa déposition. Il manquait certains détails, naturellement, mais rien de significatif, à son avis. « Complet » et « exact » semblaient des qualificatifs adéquats. Il apposa sa signature sur la ligne prévue à cet effet et lui rendit la feuille.

« Ouf ! Dieu merci, c'est terminé ! fit-elle avec soulagement. Merveilleux ! Ç'a été plus rapide que je n'aurais cru.

— Et d'habitude, ça prend combien de temps ? » demanda-t-il en regardant sa montre. Il était près de dix heures du soir, ça faisait plus de deux heures qu'ils étaient enfermés et il commençait à avoir faim.

« Oh ! des heures et des heures. Tu ne peux pas savoir... Bon ? Allons voir Bottando. Il nous attend. »

77

Les yeux au plafond, un tas de papiers étalés sur son bureau, le général attendait patiemment et avec flegme. Lorsque Fabriano avait fait son apparition, son premier instinct avait été de filer lui-même sur les lieux afin de s'occuper de la partie du dossier relevant de son service. La raison cependant prit le pas sur l'instinct. L'affaire était du domaine des carabiniers et, malgré son vif désir de participer à l'enquête, il n'était pas normal que quelqu'un de son grade, et appartenant au corps rival de la police, se retrouve pratiquement en train de servir d'assistant à un simple inspecteur. Ce serait donc à Flavia de jouer ce rôle. L'implication personnelle de la jeune femme dans cette histoire le mettait un rien mal à l'aise. C'est pourquoi il désirait profiter de son absence pour se renseigner sur le tableau d'Argyll. S'il s'agissait d'un objet volé et si, par conséquent, Argyll l'avait fait illégalement sortir de France, les choses seraient claires : Flavia ne pourrait en aucun cas se charger du dossier. Imaginez seulement les manchettes des journaux, les froncements de sourcils de ses supérieurs et le ravissement de ses divers rivaux qui s'empresseraient de faire savoir urbi et orbi que Bottando avait autorisé qu'une enquête à propos d'une série de délits connexes soit menée par un agent se trouvant être la petite amie de l'un des prévenus.

D'un autre côté, comment empêcher Flavia de poursuivre l'enquête ? Quelle raison invoquer ? S'il passait le dossier à quelqu'un d'autre, la réaction peu amène de la jeune femme serait prévisible. Si c'était à elle qu'il le confiait...

Telle était l'alternative. L'une des ambiguïtés de l'univers. Or Bottando détestait les impondérables. C'est pourquoi il fut encore plus agacé et perplexe quand arriva le coup de téléphone tant espéré en provenance de Paris, lequel ne réussit qu'à embrouiller davantage l'affaire...

Le tableau avait-il été volé oui ou non ? Voilà une question on ne peut plus limpide qui devrait recevoir une réponse tout aussi limpide. Par exemple, oui. Ou non. L'une ou l'autre serait acceptable. Mais la réponse qu'il n'attendait pas et qu'il n'approuva pas fut celle que lui donna Janet.

« Peut-être, fit le Français.

— Que voulez-vous dire ? Quelle sorte de réponse est-ce là ? »

Il y eut un raclement de gorge embarrassé à l'autre bout du fil.

« Ce n'est pas une très bonne réponse, en effet. J'ai fait tout mon possible, mais sans grand succès. On a bien reçu une note de la PJ nous signalant qu'un tableau correspondant à cette description avait été volé.

— Ah ! nous y voilà ! s'écria Bottando, plein d'espoir.

— Hélas, non ! répliqua Janet. On nous a alors précisé qu'aucune action n'était requise de la part de notre service.

— Pour quelle raison ?

— Telle est la question, non ? Eh bien, soit on l'a déjà récupéré, soit il a trop peu d'importance pour qu'on s'en préoccupe, soit encore la police qui s'est chargée des recherches sait ce qui s'est passé et n'a pas besoin de nos compétences particulières.

— Je vois, dit Bottando, très peu certain, en fait, que ce fût le cas. Alors quel est exactement le statut du tableau qui est appuyé contre mon bureau ? A-t-il le droit ou non d'être là ? »

Peut-on faire percevoir au téléphone un haussement d'épaules typiquement français, parfaitement mis au point et bien rodé ? Ce n'est pas impossible. Bottando eut l'impression qu'il pouvait presque voir son collègue exécuter une magistrale démonstration de cet art.

« Officiellement, on ne nous a pas signalé ce tableau comme ayant été volé. Par conséquent, pour nous il ne l'a pas été. Nous ne nous y intéressons pas. C'est tout ce que je puis dire pour le moment.

— Ne pourriez-vous pas simplement poser la question au propriétaire ?

— Si je savais qui c'était, ce serait possible, en effet. Mais c'est l'un des petits détails qu'on a omis de nous communiquer. Par précaution, il vaudrait mieux que M. Argyll le rapporte, mais je suis incapable de vous dire si nous possédons le moindre droit sur cette peinture. »

Un point c'est tout. Que de mystères ! Complètement dans le flou, Bottando raccrocha et s'abîma dans ses pensées. « Ce satané tableau ! » fut tout ce qu'il put dire. Et « Drôle de Janet ! ». Normalement, c'était un homme extrêmement expansif, mais cette fois-ci il ne s'était guère foulé pour lui venir en aide. Il répondait en général à toutes leurs requêtes avec moult détails et confiait à quelqu'un la mission de dénicher le moindre renseignement. Mais pas cette fois-ci. Pourquoi donc ? Peut-être était-il tout bonnement trop occupé. Bottando connaissait le problème. C'était une histoire de priorités : lorsqu'on est réellement débordé, il n'est pas possible de perdre son temps à s'attarder sur des questions secondaires. Mais quand même...

Puis il alla s'asseoir dans son fauteuil, prit son menton dans ses mains et regarda le tableau avec attention. Comme l'avait dit Flavia, c'était plutôt bien, de la belle ouvrage. Pour ceux qui aiment ce genre de peinture. Mais rien d'extraordinaire. Rien qui justifie un meurtre, le tableau n'était qu'un témoin innocent, en quelque sorte. D'ailleurs, depuis son arrivée dans le service, deux heures auparavant, un spécialiste du Musée national, convoqué afin de procéder à un examen minutieux, avait conclu qu'il n'était que ce qu'il paraissait être : rien sous la peinture, rien derrière la toile, rien de caché dans le cadre. L'imagination de Bottando lui jouait parfois des tours. Ayant, il y avait de nombreuses années de cela, fait arrêter des trafiquants de drogue qui avaient dissimulé de l'héroïne dans des trous pratiqués dans le cadre d'un tableau, il brûlait de renouveler son exploit. Mais ce ne serait pas cette fois-ci : quoi qu'on fasse, le tableau refusait d'être autre chose qu'une peinture moyenne dans un cadre ordinaire.

Il était toujours en train de le contempler en secouant la tête lorsque Flavia et Argyll entrèrent dans son bureau.

« Alors ? Quoi de neuf ?

— Pas mal de choses, dit-elle en s'asseyant. Le dénommé Ellman a sans doute été tué avec l'arme qui a éliminé Muller. Et vous savez déjà qu'il avait dans son carnet le numéro de téléphone ainsi que l'adresse de Muller et de Jonathan.

— Que sait-on de ce mystérieux personnage à la cicatrice ? Personne ne l'aurait vu traîner dans le hall, par hasard ?

— Je crains que non.

— Et qui était-ce ? Je veux dire, Ellman...

— Selon les papiers trouvés sur lui, c'était un Allemand, naturalisé Suisse. Il est né en 1921, habitait Bâle, et était consultant en import-export à la retraite. Mais je ne sais pas à quoi ça correspond exactement. Fabriano contacte les Suisses pour en apprendre davantage.

— Autrement dit, nous détenons des informations sans avoir d'explications.

— C'est à peu près ça. Ce qui ne nous empêche pas de jongler avec plusieurs hypothèses.

— Dans la mesure où c'est nécessaire », dit Bottando sans grande conviction. Il avait horreur d'échafauder des hypothèses pour le plaisir. Il préférait classer les faits. C'était plus professionnel.

« Bon, d'accord. Il y a trois événements : une tentative de vol et deux meurtres, ajoutés à la possibilité que le tableau ait été volé. En tout premier lieu, nous devons découvrir l'identité du dernier propriétaire.

— Janet affirme ne pas la connaître.

— Hmm. Soit. De toute façon, tous ces événements sont liés. Le tableau et l'homme à la cicatrice lient les deux premiers ; l'arme lie le deuxième et le troisième. Muller a été torturé, et à moins que son assassin ne soit fou, ce ne peut être que pour lui faire avouer quelque chose. Ses tableaux ont été mis en pièces, et

82

ensuite quelqu'un a appelé Jonathan pour s'enquérir du *Socrate*.

— En effet, fit Bottando patiemment. Et alors ?

— Alors, rien, en fait, répondit-elle, la mine un peu piteuse.

— Il y a aussi une autre petite question », dit Argyll. Si les choses prenaient cette tournure complexe, il ne voyait pas pourquoi il ne pourrait pas mettre son grain de sel lui aussi.

« C'est-à-dire ?

— Comment cet homme connaissait-il l'existence de Muller ? Et comment savait-il que j'allais me trouver à la gare à Paris ? Je ne l'avais dit à personne. Le renseignement ne pouvait venir que de Delorme.

— Il va falloir que nous interrogions votre collègue à ce sujet. Et nous ne devrons pas nous en tenir là, loin s'en faut. Je crois savoir que la sœur de Muller arrive demain. Et quelqu'un devra se rendre à Bâle.

— Je pourrai y aller une fois que j'aurai vu la sœur, dit Flavia.

— Je crains que non.

— Pourquoi pas ?

— La déontologie, affirma Bottando avec force. Voilà pourquoi.

— Une seconde, s'il vous plaît...

— Non. C'est vous qui allez m'écouter. Vous savez aussi bien que moi que vous devriez rester discrète dans cette affaire. Même si c'est à son insu que M. Argyll a transporté de la marchandise volée, il est bien possible que ce soit ce qu'il a fait. C'est également un témoin de première importance, et vous avez caché ce fait aux carabiniers.

— Ça, c'est un peu exagéré.

— Je décris simplement ce qu'un Fabriano pourrait faire de ce genre de données. Vous ne pouvez pas avoir l'air de participer à cette enquête.

— Mais...

— "Avoir l'air de", ai-je dit. Il y a aussi un autre problème : pour la première fois depuis que nous nous connaissons, l'ami Janet ne joue pas vraiment franc jeu avec moi, et tant que je n'aurai pas découvert pourquoi, on va devoir marcher sur des œufs.

— Que voulez-vous dire ?

— Il a suggéré que M. Argyll aurait intérêt à ramener le tableau. Ce qui me fait penser qu'il n'est pas impossible qu'un Français ait bien travaillé ici officieusement. Ce qui ne me plaît guère. Or, Janet ne fait jamais rien sans une bonne raison ; c'est pourquoi nous devons tenter de déterminer la nature de cette raison. Je pourrais la lui demander, mais s'il en avait eu le désir il aurait déjà eu l'occasion de me la fournir... Voilà pourquoi nous devons procéder avec méthode. Monsieur Argyll, je dois vous prier de rapporter ce tableau. J'espère que cela ne va pas trop vous ennuyer ?

— Je ne pense pas que ce soit au-dessus de mes forces.

— Bien. Lorsque vous serez là-bas, vous pourriez peut-être avoir un courtois entretien avec votre ami Delorme pour voir s'il peut fournir quelques éclaircissements. Mais, quoi qu'il arrive, tenez-vous-en strictement à cette démarche. Il s'agit d'un meurtre, d'une très sale affaire. Ne prenez aucun risque ! Livrez votre colis et revenez dare-dare. C'est bien compris ? »

Argyll acquiesça d'un signe de tête. Il n'avait pas la moindre intention d'en faire plus.

« Bien. Dans ce cas, je vous suggère d'aller préparer votre valise. Bon, vous Flavia, poursuivit-il tandis qu'Argyll, se rendant compte qu'on n'avait plus besoin de lui, se levait pour partir, vous allez vous rendre à Bâle pour glaner des renseignements. Je vais annoncer votre arrivée aux Suisses. Vous aussi, vous rentrerez ensuite à Rome séance tenante. Toutes vos autres démarches seront officieuses : je ne veux pas que votre nom apparaisse sur le moindre rapport, le moindre interrogatoire, le moindre document officiel, quel qu'il soit. Compris ? »

Elle hocha la tête.

« Excellent. À votre retour, je vous raconterai ce qu'a dit la sœur de Muller. Entretemps, vous pourriez peut-être aller porter la déposition d'Argyll chez les carabiniers et, si possible, tâcher de les persuader de vous laisser jeter un coup d'œil sur les éléments qu'ils ont déjà recueillis. Ce serait dommage de rater quelque chose à Bâle parce que vous ne savez pas ce que vous devez y chercher.

— Il est déjà presque vingt-trois heures, fit-elle remarquer.

— Demandez à être payée en heures supplémentaires, répliqua-t-il cyniquement. Dès demain matin, j'aurai tous les documents dont vous aurez besoin. Passez les prendre avant de partir. »

7

Six heures du matin. C'est-à-dire sept heures et quarante-cinq minutes après son retour à la maison, sept heures et quinze minutes depuis qu'il s'était couché. Pas un instant de sommeil et, surtout, pas de Flavia. Que diable pouvait-elle bien fabriquer ? Elle était partie chez les carabiniers. Et depuis, il n'avait pas eu de ses nouvelles. Normalement Argyll était plutôt flegmatique, mais Fabriano lui avait mis les nerfs en pelote. Toute cette virilité musclée dans un espace aussi restreint, toutes ces railleries et ces poses de matamore... Pour la énième fois il se demanda ce que Flavia avait bien pu lui trouver. Quelque chose, apparemment. Les yeux grands ouverts, il se retourna une fois de plus dans son lit. Si elle avait été là, Flavia lui aurait déclaré sans ambages qu'il souffrait simplement d'un cas de surexcitation aiguë, ce qui pouvait être grave chez quelqu'un aimant la vie calme. Meurtres, vols, interrogatoires, ça faisait trop en si peu de temps. Il n'avait besoin que d'un whisky et d'une bonne nuit de sommeil.

Il aurait approuvé ce diagnostic, et c'étaient d'ailleurs les conseils qu'il s'était prodigués toute la nuit. Allons, dors ! s'était-il répété. Arrête d'être ridicule ! Mais, ayant échoué sur les deux fronts, quand il ne put plus supporter le péan en l'honneur du lever du soleil entonné par la population limitée des oiseaux du centre de Rome, il reconnut sa défaite et sortit du lit, sans trop savoir ce qu'il allait bien pouvoir faire.

Allez à Paris ! lui avait-on enjoint... Peut-être devrait-il obtempérer sans plus tarder. Puisque Flavia s'absentait sans se gêner le moins du monde, il pouvait prouver qu'il était capable d'en faire autant. De plus, il se débarrasserait ainsi d'une corvée qui ne lui rapportait rien. Il jeta un coup d'œil sur sa montre tandis que le café coulait. Il était assez tôt pour attraper le premier avion pour Paris. Atterrissage à dix heures, retour par le vol de seize heures et arrivée à la maison dès dix-huit heures. Dans la mesure, naturellement, où les avions, les trains et les contrôleurs aériens se montreraient coopératifs. Tout ce qu'il espérait, c'est que le veilleur de nuit du service chargé du patrimoine artistique avait reçu des instructions pour le laisser emporter le tableau. Avec un peu de chance il serait rentré dans la soirée. Alors, il aurait le temps d'aller visiter l'appartement dont ils avaient parlé. Et si Flavia rechignait, eh bien ! tant pis...

Ayant arrêté sa décision, il griffonna un rapide mot et le posa sur la table en sortant.

Flavia rentra environ vingt minutes après le départ d'Argyll. Elle aussi était totalement épuisée, même si c'était pour d'autres raisons. Ç'avait duré toute la nuit. Incroyable la quantité de paperasse émise par les carabiniers en si peu de temps ! Et quand elle avait réclamé les documents, Fabriano avait opposé une farouche résistance. Ce n'est que lorsqu'elle le menaça de se plaindre auprès de son chef qu'il s'exécuta à contrecœur. Si elle avait été de meilleure humeur ou moins fatiguée, elle aurait sans doute pu comprendre son point de vue. Il consacrait énormément de temps à cette affaire. C'était la chance de sa vie et il n'allait pas la laisser échapper. Pas question de partager ses lauriers avec elle s'il pouvait l'éviter ! L'ennui, c'est que l'attitude de Fabriano eut pour effet de durcir la sienne. Plus il résistait, plus elle insistait. Plus il cherchait – comme Bottando – à la tenir à l'écart, plus elle était décidée à se mêler davantage de cette enquête. Elle s'était donc installée pour compulser le dossier. Il y avait des centaines de feuillets : comptes rendus d'entretiens, rapports, inventaires, ainsi que des clichés photographiques.

En dépit de l'énorme masse de renseignements, il n'y avait pas grand-chose d'intéressant. La liste détaillée des objets se trouvant dans la chambre d'hôtel d'Ellman ne donna absolument rien. Les enquêtes préliminaires ne révélèrent aucun casier judiciaire ni en Suisse ni en Allemagne, pas même une infraction au code de la route entachant son honneur. Il y avait ensuite un tas d'entretiens menés après leur retour au bureau de Bottando. Serveurs, portiers, passants, clients du restaurant et du bar de l'hôtel, personnel d'entretien et résidents. En commençant par une certaine Mme Armand occupant la chambre d'en face qui croyait avoir peut-être aperçu Ellman ce matin-là, mais qui passa davantage de temps à se plaindre qu'elle allait rater son avion qu'à fournir des indices utiles, jusqu'au signor Zenobi, à l'autre bout de l'alphabet, qui avoua, en battant fortement sa coulpe, qu'il avait reçu, euh... une amie, et qui, par conséquent, n'avait rien entendu. Et il n'était pas nécessaire, n'est-ce pas, que son épouse ait vent de cette histoire...

Après plusieurs heures de lecture attentive, Flavia abandonna la partie et rentra chez elle à pied afin de discuter de tout ça avec Argyll dans le court laps de temps qui lui restait avant de filer en Suisse.

« Jonathan ? lança-t-elle de sa voix la plus douce en ouvrant la porte. Tu es réveillé ? »

« Jonathan ? » répéta-t-elle un peu plus fort.

« Jonathan ! » hurla-t-elle quand, une fois encore, aucune réponse ne lui parvint.

« Nom d'un chien ! » ajouta-t-elle en apercevant le petit mot sur la table. Puis le téléphone sonna. C'était Bottando qui la convoquait au bureau de toute urgence.

Le général était confronté à un problème ayant surgi juste après qu'il eut mis la dernière touche à son plan minutieusement élaboré pour creuser un fossé infranchissable entre Flavia et l'enquête. Il s'agissait avant tout d'un problème linguistique qui apparut lorsque, venant en droite ligne de Toronto, Helen Mackenzie atterrit à Rome. Mme Mackenzie parlait l'anglais et un peu le français. Giulio Fabriano, qui était censé mener l'entretien, ne parlait ni l'une ni l'autre langue, handicap qui, lui avait-on maintes et maintes fois répété, risquait de gêner sa carrière à cette époque d'intégration européenne. Il avait eu beau tout essayer : cassettes, manuels et listes de vocabulaire, rien n'y faisait. Selon les chercheurs, environ six pour cent de n'importe quelle population est incapable d'apprendre une autre langue, même si ces personnes maîtrisent parfaitement la leur. Malheureusement pour lui, Fabriano appartenait à cette minorité de plus en plus persécutée.

Si Bottando était plus doué, le résultat n'était guère brillant. Mais, à son âge et vu son grade, cela ne tirait pas à conséquence. Il baragouinait le français, connaissait un mot ou deux d'allemand, et dans les cas les plus épineux il pouvait faire appel à Flavia qui, de manière agaçante, excellait dans ce genre d'exercice.

D'où son coup de téléphone, enfreignant ainsi la règle qu'il s'était lui-même imposée, pas plus de cinq minutes après s'être aperçu que l'entretien risquait de prendre plusieurs semaines et de se révéler complètement inexact si des secours n'arrivaient pas de toute urgence. Flavia débarqua en titubant environ une demi-heure plus tard, pas très fraîche, les yeux troubles, et pas du tout en état de conduire des interrogatoires approfondis.

C'est pourquoi ils repoussèrent un peu l'échéance pendant que Bottando préparait lui-même le café le plus fort possible (contrairement à son habitude, sa secrétaire était en retard), allait chercher des cigarettes et quelque chose à manger au bistrot du coin, exhortant Flavia à s'efforcer de garder les yeux ouverts. Même si son estomac devait en pâtir le traitement de choc réussirait au moins à mettre un terme aux bâillements irrépressibles de la jeune femme.

Après les douze heures de vol depuis le Canada Mme Mackenzie n'était pas vraiment en meilleure forme que Flavia et, quand il débuta enfin, l'entretien fut ponctué par des séries de bâillements, les deux femmes s'entraînant l'une l'autre. Quelle classe ! pensa Flavia. C'était une belle femme, svelte et soignée, de toute évidence bouleversée par la mort de son frère, mais qui, en personne pragmatique, avait décidé que son chagrin devait rester une affaire privée. Pour le moment, elle était disposée à fournir le plus de renseignements possible : ce qui comptait pour elle avant tout, c'était que le coupable soit arrêté.

Elle fut un peu surprise en voyant Flavia entrer d'un pas incertain, carnet de notes et magnétophone dans une main, cafetière dans l'autre. Ce n'était pas sa conception d'une enquête policière sérieuse. Cette personne était bien trop jeune, bien trop séduisante, bien trop fatiguée. Mais la jeune Italienne possédait un si charmant sourire et eut l'occasion de prouver son efficacité en faisant un compte rendu circonstancié de l'état de l'enquête. Il y avait eu un autre meurtre, expliqua-t-elle, presque certainement lié à celui de Muller. Elle était désolée d'avoir à poser des questions si peu de temps après l'atterrissage de l'avion, mais on était pressé.

« Je comprends fort bien, répondit Helen Mackenzie. En fait, je trouve cela plutôt rassurant. Pourriez-vous m'indiquer, cependant, comment Arthur est mort ? »

Zut ! pensa Flavia. Elle n'avait surtout pas envie de donner des détails. Mais peut-être cette femme avait-elle le droit de savoir. À sa place, Flavia aurait personnellement préféré demeurer dans l'ignorance.

« Il a été tué par balle. Je crains qu'il n'ait été terriblement battu auparavant. » Tenons-nous-en là ! décida-t-elle.

« Oh ! le pauvre Arthur ! Et savez-vous pourquoi ?

— Nous n'en avons aucune idée, avoua-t-elle franchement. Une des hypothèses concerne un tableau. Il venait d'en acheter un, ou presque. La veille, quelqu'un avait tenté de le dérober au moment où le tableau quittait Paris, et le voleur a été vu devant la porte de l'appartement de votre frère le jour de sa mort. Comme vous vous en êtes peut-être aperçue, nous possédons fort peu d'éléments pour le moment. J'ai bien peur que nous ne soyons réduits à échafauder de vagues hypothèses que nous allons devoir examiner de près. Ses comptes ne révèlent rien de particulier, ses connaissances et collègues sont tous des modèles de banalité. »

Mme Mackenzie hocha la tête.

« Ça lui ressemble tout à fait. Il menait une vie étrange. Rares étaient ses plaisirs et ses distractions. Une morne existence, en quelque sorte. Il n'avait guère d'amis ou de centres d'intérêt. C'est la raison pour laquelle ça ne le gênait pas de voyager et d'être muté de pays en pays, année après année. Il n'avait jamais grand-chose à quitter.

— Pour en revenir à ce tableau, reprit Flavia, il a déclaré qu'il avait appartenu à son père. Or, nous n'arrivons pas à retrouver la moindre trace à ce sujet. Qui était son – votre – père ? »

Mme Mackenzie sourit.

« Ce sont deux questions distinctes. Mon père était le Dr John Muller. Il est mort il y a huit ans. Arthur était un enfant adoptif. Son père était un Français du nom de Jules Hartung. »

Flavia nota ce renseignement.

« Quand est-il mort ?

— En 1945. Il s'est pendu. Peu de temps avant qu'il ne passe en jugement comme criminel de guerre. »

Flavia leva les yeux et réfléchit quelques instants.

« Vraiment ? Je vois. Peut-être devriez-vous me fournir d'autres détails. Un résumé chronologique, en quelque sorte. Je ne sais pas si ce sera utile...

— Ce n'est pas impossible, interrompit la Canadienne, si le tableau en question a joué un rôle dans la mort d'Arthur. Ça fait deux ans qu'il fait des recherches sur son père. Depuis la mort de ma mère.

— Pourquoi depuis ce moment-là ?

— Parce que c'est alors qu'il a disposé des lettres de ses parents. Elle ne les lui avait jamais données. Elle et papa ne voulaient pas remuer le passé. Ils trouvaient qu'Arthur avait déjà assez de difficultés comme ça... »

Flavia leva la main.

« Depuis le début... ? suggéra-t-elle.

— Très bien. Arthur est arrivé au Canada en 1944, après un long périple, en passant par l'Argentine. Quand ses parents ont senti qu'il était trop dangereux pour lui de rester, ils l'ont fait sortir de France. Par quels moyens, ça, je n'en suis pas sûre. Il n'avait que quatre ans et il ne se rappelait pas grand-chose. Il se souvenait seulement que sa mère lui avait dit que s'il était sage tout irait bien. Et qu'il avait eu froid, caché à l'arrière de camions et de charrettes pour traverser les Pyrénées et entrer en Espagne, avant de faire un long voyage en bateau jusqu'à Buenos Aires et de passer de main en main jusqu'à ce qu'il soit envoyé chez mes parents au Canada. Il n'avait pas cessé d'avoir peur. Mes parents avaient accepté de le recevoir. Il s'agissait de liens de famille et d'affaires. Je crois qu'il était prévu qu'ils s'occuperaient de l'enfant jusqu'à la fin de la guerre. Mais, lorsque la paix a été signée, ses deux parents étaient morts.

— Qu'est-il advenu de sa mère ? »

Elle leva la main pour interrompre Flavia.

« Je vais y venir. » Elle fit une pause pour réfléchir avant de reprendre : « Comme il n'avait pas de famille, à proprement parler, qui le réclame, mes parents l'ont adopté légalement. Ils lui ont donné leur nom et ont essayé d'effacer tout ce qui lui était arrivé. Ils ont fait comme si rien ne s'était passé.

« Aujourd'hui les psychologues disent que c'est justement ce qu'il ne faut pas faire. Ce n'est pas ce qu'ils pensaient à l'époque. Mes parents étaient de braves gens et ils ont consulté un tas de monde pour savoir comment agir au mieux. Mais les enfants doivent savoir qui ils sont et d'où ils viennent. Ils peuvent mieux affronter les vérités désagréables que leurs fantasmes. Arthur, lui, avait construit tout un univers imaginaire pour combler les lacunes de son histoire : son père était un grand homme, un héros tué au champ d'honneur en défendant la France. Il avait des cartes montrant où son père s'était battu, où il était tombé entouré de camarades éplorés. Où il était mort dans les bras de sa fidèle épouse aimante. Il a décelé la vérité à dix ans. On est impressionnable à cet âge. C'était peut-être le plus mauvais moment.

— Et cette vérité, c'était... ?

— La vérité, que son père était un traître, un sympathisant nazi et un criminel qui, en 1943, avait espionné et trahi des membres de la Résistance au bénéfice des Allemands. Sa femme, la mère d'Arthur, était l'une des personnes trahies par lui. Elle a été arrêtée et, apparemment, exécutée, sans que son mari lève le petit doigt pour la sauver. Quand il a été démasqué, il a fui son pays et est revenu après la Libération. Mais il a été reconnu et arrêté. Il s'est pendu pendant qu'on préparait son procès. Il n'a même pas eu le courage de faire face à ses juges.

« Comment Arthur a découvert ces événements, je l'ignore. Et comment certains de ses camarades d'école l'ont su, je n'en ai pas la moindre idée. Mais ils l'ont appris, comme ça arrive avec les enfants, et ils l'ont harcelé. Les enfants sont souvent cruels, et on était en 1950, à une époque où le souvenir de la guerre était encore vivace. La vie d'Arthur est devenue un vrai calvaire, et on ne pouvait pas faire grand-chose pour l'aider. On ne savait pas qui il haïssait le plus : son père pour ce qu'il avait fait, ses camarades de classe qui le persécutaient, ou notre famille parce qu'on lui avait caché la vérité. Mais c'est plus ou moins à partir de ce moment-là qu'il n'a plus eu qu'une idée en tête : s'en aller. Quitter la petite ville où on habitait, quitter le Canada et fuir.

« C'est ce qu'il a réussi à faire à dix-huit ans. Il est allé à l'université puis a trouvé un travail aux États-

Unis. Il n'a plus jamais revécu au Canada et, à part une lettre ou un coup de téléphone de temps en temps, n'a plus eu de contact suivi avec aucun d'entre nous. Avec l'âge, je crois qu'il a mieux compris que mes parents avaient fait de leur mieux. Mais il n'a jamais supporté la vie de famille, quelle qu'elle soit. Il ne s'est jamais marié, il n'a même jamais eu, à ma connaissance, la moindre relation sérieuse avec quiconque. Il n'était pas assez fort, ni assez sûr de lui. Il a cherché à réussir sa vie à sa manière. Professionnellement, en tout cas, ç'a été un succès.

— Et ensuite votre mère est morte ? »
Elle acquiesça.

« En effet. Il y a deux ans, et nous avons dû déménager sa maison. Triste besogne ! Toutes ces années au cours desquelles s'étaient accumulés papiers, documents, photos et dont il fallait se défaire. Et il y avait le testament, évidemment. L'héritage n'était guère conséquent, mes parents n'ayant jamais été riches, mais ils traitaient toujours Arthur en fils, bien qu'il se soit éloigné de nous. Je pense qu'il a apprécié leur attitude et qu'il a reconnu leurs efforts, même s'il n'avait pu les payer de retour. Il est revenu pour l'enterrement, puis est resté m'aider à vider la maison. On s'était toujours bien entendus. Je crois que personne n'avait jamais été plus proche de lui que moi.

— Et que s'est-il passé alors ? » Flavia n'était pas certaine que ce détail soit important, mais désormais elle était prise par le récit. Elle n'avait pas la moindre idée de ce qu'Arthur Muller avait pu ressentir. Mais elle plaignait sa souffrance et son extrême solitude. Il était l'une des victimes oubliées de la guerre, l'une de celles qui n'apparaissent jamais dans les statistiques, mais qui, un demi-siècle après que la dernière balle a été tirée, subissent encore les séquelles du conflit.

« On a trouvé des lettres, comme je l'ai dit, répondit simplement Mme Mackenzie. L'une écrite par sa mère et l'autre par son père. On ne les lui avait jamais montrées. Il a considéré que c'était là la plus grande trahison. J'ai essayé de lui expliquer qu'ils avaient cru agir pour le mieux, mais il a refusé cette excuse. C'est peut-être lui qui avait raison : après tout, ils les avaient gardées, au lieu de les jeter. Quoi qu'il en soit, il s'en est allé l'après-midi même. À partir de ce jour-là, les rares fois où je lui ai téléphoné, il ne voulait parler que d'une chose : la recherche de son père.

— Et les lettres ?

— C'est lui qui avait apporté la lettre de sa mère. Apparemment, le jour où il était arrivé chez nous, il la tenait serrée dans sa main ; il avait refusé de la lâcher pendant toute la traversée de l'Europe et de l'Atlantique.

— Et que disait la lettre ?

— Pas grand-chose, en fait. C'était une lettre d'introduction, en quelque sorte. Destinée aux amis argentins chez qui on l'avait d'abord envoyé. Sa mère les remerciait de prendre soin de son fils et annonçait qu'elle le ferait revenir dès que le monde serait moins dangereux. Elle assurait que c'était un enfant sage, quoiqu'un peu têtu, et qu'il tenait beaucoup de son père, homme fort et courageux, un héros. Elle espérait qu'en grandissant il serait aussi droit et honnête que lui. »

Elle se tut un instant, un vague sourire sur les lèvres.

« Sans doute est-ce pour cela qu'il a cru que Hartung était un héros. Et que mes parents ont fini par cacher la lettre. C'était trop triste, la façon dont elle avait été trompée, elle aussi. »

Flavia opina de la tête.

« Et la deuxième lettre ?

— C'était une lettre de son père. Elle était également rédigée en français. Je me revois encore, assise sur le plancher du grenier, lui agenouillé, se concentrant sur la lettre, de plus en plus énervé et furieux au fur et à mesure qu'il en prenait connaissance.

— Et alors ?

— Elle avait été écrite à la fin de 1945, juste avant qu'il se pende. Objectivement, elle ne m'a pas semblé extrêmement révélatrice. Mais Arthur était décidé à tout interpréter de manière positive. Il a déformé le récit jusqu'à ce qu'il lise ce que lui voulait y lire.

« Moi, j'ai trouvé cette lettre froide, horrible. Hartung appelait simplement Arthur "le garçon". Il disait qu'il ne se sentait pas du tout responsable d'Arthur, mais qu'il s'occuperait de lui dès qu'il aurait résolu un petit problème, ce qu'il serait à même de faire, il en était certain, s'il pouvait mettre la main sur certaines ressources qu'il avait dissimulées avant de quitter la France. Je suppose qu'il pensait pouvoir s'en sortir en payant. C'était une lettre geignarde décrivant celui qui l'avait identifié en France comme un traître. Vu ce qu'il avait fait, ça dépassait les bornes, à mes yeux. Et il ajoutait qu'à tout le moins le jugement dernier le disculperait. Son optimisme n'était guère convaincant.

— Vous vous en souvenez très bien.

— Chaque mot est gravé dans ma mémoire. Ç'a été un moment affreux. J'ai bien cru qu'Arthur allait complètement perdre la tête. Et plus il lisait et relisait la lettre, plus son état empirait.

— Pourquoi ?

— J'ai dit que lorsqu'il était enfant il avait vécu dans un monde imaginaire. C'était toujours le cas, en un sens, mais en devenant adulte il avait appris à le dominer, à le maîtriser. Ce n'est pas surprenant. Hartung était juif. Pouvez-vous concevoir à quel point ç'a dû être dur pour Arthur d'accepter le fait – et je crains que ce ne soit bien un fait – que son père avait trahi des amis en les livrant aux nazis, lui, un Juif ! Arthur aurait tout fait pour se persuader du contraire, pour élaborer une autre vérité. Pendant des années sa tactique avait été de tout refuser en bloc. C'est alors que ces lettres lui ont fourni l'occasion de retourner à ses chimères.

« Il s'est d'abord raccroché à la référence au jugement. Les Juifs ne croient pas au jugement dernier, a-t-il dit – ce que j'ignorais – alors pourquoi cette référence au "jugement dernier" ? Si Hartung a pratiqué une religion à la fin de sa vie, ce n'est sûrement pas la religion chrétienne. Par conséquent, la référence devait signifier autre chose. Ensuite, il est passé à ce trésor enfoui qui, selon Hartung, pourrait résoudre ses problèmes. Arthur ne l'a jamais récupéré : le trésor était caché dans un lieu où personne ne pourrait le trouver. À l'évidence, la référence au trésor et celle au jugement étaient liées : CQFD. De la pure folie, non ?

— C'est possible. Je n'en sais rien.

— Puis Arthur est reparti, et c'est seulement de temps en temps qu'il me faisait part de la nouvelle étape de son voyage autour de la terre. Il occupait tout son temps libre à traquer son père. Il écrivait aux services des archives et aux ministères français pour obtenir des documents. Il a contacté des historiens et des gens qui avaient pu connaître son père pour leur demander des renseignements. Puis il a tenté de résoudre l'énigme du trésor de son père, devenant de plus en plus obsédé par cette dernière quête. Il disait qu'il bâtissait un énorme dossier sur...

— Comment ? » fit brusquement Flavia. Ce n'était pas que son attention faiblissait, bien qu'on eût pu l'excuser si ç'avait été le cas. Mais soudain, elle sentit un regain d'intérêt. « Un dossier ?

— En effet. Ce dossier et les deux lettres constituaient ses biens les plus précieux. Pourquoi ? »

Flavia se concentra avec force.

« Nous n'avons vu aucun dossier. Ni aucune lettre. Je vais demander qu'on vérifie à nouveau pour en être sûre. » Elle devinait qu'on ne les retrouverait pas.

« Veuillez m'excuser, reprit-elle, de vous avoir interrompue. Continuez, je vous prie.

— Je n'ai plus grand-chose à ajouter, dit Mme Mackenzie. Mes contacts avec Arthur étaient très espacés. Je pense vous avoir dit tout ce que je sais. Est-ce que ça peut vous aider ?

— Je n'en sais rien. Peut-être. Sûrement, en fait. Même si j'ai l'impression que vous nous avez créé autant de nouveaux problèmes que vous en avez résolu.

— De quelle façon ?

100

— Il est possible – mais il ne s'agit que d'une hypothèse qui peut se révéler infondée – que ce soit là qu'intervienne le tableau. Vous avez dit qu'il s'était persuadé que la référence au jugement dernier constituait un indice.

— En effet.

— Bien. Le tableau en question faisait partie d'une série de peintures. Il y en avait quatre, chacune sur un sujet judiciaire. Plus précisément, sur un jugement. Celui-ci a été le dernier à être peint. Il a pu croire que "jugement dernier" signifiait ici "dernier jugement".

— Ah !

— C'est pourquoi il est très possible que votre frère adoptif ait cru que le tableau recelait ce qu'il cherchait. Seulement...

— Oui ?

— Seulement ce n'était pas le cas. Ou bien il se trompait, et alors vous avez raison à propos de sa propension à poursuivre des chimères, ou bien il n'est peut-être pas impossible que quelqu'un l'ait devancé. De toute façon, Jona..., le négociant qui a livré le tableau a raconté que M. Muller était surexcité quand le tableau est arrivé, mais qu'ensuite il a eu l'air très déçu et a déclaré qu'il n'en voulait plus. Ce n'est compréhensible que si ce n'est pas le tableau lui-même qui l'intéressait, mais quelque chose qui aurait dû se trouver à l'intérieur ou dessus. Et qui était absent. Puis il a été tué et nous n'avons pas remarqué le dossier parmi ses affaires. Il est clair que quelque chose nous échappe à propos de ce tableau. »

Flavia rêvassait une fois de plus, se mettant, elle aussi, à poursuivre des chimères. Elle avait à nouveau envie de dormir, ce qui l'empêchait de se concentrer sur la procédure officielle. Elle se força à revenir à l'entretien. Mme Mackenzie aurait-elle l'obligeance de repasser l'après-midi pour relire sa déposition avant de la signer ? La compagnie de Muller se chargeait de l'aspect pratique de l'affaire : elle s'occupait de ses effets et de l'organisation de l'enterrement. Mme Mackenzie avait-elle besoin de quelque chose ?

La Canadienne la remercia et répondit que non. Flavia la raccompagna à la porte, puis monta discuter du cas avec Bottando.

« Il s'agit donc d'une chasse au trésor ? demanda Bottando. C'est ça ?

— Ce n'est qu'une hypothèse, répliqua-t-elle. Ça collerait.

— Si votre interprétation de la référence au jugement dernier est correcte, si c'est bien ce que croyait Muller. Ce qui n'est pas évident. D'un autre côté, il est vrai qu'il voulait ce tableau. » Il réfléchit quelques instants. « Puis-je voir la déposition de M. Argyll, reprit-il. Vous l'avez sur vous ? »

Elle fouilla dans son dossier et la lui tendit. Elle s'assit pendant que Bottando lisait.

« Il dit que lorsqu'il a livré le tableau il l'a déballé, puis est allé dans la cuisine pour se verser une tasse de café. Avant, Muller était surexcité. Mais quand Argyll est revenu, il a déclaré ne plus en vouloir.

— C'est vrai.

— Nous avons donc trois possibilités, n'est-ce pas ? La première, c'est que ce qu'il cherchait n'était pas là. Lorsqu'il s'en est aperçu, se rendant compte qu'il s'était trompé, il s'est débarrassé du tableau. La deuxième possibilité, c'est qu'il avait raison et qu'il a pris ce qu'il voulait pendant que M. Argyll était dans la cuisine.

— Mais dans ce cas, dit Flavia, avec une certaine pertinence, il n'aurait pas eu l'air si désappointé. À moins qu'il n'ait joué la comédie.

— Et la dernière possibilité, bien sûr, c'est que tout ça ne soit que pures chimères et qu'il y ait une meilleure explication, plus simple et plus exacte.

— Il est possible que quelque chose lui ait échappé. À nous aussi peut-être. Je crois que nous aurions intérêt à y jeter un nouveau coup d'œil.

— C'est un peu tard... Votre ami Argyll est venu le chercher ce matin et l'a rapporté à Paris.

— Nom d'un chien ! J'avais complètement oublié. Je suis si vannée que je n'ai pas les idées très claires. Il va le restituer à Janet, c'est ça ? »

Bottando opina de la tête.

« C'est ce que j'imagine. En tout cas, j'espère de tout cœur qu'il ne va pas fourrer son nez dans ce qui ne le regarde pas.

— Pensez-vous que je devrais aller à Paris après Bâle pour le revoir ? Vous pourriez demander à Janet de trouver quelque chose que je puisse passer chercher quand je serai là.

— Par exemple ?

— Essentiellement, tout ce qui peut concerner le dénommé Hartung. Ce serait bien aussi si on pouvait savoir d'où venait ce tableau. Il nous faut également davantage de renseignements sur Ellman. Peut-être pourriez-vous interroger les Suisses... ? »

Bottando soupira.

« Bon, d'accord. Autre chose ? »

Elle secoua la tête.

« Non. Pas vraiment. Sauf que vous pourriez envoyer une copie de l'entretien à Fabriano, une fois qu'il sera dactylographié. Je veux rentrer chez moi pour prendre une douche et faire ma valise. Il y a un vol pour Bâle à quatre heures et je ne veux pas le rater.

— À votre guise, chère amie. Ah ! au fait...

— Hmm ?

— Ne prenez pas de risques ! Muller a connu une mort tout à fait atroce, celle d'Ellman a été nette et sans bavure. Je ne veux pas que vous – ni M. Argyll – subissiez le même sort. Restez sur vos gardes ! J'ai l'intention de lui faire les mêmes recommandations quand il rentrera.

— Ne vous en faites pas, le rassura-t-elle. Il n'y a absolument aucun risque. »

8

Malgré son amour des trains, son horreur des avions et son criant manque d'argent, Argyll avait décidé de se rendre à Paris par les airs. Ce qui prouvait qu'il prenait cette affaire très au sérieux, c'est qu'il était disposé à utiliser sa carte Visa alors qu'il ne voyait pas quand il serait en mesure de régler la facture. Mais n'était-ce pas à ça que servaient ces horribles choses ? Après tout, si la banque acceptait de lui faire crédit, pourquoi n'en profiterait-il pas ?

Même si l'avion est un moyen de locomotion atroce, au moins est-il rapide. À dix heures, il était à Paris. Mais, à partir de là, les problèmes s'enchaînèrent, et ce qu'il avait espéré n'être qu'une excursion d'une journée se transforma en course d'obstacles. Quand on voyage en train, muni de son billet, on saute dans son compartiment. Parfois, on est obligé de rester debout dans le couloir, mais on réussit presque toujours à monter à bord. Ce qui n'est pas le cas quand on prend l'avion. Il n'y avait plus une seule place pour rentrer à Rome le soir même. Pas avant le lendemain, à l'heure du déjeuner.

Vitupérant les aéroports, les compagnies aériennes et la vie moderne, Argyll réserva une place, puis essaya d'appeler Flavia pour la prévenir. Elle n'était pas à la maison et, lorsqu'il appela son bureau, la personne antipathique qui répondit l'informa avec une certaine froideur que Flavia était en rendez-vous et qu'il n'était pas question de la déranger. Ensuite, il téléphona au service central parisien chargé du patrimoine pour annoncer qu'il était sur le point de rapporter le tableau. Mais on ne savait absolument pas de quoi il parlait, et comme c'était le week-end il n'y avait personne pour le renseigner. Il devait attendre et ne pouvait pas venir déposer le tableau. Il s'agissait d'un bureau de police, pas d'une consigne de gare. Passez lundi, lui conseilla-t-on.

Il retourna donc au guichet de la compagnie aérienne pour changer sa réservation et partit en quête d'un hôtel. La chance commença alors à tourner en sa faveur : à l'hôtel où il avait l'habitude de descendre, on reconnut avec quelque réticence qu'il y avait bien une chambre de libre dans laquelle, avec encore moins d'enthousiasme, on lui permit de s'installer. Il glissa le tableau sous le lit – c'était loin d'être une cachette géniale, mais ce genre d'hôtel ne possédait pas de coffre-fort –, puis s'assit pour réfléchir à la manière d'occuper son temps. Il tenta de nouveau de joindre Flavia, mais cette fois-ci elle était déjà partie. En tout cas, elle n'était pas rentrée à la maison. Décidément, ce n'était pas son jour.

Un peu plus tard, il subit une nouvelle déconvenue lorsqu'il se rendit à la galerie de Jacques Delorme afin de poser un certain nombre de questions précises sur le tableau et sa provenance. Il en voulait un peu à son confrère de l'avoir impliqué dans cette affaire. Ayant préparé plusieurs phrases bien choisies en français pendant le vol, Argyll brûlait d'aller les prononcer avant de les oublier. Il n'y a rien de pire que d'exprimer son indignation en commettant des fautes de genre. Il n'avait aucune envie de monter sur ses grands chevaux pour voir Delorme s'esclaffer à cause d'une erreur dans l'emploi du subjonctif. Les Français sont pointilleux en ce domaine, contrairement aux Italiens.

« J'ai un os à ronger avec vous », déclara Argyll d'un ton glacial en entrant dans la boutique. Delorme l'accueillit d'un air radieux. Première faute. Il devait y avoir une erreur dans le dictionnaire des formules idiomatiques. Il faudrait qu'il écrive pour se plaindre. De toute évidence, Delorme crut qu'il l'invitait à déjeuner.

« Quoi donc ?

— Ce tableau.

— Et alors ?

— Où l'avez-vous trouvé ?

— Pourquoi voulez-vous le savoir ?

— Parce qu'il est possible que ce soit un objet volé. Il est peut-être lié à deux meurtres et, en tout cas, vous me l'avez fait sortir du pays illégalement.

— Moi ? s'écria Delorme, avec indignation. Je ne suis absolument pas responsable ! C'est vous qui m'avez proposé vos services. L'idée est venue de vous. »

D'accord. Soit. Argyll se dit qu'il avait intérêt à ne pas insister sur ce point.

« Passons... Quoi qu'il en soit, j'ai dû le rapporter pour le remettre à la police. Voilà pourquoi je veux savoir d'où il vient. Au cas où on me poserait la question.

— Désolé. Suis incapable de vous le dire. Franchement, je ne m'en souviens pas. »

Ah ! ce mot « franchement » ! pensa Argyll à part soi. Voilà qui annonce clairement : « Je vais dire un mensonge. » La phrase qui suit doit être prise dans le sens contraire. D'ailleurs, les hommes politiques l'utilisent beaucoup. « Franchement, l'économie n'a jamais été aussi florissante », ce qui signifie : « Si seulement il existe encore une économie dans un an, je serai le premier surpris. » C'était le cas de Delorme. Franchement (au sens propre), il s'en souvenait très bien, et Argyll lui fit comprendre avec tact qu'il le savait.

« Espèce de menteur ! s'écria-t-il. Vous exposez un tableau dans votre galerie et vous n'en connaissez pas la provenance ? Vous me prenez pour qui ?

— Calmez-vous ! fit Delorme avec une condescendance agaçante. C'est vrai, je ne le sais pas. Mais c'est parce que je n'ai pas voulu le savoir... »

Argyll poussa un soupir. Il aurait dû s'en douter.

« Alors, dites-moi l'horrible vérité. De quoi s'agit-il ?

— Je sais qui m'a apporté le tableau. Il m'a dit qu'il servait d'intermédiaire pour un client. Tout ce qu'il me demandait – et ce, en échange d'une commission très généreuse – c'était d'organiser la livraison. C'est ce que j'ai fait.

— Sans poser la moindre question.

— Il m'a assuré que mon intervention n'aurait rien d'illicite.

108

— Sans vous préciser si son intervention à lui avait, elle, quelque chose d'illicite... »

Delorme opina du bonnet.

« Ça, ça le regarde. J'ai vérifié la dernière liste des objets volés établie par la police, et le tableau n'y figurait pas. Je ne suis pas censé en faire plus. Je suis en règle.

— Mais pas moi. J'ai le tableau sur les bras.

— J'en suis désolé. » On avait presque l'impression que ses regrets étaient sincères. Ce n'était pas un mauvais homme, en réalité. Simplement, on ne pouvait pas lui faire totalement confiance.

« Je crois, insista Argyll avec force, que vous étiez parfaitement au courant, ou que vous vous doutiez qu'il y avait quelque chose de louche à propos de ce tableau. Vous vouliez vous en débarrasser et vous me l'avez refilé. Ce n'est vraiment pas chic de votre part.

— Écoutez ! Je suis vraiment désolé... Mais j'ai exécuté ma partie du contrat : j'ai expédié pour vous les dessins en Californie.

— Merci.

— J'avais besoin de cet argent. J'ai réellement du mal à joindre les deux bouts. Grâce à ce tableau j'ai pu tenir en respect les chacals, du moins pour le moment. J'ai agi par pur désespoir.

— Vous auriez pu vendre votre Ferrari. » Il était de notoriété publique, dans la profession, que Delorme avait un faible pour les voitures rouges minuscules. Ce penchant avait toujours étonné Argyll.

« Vendre ma... Ah ! vous plaisantez..., répondit le Français, qui, un instant, avait eu peur. Non, j'avais besoin de cet argent de toute urgence.

— Vous avez reçu combien ?

— Vingt mille francs.

— Pour transporter un tableau ? Et vous allez dire au juge que vous n'avez jamais rien soupçonné de louche ? »

Delorme eut l'air mal à l'aise.

« Eh bien...

— Et, maintenant que j'y pense, je trouve que vous étiez incroyablement pressé de faire sortir le tableau de France. Pour quelle raison ? »

Delorme se frotta le nez, fit craquer ses doigts, puis, par mesure de précaution supplémentaire, se refrotta le nez.

« Eh bien ! voyez-vous... »

Argyll ne le brusqua pas.

« Oui... ?

— Le propriétaire – c'est-à-dire, l'homme qui servait d'intermédiaire pour un client – a été... euh... arrêté.

— Oh ! mon Dieu ! Ça va de mal en pis... »

Delorme eut un sourire un peu contraint.

« Qui était cet homme ? Son nom vous est-il revenu en mémoire maintenant ?

— Bon. Si vous insistez. Il s'appelle Besson. Jean Besson. Un confrère. D'une honnêteté sans faille, autant que je sache.

— Et quand cet homme d'une honnêteté sans faille a été arrêté vous vous êtes empressé de vous débarrasser de toute preuve révélant que vous étiez en affaire avec lui. Non pas que vous ayez eu le moindre doute sur lui, bien sûr. Juste au cas où la police viendrait vous rendre visite. »

La gêne de Delorme s'accrut.

« C'est ce qu'elle a fait.

— Quand ?

— Environ une heure après votre départ. L'homme le voulait.

— Et vous avez nié l'avoir jamais vu ?

— Ça m'aurait été difficile, répondit le galeriste, puisque Besson avait déclaré me l'avoir remis. Non, je leur ai dit que c'est vous qui l'aviez. »

Argyll le regarda, bouche bée. Et l'esprit de corps chez les négociants ?

« Comment ? Vous leur avez dit : "Je sais juste qu'un type louche du nom d'Argyll est sur le point de lui faire clandestinement quitter le pays." »

Un pâle sourire indiqua qu'il n'était pas loin de la vérité.

« Et vous lui avez parlé de Muller ?

— Il semblait déjà être au courant.

— Qui était ce policier ?

— Comment est-ce que je le saurais ?

— Décrivez-le !

— Assez jeune. Pas un permanent de la brigade chargée du patrimoine, autant que je sache. La trentaine, cheveux châtain foncé, très fournis, une petite cicatrice...

— Au-dessus du sourcil gauche ?

— Exactement. Vous le connaissez ?

— Suffisamment pour deviner que ce n'est probablement pas un flic. Est-ce qu'il vous a montré sa carte ?

— Tiens, non !... Il a omis de le faire. Mais ça ne signifie pas qu'il ne soit pas dans la police.

— En effet. Mais le lendemain, il a tenté de me voler le tableau à la gare. S'il avait vraiment été policier, il aurait simplement sorti un mandat et m'aurait arrêté. En fait, vous avez eu beaucoup de chance.

— Pourquoi donc ?

— Parce que, après avoir raté son coup, il est allé torturer Muller à mort. Ensuite, il a tué une autre personne d'un coup de pistolet. J'ai la vague impression que vous n'auriez pas trouvé ça agréable. »

Puis, ravi de voir Delorme pâlir en se rendant compte qu'il l'avait échappé belle, Argyll partit se mettre en quête du dénommé Besson.

À peu près au moment où Argyll découvrait avec stupéfaction la duplicité qui peut sommeiller chez l'être humain, Flavia faisait la queue à l'aéroport de Bâle pour changer de l'argent et acheter un plan de la ville. Rongeant son frein, bouillant d'impatience, elle ne s'était guère préoccupée de chercher un hôtel, de prendre un bain, de se changer et de faire un bon repas avant d'aller se coucher tôt. Ces pensées lui avaient à peine effleuré l'esprit. Elle avait du pain sur la planche, et il lui tardait d'en finir, puis de filer à Paris pour revoir le tableau. C'était ennuyeux, mais il fallait en passer par là.

Ce qui avait renforcé sa décision de se rendre en Suisse, ce fut la lecture minutieuse des documents accumulés la veille par les carabiniers. Comme l'avait indiqué Fabriano, leur méthode était rigoureuse, un vrai modèle de procédure. L'ennui, c'est que le temps leur avait manqué, car obtenir des renseignements en

passant par la police helvétique impliquait obligatoire-
ment un certain délai et une masse de paperasse. Ce
n'était pas la faute des Suisses, c'était la bureaucratie.

Elle avait pensé prévenir la gouvernante d'Ellman de
son arrivée, puis s'était ravisée. Si celle-ci n'était pas là,
eh bien, tant pis ! Elle aurait perdu du temps, mais le
trajet n'était pas long : environ un quart d'heure en taxi.
Parvenue à destination, elle contempla la rue. Elle était
bordée de groupes d'immeubles sans caractère, bâtis il
y avait quarante ou cinquante ans, assez confortables et
plutôt en bon état, séparés par des rues d'une propreté
impeccable, comme c'est souvent le cas en Suisse. Le
quartier paraissait respectable mais ses habitants
étaient loin de rouler sur l'or.

Le hall de l'immeuble d'Ellman était banal, lui aussi,
mais d'apparence bourgeoise. De petites notes sur
les murs rappelaient aux locataires de refermer herméti-
quement les portes et de bien attacher les sacs d'or-
dures pour empêcher les chats de fouiller dedans.
Ellman avait un appartement au cinquième étage, et
pour s'y rendre Flavia prit l'ascenseur moquetté et bien
tenu.

« Madame Rouvet ? demanda-t-elle en français au
moment où la porte s'ouvrit, après avoir fébrilement
vérifié le nom dans son dossier.

— Oui ? »

Elle devait avoir environ dix ans de moins que son
employeur et ne ressemblait pas du tout à une domestique. Très bien habillée, un visage agréable malgré
des lèvres trop minces.

Flavia montra sa carte de police, expliquant qui elle
était et d'où elle venait. Elle avait été envoyée par la

police romaine pour poser quelques questions en rapport avec le décès de M. Ellman.

On la fit entrer sans lui poser la moindre question embarrassante. Par exemple, n'était-il pas un peu tard ? Et les autorités suisses n'insistent-elles pas pour accompagner les officiers de police étrangers quand ils mènent une enquête sur leur territoire ? Et pourriez-vous me montrer le document officiel vous autorisant à être là ?

« Vous êtes arrivée de Rome aujourd'hui ?

— C'est exact », répondit Flavia en scrutant les lieux afin d'en apprécier l'ambiance. Sa première impression fut qu'il s'agissait d'un appartement aussi convenable que l'immeuble dans lequel il était situé. Décor modeste, sans rien d'exceptionnel. Mobilier moderne bon marché, avec une préférence pour les couleurs vives. Aucun tableau au mur, à part deux reproductions de peintures célèbres. Un énorme poste de télévision dominait le petit salon où une légère odeur de chat troublait l'atmosphère de méticuleuse propreté. « Je suis arrivée il y a environ une demi-heure, poursuivit Flavia tout en relevant ces divers éléments. J'espère que je ne vous dérange pas en débarquant ainsi à l'improviste.

— Pas du tout ! » Si elle paraissait dûment attristée, Mme Rouvet semblait loin d'être bouleversée par la mort de son employeur. C'était l'une de ces personnes pragmatiques dont le laps de temps réservé au chagrin était prévu dans l'emploi du temps de la journée, quelque part entre les courses et le repassage. « En quoi puis-je vous aider ? Je crains que toute cette histoire ne m'ait quelque peu retournée.

— Bien sûr, dit Flavia avec compassion. C'est affreux... Et je suis sûre que vous comprenez que nous cherchons à savoir le plus vite possible ce qui s'est passé.

— Avez-vous une idée de l'identité de son assassin ?

— Pas vraiment. Des fragments d'indices, de vagues recoupements, quelques pistes... Alors, inutile de vous dire que le moindre renseignement nous serait précieux.

— Je ferai tout ce que je pourrai pour vous aider. Je ne vois pas qui aurait pu vouloir tuer ce pauvre M. Ellman. Un homme si gentil, si doux, si généreux... Si bon envers sa famille, et avec moi, également.

— Il a de la famille ?

— Un fils. Un bon à rien, si vous voulez mon avis. Paresseux et intéressé. Il venait toujours ici pour demander de l'argent. Il n'a jamais eu un travail honnête. » La seule évocation du fils lui faisait pincer les lèvres.

« Et où est-il en ce moment ?

— En vacances. En Afrique. Il doit rentrer demain. Tout à fait son genre. Jamais là quand on a besoin de lui. Il dépense sans compter. Et toujours l'argent des autres. Et son pauvre père ne savait pas dire non. Moi, j'aurais refusé, vous pouvez me croire. »

Il y eut une pause dans la conversation pendant que Flavia notait les détails concernant le fils et son lieu de résidence actuel. On ne sait jamais. Fils cupide, père décédé. Testament. Héritage. Le plus ancien motif connu, en gros. Mais elle eut le sentiment que ça n'allait pas être aussi facile. L'argent n'était sûrement pas le mobile de ces crimes. Dommage ! C'étaient toujours les plus faciles à élucider. Même Mme Rouvet se montrait sceptique : si elle détestait le fils, elle ne le croyait pas capable de tuer son propre père, il était trop mou pour cela.

« Et sa femme ?

— Elle est morte il y a huit ans environ. D'une crise cardiaque, juste avant que le pauvre M. Ellman ne prenne sa retraite.

— Et il était dans, euh... l'import-export ?

— C'est cela, en effet. Il n'était pas riche, mais travailleur, et d'une honnêteté irréprochable.

— Quel était le nom de la compagnie ?

— Jorgssen. Elle fait commerce de pièces détachées. Dans le monde entier. Avant sa retraite, M. Ellman passait son temps à s'envoler pour l'étranger.

— S'intéressait-il à la peinture ?

— Non, pas du tout ! Pourquoi posez-vous cette question ?

— Nous pensons qu'il se serait peut-être rendu à Rome pour acheter un tableau. »

Elle secoua la tête.

« Non. Ça ne lui ressemble pas. Remarquez, il lui arrivait encore de travailler quand on avait besoin de lui.

— Où ça ?

— En Amérique du Sud. Il s'y est rendu l'année dernière. Et il allait en France au moins trois ou quatre fois par an. Il y avait encore des contacts. Pas plus tard que la veille de son départ il a reçu un long coup de fil de là-bas. »

Une petite lueur, mais rien de palpitant pour l'instant. Flavia nota le nom de Jorgssen. Il faudrait qu'elle enquête sur cette firme.

« À propos de ce coup de téléphone... Avait-il prévu de se rendre en Italie avant de le recevoir ?

— Je n'en sais rien. En tout cas, c'est juste avant son départ qu'il m'a avertie qu'il s'absentait.

— Auriez-vous par hasard entendu de quoi il parlait au téléphone ?

— Eh bien ! fit-elle avec réticence, soucieuse de ne pas donner l'impression qu'elle avait l'habitude d'écouter aux portes, un petit peu...

— Et alors ?

— Rien de particulier. Il a très peu parlé. À un moment, il a demandé : "Quelle importance accordez-vous à cette affaire Muller ?"

— Holà ! s'exclama Flavia. Muller ? Il a dit Muller ?

— Je pense que oui... Si, j'en suis certaine.

— Ce nom vous dit-il quelque chose ?

— Absolument pas. Bien sûr, M. Ellman avait beaucoup de relations...

— Mais vous ne l'aviez jamais entendu parler de cette personne auparavant ?

— Non. Ensuite, il a dit qu'il était persuadé que cela pourrait se faire sans problème et il a mentionné un hôtel.

— L'hôtel Raphaël ?

— C'est bien possible. Quelque chose comme ça. En fait, lui n'a pas beaucoup parlé. Il a surtout écouté. Je crains de ne pas vous être d'un grand secours.

— Ne vous en faites pas. Vous m'avez beaucoup aidée, au contraire. »

Le visage de la femme s'éclaira.

« Comment savez-vous que l'appel venait de France ?

— Parce qu'il a dit que ç'aurait été plus simple si on avait commencé par mieux organiser les choses à Paris.

— Ah !...

— Et le lendemain matin, il m'a annoncé qu'il partait pour Rome. Je lui ai dit de ne pas se fatiguer, et il m'a répondu que c'était peut-être la dernière fois qu'il faisait ce genre de voyage. »

Et il ne s'est pas trompé, songea Flavia.

« Que voulait-il dire ?

— Je ne sais pas.

— Vous disiez que M. Ellman n'était pas riche...

— Oh non ! Il n'avait que sa pension pour vivre. C'était suffisant, mais ce n'était pas énorme. Et puis il donnait beaucoup d'argent à son fils. Bien plus qu'il ne l'aurait dû. L'horrible ingrat ! Savez-vous que lorsqu'il a trouvé que les chèques n'arrivaient pas assez vite, l'année dernière, il a même eu le culot de venir ici enguirlander son père ? Personnellement, moi, je l'aurais envoyé sur les roses. Mais M. Ellman a seulement hoché la tête et s'est exécuté. »

On ne pouvait pas dire que Mme Rouvet adorait le fils.

« Je vois. Quand M. Ellman a-t-il obtenu la citoyenneté suisse ?

— Je ne sais pas. Il est venu en Suisse pour travailler vers 1948. Mais je ne sais pas exactement quand il a été naturalisé.

— Est-ce que le nom de Jules Hartung vous dit quelque chose ? Il est mort il y a longtemps. »

Elle se concentra, puis secoua la tête.

« Non, fit-elle.

— M. Ellman possédait-il un pistolet ?

— Je crois que oui. Je l'ai vu une fois, dans un tiroir. Il ne l'a jamais sorti et généralement le tiroir était fermé à clé. Je ne sais même pas s'il fonctionnait.

— Je pourrais le voir ? »

Mme Rouvet désigna le tiroir d'un meuble de rangement dans un coin de la pièce. Flavia se dirigea vers le meuble, ouvrit le tiroir et regarda dedans.

« Il est vide. »

Mme Rouvet haussa les épaules.

« C'est important ?

— Probablement. Mais ça peut attendre. Maintenant, ce que j'aimerais faire, c'est jeter un coup d'œil sur tous les dossiers et sur les livres de comptes de M. Ellman.

— Puis-je vous demander pourquoi ?

— Parce que nous devons établir une liste de ses relations d'affaires, de ses collègues, amis et connaissances. Il va falloir interroger tous ces gens afin de brosser un portrait de votre employeur. Qui connaissait-il à Rome, par exemple ? S'y rendait-il souvent ?

— Jamais ! affirma-t-elle. Pas pendant les huit ans où j'ai travaillé pour lui. Je ne crois pas qu'il y ait connu quelqu'un.

— Mais, cependant, quelqu'un savait qu'il s'y trouvait. »

Elle reconnut ce fait, manifestement à contrecœur, puis fit passer Flavia du salon dans une petite pièce, une sorte de réduit juste assez grand pour contenir un bureau, un fauteuil et un fichier.

« Voilà ! fit-elle. Ce n'est pas fermé à clé. »

Sur ce, se souvenant de ses devoirs d'hôtesse, Mme Rouvet partit faire du café. D'abord Flavia déclina l'offre, mais elle songea soudain qu'il y avait longtemps qu'elle n'avait pas dormi. Pour le moment, elle tenait le coup, mais sait-on jamais. De plus, ça obligeait la femme à sortir de la pièce.

Elle commença par le devant du fichier et progressa vers l'arrière. Feuilles d'impôts, factures de gaz et de téléphone – pas d'appels à Rome durant l'année passée –, notes d'électricité. Lettres au propriétaire – il était donc locataire. Tout révélait une existence sérieuse, sans la moindre incartade, de petit-bourgeois ayant un métier respectable.

La liasse de relevés de compte n'apporta pas grand-chose non plus. Jamais le moindre découvert. Ellman ne vivait pas au-dessus de ses moyens et, à en juger par les chiffres, ses revenus étaient aussi modestes que le suggéraient ses déclarations au Trésor public.

Ce qui rendait d'autant plus étrange l'unique feuillet se trouvant au fond du fichier. Il s'agissait d'un relevé annuel d'un compte en banque au nom d'Ellman, remontant à l'année passée. Chaque mois il y avait un crédit de cinq mille francs suisses. En provenance d'une institution appelée Services financiers, totalement inconnue de Flavia. N'ayant jamais eu la bosse des maths, elle dut se concentrer en plissant les yeux pour faire le calcul. Soixante mille francs suisses par an, se dit-elle, ce n'est pas une petite somme. Non déclarés. Elle continua à fouiller et découvrit un chéquier, au nom d'Ellman lui aussi. Plusieurs talons indiquaient des sommes versées à Bruno Ellman. Une assez forte somme en tout. Il s'agissait probablement du fils.

Mme Rouvet revint.

« Bruno Ellman ? C'est son fils ? »

Elle hocha la tête, pinçant les lèvres pour marquer sa désapprobation.

« Oui.

— Il arrive par avion demain à Bâle ? À Zurich ?

— Oh non ! Il arrive à Paris. Il s'est envolé de Paris il y a trois semaines et c'est à Paris qu'il atterrit également. »

Voilà une raison supplémentaire d'y aller, se dit Flavia. Elle bâilla à se décrocher la mâchoire en descendant l'escalier, la fatigue lui coupant les jambes. Elle bâillait encore une demi-heure plus tard en payant sa couchette dans le train de 0 h 05 et ne s'arrêta que lorsqu'elle s'écroula comme une masse à 0 h 06.

9

Au moment où le corps endormi de Flavia traversait Mulhouse en position horizontale, Argyll arrivait au bout d'une soirée tumultueuse. Non que les événements aient été particulièrement dramatiques, mais il avait fini la journée en piteux état.

Après en avoir terminé avec Delorme, il se sentait désœuvré. Que faire à Paris – si on n'est pas vraiment d'humeur à se distraire ? Dîner tout seul dans un restaurant, même excellent, ou aller au cinéma voir un film, même passionnant, ne lui disaient pas grand-chose. Et comme la pluie n'avait pas cessé, les longues promenades étaient également exclues.

Il ne lui restait qu'une seule possibilité : s'occuper du tableau caché sous son lit. Mais de quelle façon, exactement ? Deux options s'offraient à lui. La première consistait à avoir une petite conversation avec Besson, puisqu'il était à l'origine de toute cette histoire. Non qu'Argyll ait supposé qu'il avait volé le tableau, mais il inclinait à penser que Besson lui devait au moins quelques explications.

D'un autre côté, Besson était un type un tantinet dangereux. Après tout, quelqu'un avait averti l'omniprésent homme à la cicatrice que le tableau se trouvait chez Delorme. Et qui avait pu le faire ? Il n'avait guère envie de bavarder avec Besson pour voir, une heure plus tard, des gens louches aux instincts antisociaux surgir sur le seuil de sa porte. Pour affronter Besson il avait besoin de renforts. Il aurait préféré être flanqué d'une demi-douzaine de policiers français bien costauds. Le mieux, en fait, serait de les laisser se débrouiller tout seuls.

Ça, bien sûr, c'était un autre problème. La police avait déjà arrêté l'homme, non ? Peut-être pas. Janet ne l'avait pas signalé, alors qu'il aurait dû le faire lorsque Bottando l'avait questionné. Et Argyll, lui, avait oublié de demander à Delorme comment il était au courant de toutes ces choses. C'était très étrange, à la réflexion.

Il en conclut qu'il valait mieux ne pas s'occuper de Besson pour le moment. Ce qui laissait donc la seconde option : découvrir le propriétaire du tableau. Un an et demi auparavant, le tableau se trouvait dans une collection privée. Aujourd'hui il avait atterri sous son lit, après avoir pas mal circulé.

Le catalogue de l'exposition avait seulement indiqué que le tableau faisait partie d'une collection privée. C'était la formulation habituelle pour préciser qu'il n'appartenait pas à un musée sans révéler le nom du propriétaire, ce qui évitait de tenter les voleurs. Voilà un autre détail révélateur, se dit Argyll : le voleur, quel qu'il soit, n'avait pas eu besoin qu'on le renseigne.

Heureusement, pensa-t-il en hélant un taxi devant l'hôtel, que je suis un chercheur consciencieux et confirmé ! À la bibliothèque de Rome, il avait noté le nom de l'organisateur de l'exposition – Pierre Guynemer – et il se rappelait maintenant qu'il travaillait au Petit Palais. C'était beaucoup se fier à sa bonne étoile : les chances de rencontrer ce monsieur étaient minces et il aurait dû téléphoner à l'avance. Mais il avait tout juste le temps d'y aller, rien d'autre à faire, et ainsi il avait au moins l'impression d'agir.

La chance lui sourit. Si la caissière du musée ne se montra pas enchantée de le voir arriver si près de l'heure de fermeture et nia catégoriquement que M. Guynemer puisse se trouver dans le bâtiment, elle accepta néanmoins de se renseigner. Puis on lui enjoignit de traverser les vastes et sonores salles d'exposition jusqu'aux couloirs du fond, où sont situés les bureaux du personnel. Là, un employé lui demanda de nouveau ce qu'il désirait. Cet obstacle franchi, il longea bien d'autres couloirs, déchiffrant les noms sur les portes, jusqu'à ce qu'il tombe enfin sur ce qu'il cherchait.

Il fut pris de court lorsqu'il se retrouva devant le conservateur, mais décida que la meilleure politique consistait à mentir.

Il concocta au débotté une histoire à dormir debout pour expliquer à cet homme ce qu'il faisait à une heure pareille dans son bureau, un samedi soir. Si le récit suivait sa propre logique, le style, lui, laissait à désirer. Argyll crut que le léger haussement de sourcils et l'air sceptique de Guynemer étaient surtout dus à la forme plutôt qu'au fond.

Le conservateur était le genre de personne qui inspire instantanément la sympathie, aussi Argyll avait-il mauvaise conscience de ne pas jouer franc jeu avec lui. Corpulent sans excès, confortablement installé dans son fauteuil, il possédait un visage ouvert et rayonnant. De l'âge d'Argyll, à un ou deux ans près – il devait être très brillant ou avoir de très bonnes relations. Ou les deux, naturellement. Contrairement à la plupart des conservateurs de musée, à la plupart des gens, d'ailleurs, il ne paraissait pas du tout surpris ni agacé de cette visite à l'improviste. En général, lorsqu'un parfait inconnu débarque en débitant une histoire sans queue ni tête, on le fiche à la porte, prétextant le manque de temps. Pas lui. Il pria Argyll de s'asseoir et l'écouta jusqu'au bout.

Argyll raconta qu'il faisait des recherches sur le néo-classicisme prérévolutionnaire et que, effectuant à Paris un bref séjour jusqu'à lundi après-midi, il voulait saisir cette occasion pour s'intéresser à ces tableaux de Jean Floret afin de les inclure dans une monographie sur laquelle il travaillait.

Guynemer hochait la tête d'un air entendu et, au grand dam d'Argyll, se lança dans un monologue, lui faisant part de tout ce qu'il savait sur ces peintures, mentionnant, entre autres, l'article de la *Gazette des beaux-arts* ainsi qu'une kyrielle d'autres références qu'Argyll, pour donner le change, nota soigneusement.

« Par conséquent, conclut le Français, pourriez-vous me dire, monsieur Argyll, comment il se fait que vous n'ayez jamais entendu parler de l'article de la *Gazette* alors que vous avez lu le catalogue de l'exposition où il est cité plusieurs fois ? Et comment est-il possible que vous affirmiez écrire un ouvrage sur le néoclassicisme depuis quatre ans alors que vous ne connaissez toujours quasiment rien sur la question ? »

Zut ! se dit Argyll. J'ai dû encore dire des bêtises.

« Je ne suis sans doute pas très malin, avoua-t-il, d'un ton servile, tout en essayant de prendre l'air d'un étudiant particulièrement peu doué.

— Je n'en crois rien, répondit Guynemer en esquissant un bref sourire, comme s'il était presque gêné d'aborder un sujet d'aussi mauvais goût. Pourquoi ne me dites-vous pas franchement ce qui vous amène ? Personne n'aime qu'on se paie sa tête, vous savez », ajouta-t-il, une nuance de reproche dans la voix.

Oh ! Comme Argyll détestait les gens raisonnables ! Certes, l'homme avait bien quelque motif d'être agacé. Raconter des bobards est une chose, en raconter d'insensés en est une autre.

« D'accord, concéda-t-il. Vous voulez tout savoir ?

— S'il vous plaît...

— Très bien. Je ne suis pas chercheur. Je suis marchand de tableaux et en ce moment je fournis une petite assistance pratique à la police italienne chargée de la protection du patrimoine artistique. Je détiens un tableau de Floret intitulé *La Mort de Socrate*. Il se peut qu'il ait été volé, personne ne semble savoir si c'est le cas ou non. L'acheteur a certainement été torturé à mort peu de temps après que j'ai apporté ce tableau à Rome. Un autre homme qui s'y intéressait a également été tué. Ce que j'aurais besoin de savoir, c'est d'où vient le tableau et s'il s'agit d'un objet volé.

— Pourquoi ne vous adressez-vous pas à la police française ?

126

— Je l'ai fait. Ou plutôt, c'est ce qu'a fait la police italienne. Elle ne le sait pas. »

Guynemer eut l'air sceptique.

« C'est vrai. Elle ne le sait pas. C'est une affaire compliquée, mais, autant que je puisse en juger, les policiers sont aussi ignares que les autres.

— Et c'est pourquoi vous vous adressez à moi...

— Exactement. Vous avez organisé l'exposition où figurait ce tableau. Si vous ne voulez pas m'aider, je ne sais plus par quel bout prendre cette affaire. »

Fais appel au côté humain, prends un air désespéré et suppliant, se dit-il.

Guynemer réfléchit un moment à la question, se demandant à l'évidence laquelle des deux versions était la moins probable. En réalité, ni la première ni la seconde n'était tout à fait véridique.

« Écoutez ! finit par dire le conservateur. Je ne suis pas censé vous révéler le nom du propriétaire. Après tout, c'est confidentiel, et vous n'inspirez pas particulièrement confiance. Mais, poursuivit-il pendant qu'Argyll blêmissait, je peux lui téléphoner et, s'il est d'accord, vous mettre en contact avec lui. Je vais devoir faire quelques recherches. Ce n'est pas moi qui ai organisé cette partie de l'exposition. C'est Besson qui s'en est chargé.

— Comment ? Vous avez dit Besson ?

— En effet. Vous le connaissez ?

— Son nom ne figurait pas dans le catalogue. Si ?

— Si. En petits caractères, au dos. C'est une longue histoire, mais il a quitté le projet en cours de route. Pourquoi ? »

Argyll sentit que c'était le moment de dire l'entière vérité, les chemins tortueux ne l'ayant mené à rien.

Mais il n'était pas impossible que Besson et Guynemer agissent de concert et alors, s'il vidait son sac, il risquait d'être fichu dehors sans autre forme de procès. Être si près du but et le rater...

« Avant de répondre, puis-je vous demander pourquoi il l'a quitté ? »

Guynemer renvoya la balle dans le camp d'Argyll :

« On a décidé qu'il ne faisait pas l'affaire. Incompatibilité d'humeur. À vous de jouer.

— S'il a été volé, le tableau s'est retrouvé ensuite entre les mains de Besson. Je ne sais pas encore comment.

— Probablement parce qu'il l'a volé, répondit Guynemer tout à trac. C'est le genre. C'est pourquoi on a considéré qu'on ne pouvait pas le garder dès qu'on a compris à qui on avait affaire. Nous l'avions engagé comme expert chargé de repérer les tableaux et de persuader les propriétaires de nous les prêter. Jusqu'à ce qu'on se rende compte que ça revenait, en réalité, à introduire le loup dans la bergerie, pour ainsi dire. La police a eu vent de la chose et nous a prévenus. Lorsque j'ai vu le dossier le concernant...

— Ah !

— Par conséquent, si je peux faire un pas de plus pour vous aider, je dirai qu'il devait savoir où était ce tableau et qu'il a fort bien pu se rendre sur les lieux où il était accroché. Tirez vos propres conclusions...

— D'accord. Vous ne le trouviez pas sympathique, c'est ça ? »

Besson ne mettait pas Guynemer en verve. Il était clair qu'il avait beaucoup à dire mais qu'il avait décidé de se taire. Il reconnut qu'ils n'étaient guère intimes.

« Mais je pense que je devrais aller m'enquérir de votre tableau... Vous ne croyez pas ? »

Et il disparut cinq minutes environ, laissant Argyll ronger son frein en silence.

« La chance est avec vous ! fit-il en revenant.

— Il a été volé ?

— Ça, je ne puis vous le dire. Mais j'ai parlé à l'assistante du propriétaire et elle est disposée à vous rencontrer pour discuter de cette question.

— Pourquoi n'a-t-elle pas pu répondre par oui ou par non ?

— Peut-être parce qu'elle ne le sait pas elle-même.

— Est-ce vraisemblable ? »

Guynemer haussa les épaules.

« Est-ce plus invraisemblable que tout ce que vous venez de me raconter ? Posez-vous la question ! Elle vous attend à "Ma Bourgogne", place des Vosges, à vingt heures trente.

— Et maintenant, pouvez-vous me dire qui est le probable propriétaire ?

— Un certain Jean Rouxel.

— Vous le connaissez ?

— Pas personnellement. Mais je sais qui il est, bien sûr. C'est un homme de grande qualité. Aujourd'hui, il est âgé, mais il a été extrêmement influent en son temps. On vient de lui attribuer un prix. Tous les journaux en ont parlé il y a un mois environ. »

Être un bon chercheur, voilà le secret du bon marchand de tableaux. Telle était la devise adoptée par Argyll depuis qu'il pratiquait le métier. Il avait énormément appris sur des œuvres qu'il n'avait pas réussi à vendre, alors que des collègues se défaisaient si vite d'autres peintures qu'ils n'auraient pas eu le temps de se renseigner à leur sujet, même s'ils en avaient eu le désir.

Il en va autrement des acheteurs. Même si certains marchands sont de vrais béotiens – et beaucoup d'entre eux n'ont pas plus d'égards pour ce qu'ils vendent que pour leurs clients –, tous sont convaincus qu'il faut en savoir le plus possible sur les acheteurs. Non pas sur ceux qui, passant dans la rue, aperçoivent quelque chose qui leur plaît et entrent pour se l'offrir : ceux-là ne comptent pas. Ce sont les clients attitrés qui méritent d'être traités de la sorte : ceux qui, si on étudie avec soin leur goûts et leurs inclinations, sont susceptibles de revenir. Ces clients vont de l'imbécile qui aime clamer au cours d'un dîner en ville « Mon marchand me dit que... » au collectionneur passionné et avisé qui sait ce qu'il veut – quatre-vingt-dix-neuf pour cent des collectionneurs sont des hommes – et qui achètera l'objet si on peut le lui fournir. Il est lucratif de traiter avec le premier type de client, mais cela ne procure aucun plaisir ; entretenir de bons rapports avec le second peut s'avérer à la fois agréable et rentable.

Argyll décida donc de se renseigner sur Jean Rouxel, non pas dans l'espoir, en l'occurrence, de lui vendre quelque chose, mais simplement pour savoir à qui il avait affaire. Pour effectuer cette recherche, il devait aller au centre Beaubourg qui abrite la seule bibliothèque régulièrement ouverte après dix-huit heures. Heureusement, la pluie avait cessé : l'endroit devient très fréquenté quand il pleut et des files se forment devant l'entrée.

Le seul fait de se trouver à l'intérieur de l'édifice le mit de mauvaise humeur. Argyll aimait se considérer comme un homme tolérant, ouvert aux idées modernes, adepte convaincu de la culture pour tous. Plus il y aurait de gens instruits, mieux le monde se porterait. Cela paraissait aller de soi, et pourtant les événements du XXe siècle semblaient contredire cette idée. Nombre d'universitaires de sa connaissance ne l'aidaient pas à se persuader du bien-fondé de cette théorie.

Parvenu au cinquième étage du centre Pompidou, Argyll commença à perdre la foi. Il détestait le bâtiment, ses panneaux de verre sale et ses tuyaux à la peinture écaillée. Les monuments anciens supportent la crasse : il arrive même que la patine les améliore. Lorsqu'ils cessent d'être flambant neufs, les édifices high-tech ont simplement l'air délabrés, tristes et sordides.

Quant à la bibliothèque elle-même, un vrai havre de connaissances pour le grand public. L'ennui, c'est qu'il s'agit de l'équivalent intellectuel d'un fast-food. Ce qui y manquait aux yeux d'Argyll, c'était le sens du sacré. La bibliothèque de Beaubourg n'est qu'un temple de la consommation parmi d'autres : elle propose des renseignements au lieu de vêtements ou d'aliments. À vous de choisir : Socrate ou Chanel, Aristote ou Astérix. À Beaubourg, tout se vaut.

Comme la bibliothèque possédait certains des livres dont il avait besoin, il s'efforça d'oublier le décor pour se concentrer sur ce qui l'amenait en ces lieux.

Rouxel, se dit-il. Découvre qui c'est, et puis file ! Il éplucha les documents, à la recherche de renseignements sur Jean-Xavier-Marie Rouxel. D'une bonne famille catholique, conclut-il brillamment.

Né en 1919, lui assura le *Who's Who* français, ce qui signifiait qu'il avait environ soixante-quatorze ans. Plus de la première jeunesse ! Hobbies : tennis, collection de manuscrits médiévaux, loisirs en famille, poésie et élevage de canards. Voilà donc un homme toujours plein d'allant et aux goûts éclectiques. Adresse : 19, boulevard de la Saussaye, Neuilly-sur-Seine, et Château de la Jonquille, en Normandie. Plein d'allant, des goûts éclectiques et... fortuné. Épouse en 1945 Jeanne-Marie de la Richemont-Maupense. Oh ! Oh ! pensa-t-il, on fait son chemin dans le monde, hein ? Une jeune aristocrate. Je parie que ç'a aidé dans la carrière. Une fille, née en 1945. On n'a pas lambiné... Décès de l'épouse en 1950, celui de la fille en 1963. Licence de droit en 1944, en pleine guerre. Membre du comité directeur d'Elf-Aquitaine, la compagnie de pétrole française. Puis président de la Banque du Nord. Ensuite chez les agents de change Axmund Frères ; Services financiers du midi ; Assurances générales de Toulouse ; et ainsi de suite. Il faisait toujours partie de certains conseils d'administration. Député de 1958 à 1977. Ministre en 1967. Splendide carrière, pensa Argyll. Mais ça ne lui a pas réussi : aucun poste ministériel après. Légion d'honneur en 1947. Croix de guerre en 1945. Hmm... Le type du grand héros de guerre. Quand a-t-il eu le temps de le devenir, ça je me le demande... Il a dû voler au secours de la victoire à la Libération. Membre du tribunal pour crimes de guerre en 1945. À son compte pendant quelques années après ça, avant de passer dans l'industrie et de se lancer dans la politique. Venait ensuite la liste des clubs, des publications, des divers postes occupés et des distinctions reçues. Rien de particulier. Citoyen modèle. Qui prête même ses tableaux aux expositions, bien qu'après cette expérience je doute qu'il s'y risque à nouveau.

D'autres ouvrages fournirent un peu plus de corps au personnage sans que cela soit d'un grand intérêt. En tant qu'homme politique, Rouxel n'avait pas très bien réussi, semblait-il. Il avait été apprécié de ses collègues, mais pour une raison inconnue il avait tapé sur les nerfs de De Gaulle. Il eut sa chance au gouvernement pendant seulement dix-huit mois avant d'en être éjecté sans espoir de retour. À moins que les fonctions ministérielles ne lui aient déplu. Peut-être était-ce trop mal payé, ou Rouxel était-il davantage un homme de dossiers qu'un politicien disert. Cela ne l'empêcha pas de continuer à s'activer : commissions par-ci, comités consultatifs par-là, conseils d'administration... L'une de ces sommités qui, dans tous les pays, reviennent sur la scène à intervalles réguliers, qui restent en réserve de la nation, tout en gardant leurs mains bien soignées, discrètement mais fermement, sur les rênes du pouvoir. Faire sa fortune en faisant le bien. Entre les lignes, on devinait que Rouxel ne venait pas d'un milieu fortuné, mais, à l'évidence, il avait réussi.

Ce n'est pas juste ! s'insurgea Argyll en partant. Allons ! tu es jaloux parce qu'on ne te demandera jamais de faire ce genre de choses. Ou tu es seulement de mauvaise humeur à cause de la bibliothèque. Telles étaient ses pensées pendant qu'il avançait d'un pas alerte dans la rue des Francs-Bourgeois pour se rendre à son rendez-vous avec, se disait-il tristement, une secrétaire particulière, du genre vieille fille babillarde. Le genre de personne douée pour écrire des lettres, mais plutôt popote. Elle ne savait même pas si son employeur avait été cambriolé ! Il se pourrait bien qu'il ait à passer une soirée entière à faire assaut de charme et de galanterie auprès d'elle sans en tirer le moindre profit. Si on l'avait consulté, il aurait prétendu qu'il était déjà pris et insisté pour voir Rouxel en personne. Mais il était trop tard pour se décommander, conclut-il, résigné, au moment où il débouchait sur la place des Vosges. Quand faut y aller, faut y aller.

C'est pourquoi, après n'avoir accordé qu'un bref coup d'œil au lieu – ce qui indiquait l'état de son humeur car c'était l'une de ses places préférées –, il jeta un regard circulaire à l'intérieur du restaurant. Petite dame d'un certain âge, seule à une table, où êtes-vous ?

Or personne ne répondait à cette description. Typique. Si incompétente qu'elle n'était même pas capable d'être ponctuelle. Il consulta sa montre.

« M'sieur ? » fit le serveur en s'approchant prestement de lui. Étrange à quel point les serveurs parisiens, dès les premiers mots prononcés, savent faire passer comme antipathie ou mépris. Rien de tel pour vous couper l'appétit ou pour donner aux étrangers le sentiment de leur infériorité culturelle. En l'occurrence, ce que le serveur voulait dire, c'était : « Écoutez, si vous n'êtes qu'un touriste en vadrouille, dégagez le passage ! Si vous voulez vous asseoir pour dîner, dites-le, mais bougez-vous, nous sommes très occupés et je n'ai pas de temps à perdre. »

Argyll expliqua qu'il avait rendez-vous avec quelqu'un.

« Vous appelez-vous Argyll ? » demanda l'homme en faisant un effort louable pour enrouler sa langue autour du patronyme.

Argyll acquiesça.

« Par ici. On m'a prié de vous accompagner à la table de madame. »

Oh ! Oh ! Ce doit être une habituée, se dit-il, en lui emboîtant le pas. Mais le cours de ses pensées s'interrompit d'un seul coup quand il se retrouva assis en face d'une femme qui fumait tranquillement une cigarette.

Jeanne Armand n'était ni petite ni âgée ; elle n'avait pas l'air d'une vieille fille et, s'il n'était pas exclu qu'elle eût des neveux et des nièces, elle n'avait rien de la tantine de province. Si Argyll passa le reste de la soirée à faire assaut de charme et de galanterie, il n'eut pas à se forcer, cela vint tout naturellement.

Certaines personnes jouissent du privilège – ou souffrent de la malédiction, selon le point de vue – d'être d'une beauté exceptionnelle. Flavia, par exemple, avait une opinion très tranchée là-dessus. Bien qu'elle fût elle-même fort jolie, sans d'ailleurs se donner beaucoup de peine pour cela, elle ne possédait pas le genre de beauté à vous couper le souffle qui réduit des hommes assurés à l'état de pauvres créatures balbutiantes. Elle considérait que c'était une chance : son physique la rendait d'emblée sympathique, mais sa vie n'était pas gâchée parce qu'on n'arrivait pas à la quitter des yeux.

Même en Italie elle réussissait à se faire écouter. Sauf par Fabriano, mais chez lui c'était congénital.

Jeanne Armand, elle, était l'une de ces créatures qui poussent même les hommes posés et équilibrés à agir un peu bizarrement. Les autres femmes lancent souvent des remarques très ironiques sur la manière dont les mâles se comportent dans ce domaine, mais ce n'est vraiment pas juste. Bien des hommes sont en général tout à fait capables de se maîtriser et de se conduire avec dignité dans des situations tendues. Mais il arrive que, dans certains cas rarissimes, on ne puisse absolument rien faire. Une sorte de pilote automatique hormonal prend le relais, provoquant des bouffées de chaleur, un tremblement des mains et donnant un regard fixe dont l'intelligence et la finesse rappellent celui d'un lapin hypnotisé par des phares de voiture.

Son visage raphaélique, sa belle chevelure châtaine, ses mains fines, sa silhouette parfaite, son charmant sourire, ses yeux verts, ses vêtements d'un goût exquis – etc., etc. –, tout en elle semblait susciter ce genre de réaction. À un air de sérénité tranquille elle parvenait mystérieusement à mêler un soupçon d'impudence. Madone et Marie-Madeleine à la fois, présentée dans un paquet-cadeau Yves Saint Laurent. Puissant breuvage.

Argyll perdit définitivement pied quand elle lui parla en anglais. Elle avait immédiatement deviné que son français, même s'il pouvait servir à l'occasion, n'avait rien à voir avec la langue de Racine. La touche finale, ce fut l'accent, et le son de sa voix, qui était magnifique.

« Quoi ? bredouilla-t-il au bout d'un certain temps.

— Désirez-vous boire quelque chose ?

— Oh ! Oui ! Pardi ! Super !

— Qu'aimeriez-vous ? » poursuivit-elle patiemment, sans doute habituée à de tels comportements.

Avant même que le pastis d'Argyll ait été commandé, le jeune Anglais avait déjà perdu toute maîtrise de la situation. Alors qu'il avait tranquillement envisagé une soirée de questions discrètes, de délicates interrogations et de subtils coups de sonde, ce fut lui, au contraire, qui fut questionné, interrogé, sondé. Et quelles délices ! Lui qui préférait toujours écouter les autres, il lui dépeignit la vie à Rome, lui expliqua à quel point il était difficile de vendre des peintures et lui fit part de ses récents déboires concernant le fameux tableau.

« Montrez-le-moi ! fit-elle. Où est-il ?

— Ah ! Je n'ai pas eu le temps d'aller le chercher. Désolé. »

Cela parut la contrarier. Pour se faire pardonner, il aurait presque été disposé à effectuer le trajet aller-retour jusqu'à l'hôtel à quatre pattes. Un infime reste de lucidité lui fit louer le ciel que Flavia soit à plusieurs centaines de kilomètres de là. Il pouvait presque apercevoir sur son visage une expression de mépris hautain.

« Alors, pourriez-vous le décrire ? »

Il s'exécuta.

« C'est celui-là même. Il a disparu il y a environ trois semaines.

— Comment se fait-il que M. Rouxel n'ait pas signalé le vol à la police ?

— C'est ce qu'il a d'abord fait. Puis il a décidé de ne pas donner suite à l'affaire. Comme le tableau n'était pas assuré et qu'il n'y avait aucun espoir de le récupérer, il a estimé inutile de faire perdre son temps à la police. Il a considéré que c'était le prix à payer pour n'avoir pas bien fermé sa maison et il a oublié toute l'histoire.

— Pourtant...

— Et maintenant, non seulement vous l'avez récupéré, mais en plus vous avez découvert à qui il appartenait, et vous l'avez rapporté. M. Rouxel vous en sera extrêmement reconnaissant... »

Elle lui décocha un sourire capable de faire fondre le minerai. Il baissa les yeux avec modestie ; pour un peu, il se serait pris pour un héros.

« Si vous acceptez, bien sûr, de le lui rendre.

— Évidemment. Pourquoi je ne voudrais pas ?

— Vous pourriez exiger une sorte de rémunération pour tout ce que vous avez fait. »

Oui, en effet. Mais par galanterie il était prêt à tirer un trait dessus.

« Bon, fit-elle, tandis qu'il adoptait l'attitude de celui qui a tant d'argent que toute récompense ne serait qu'une goutte d'eau dans la mer, expliquez-moi comment vous avez mis la main sur ce tableau. »

Il lui raconta toute l'affaire par le menu. Il parla de Besson, de Delorme, de l'homme à la cicatrice, de gares, de Muller, d'Ellman, de la police, de bibliothèques et de conservateurs de musée. Il n'oublia rien. Fascinée, captivée du début à la fin de son récit, elle fixait sur lui des yeux écarquillés.

« Alors, qui est le coupable ? Qui est responsable ? demanda-t-elle, lorsqu'il se tut. Qui la police met-elle en tête de liste pour le moment ?

— Je n'en sais absolument rien. Je ne suis pas dans le secret des dieux. Mais je crois comprendre que personne ne sait vraiment ce que pense la police. Il y a l'homme à la cicatrice, bien sûr. Mais, comme on ignore son identité, il y a peu de chance que la police l'attrape. Sauf s'ils ont fait des progrès pendant mon absence, les policiers ne savent même pas pourquoi Muller voulait tant ce tableau. Il appartenait à son père, d'accord, mais ce n'était pas le seul motif. Et il n'y avait aucune raison de le voler, de toute façon. Vous avez une hypothèse, vous ?

— Aucune, dit-elle en secouant la tête pour souligner son propos. Je me rappelle très bien le tableau maintenant... Il ne s'agit pas d'une œuvre de réputation mondiale, n'est-ce pas ?

— Non. Mais il y a combien de temps qu'il appartient à M. Rouxel ?

— Il l'a depuis sa jeunesse. C'est ce qu'il m'a dit une fois. Mais je n'en connais pas l'origine. »

Ils se reversèrent à boire et changèrent de sujet. Il n'y avait en fait plus grand-chose à ajouter. Elle s'intéressa de nouveau à Argyll. Il lui conta une fois de plus des anecdotes sur la profession de marchand de tableaux, puisa pour elle dans ses réserves d'histoires abracadabrantes, de plaisanteries et de scandales, et elle eut l'air tour à tour dûment choquée, impressionnée ou amusée. Elle avait de si beaux yeux ! De temps en temps, elle éclatait de rire, posant sa main sur le bras du jeune homme pour le féliciter de son talent de conteur. Il décrivit la vie romaine, les clients, la vente et l'achat des tableaux, les faux, les escroqueries et le trafic d'objets d'art.

Le seul élément de sa vie dont il ne fit aucune mention durant toute la soirée, ce fut Flavia.

« Et vous ? demanda-t-il pour revenir vers ce qui l'intéressait davantage. Il y a combien de temps que vous travaillez pour M. Rouxel ?

— Plusieurs années. C'est mon grand-père, vous savez.

— Ah ! je vois.

— J'organise sa vie pour lui et je l'aide à diriger quelques-unes des petites entreprises qu'il possède toujours.

— Je croyais qu'il s'occupait de grandes affaires. Ou qu'il était avocat. Ou homme politique. Quelque chose comme ça.

— Il a porté toutes ces casquettes. Jadis. Mais depuis qu'il a pris sa retraite il s'est consacré à deux affaires de moindre envergure. De commerce des valeurs en Bourse, essentiellement. Surtout pour occuper son temps. Ce devait être mon domaine à moi aussi.

— "Devait être" ?

— J'avais commencé à m'y intéresser. Puis grand-père m'a demandé de l'aider à trier ses papiers. Vous pouvez imaginer la quantité de documents qu'a pu accumuler au cours des ans quelqu'un comme lui. Dans le domaine juridique, dans celui des affaires et de la politique. Et il ne voulait pas qu'un étranger à la famille y mette le nez. Ça ne devait durer qu'une courte période, pendant qu'il était malade et débordé, mais je suis toujours là. Il y a des années que j'ai fini d'organiser ses archives mais je lui suis devenue indispensable. Autrefois, je lui suggérais d'engager quelqu'un à plein temps, mais il répète que personne ne pourrait être aussi efficace que moi. Ou aussi habitué à ses manies.

— Et ça vous plaît ?

— Oh oui ! s'empressa-t-elle de répondre. Cela va sans dire. C'est un homme si merveilleux ! Et il a besoin de moi. Je suis sa seule famille. Sa femme est morte jeune. Quelle tragédie ! Ç'avait été un brillant mariage et il l'avait aimée de nombreuses années avant de l'épouser. Quant à ma propre mère, elle est morte en me mettant au monde. Alors il n'a personne d'autre. Il fallait bien que quelqu'un l'empêche de se surmener. Il ne sait pas dire non. On ne cesse de lui demander de siéger à des comités et il accepte toujours. Sauf quand je peux intercepter le courrier et refuser avant.

— Vous faites ça ?

— Ce sont les privilèges d'une secrétaire, répondit-elle avec un petit sourire. Après tout, c'est moi qui ouvre toutes ses lettres. Mais il arrive que certaines passent à travers les mailles du filet. Par exemple, en ce moment il fait partie d'une commission financière internationale. Il y a constamment des déplacements et des réunions. Ça le fatigue et ça ne sert à rien. Mais il refuse de laisser tomber. Il est si bon et si serviable qu'il n'aurait pas une minute à lui si je n'empêchais pas qu'on lui fasse perdre son temps. »

Pour la première fois de la soirée Argyll avait un rival. Non seulement Jeanne aimait ou respectait son grand-père, mais elle en avait fait son héros, en quelque sorte. Peut-être Rouxel méritait-il cette adoration. Aux yeux de sa petite-fille, Rouxel était

141

plus qu'un patron modèle, c'était l'un des plus grands hommes vivants. Elle en faisait peut-être un peu trop, non ? Elle déployait de tels efforts pour le convaincre. Et qu'obtient-elle en échange ? se demanda-t-il.

« Il a reçu la croix de guerre », dit Argyll.

Elle sourit et lui jeta un rapide coup d'œil.

« Je vois que vous avez effectué des recherches à son sujet. En effet, on la lui a décernée pour son action dans la Résistance. Il n'en parle jamais, mais j'ai cru comprendre qu'il a frôlé la mort à plusieurs reprises, et qu'il s'est occupé de toutes les querelles intestines. Comment a-t-il réussi à ne pas y perdre complètement sa foi en l'homme ? je me le demande vraiment.

— Vous avez beaucoup d'admiration pour lui. Que s'est-il passé dans sa carrière politique ?

— Chez certaines personnes, les échecs sont plus admirables que leurs réussites. Il était honnête. Trop honnête. Il voulait débarrasser son ministère des opportunistes et des incompétents. Comme on pouvait s'y attendre, ils ne se sont pas laissé faire. Il a joué franc jeu, ils ont employé des moyens déloyaux. C'est aussi simple que ça. Il a compris la leçon.

— Est-ce que vous l'aimez autant que vous l'admirez ?

— Oh oui ! Il est gentil, généreux, courageux, et il a été très bon envers moi. C'est le genre d'homme qui inspire affection et confiance. Comment pourrais-je ne pas l'aimer ? Comme tout le monde, d'ailleurs.

— Il y a bien au moins une personne qui ne l'aime pas.

— Que voulez-vous dire ?

— Eh bien ! fit-il un peu surpris par le ton soudain acerbe de la voix, il est puissant et a brillamment réussi dans la vie. Il a toujours beaucoup d'influence. Cela suscite la jalousie. Quelqu'un de ce niveau n'est jamais universellement aimé.

— Je vois. Vous avez peut-être raison. En tout cas, il s'est toujours battu pour des causes qu'il croyait justes. Mais je peux sincèrement déclarer que je n'ai jamais rencontré quelqu'un qui le détestait personnellement. Universellement aimé, non. Universellement respecté, oui. Je crois qu'on peut l'affirmer. C'est pour cette raison qu'il va recevoir dans quinze jours le prix Europa.

— Le quoi ?

— Vous n'en n'avez pas entendu parler ? »

Il secoua la tête.

« Ce n'est pas très facile à expliquer. Il s'agit d'une sorte de prix Nobel de politique décerné par la Communauté européenne. Chaque gouvernement désigne l'un de ses citoyens, et une seule personne est choisie parmi les candidats présélectionnés. Le prix récompense l'œuvre de toute une vie. Il n'a été donné qu'un petit nombre de fois. C'est un honneur exceptionnel.

— Et qu'est-ce que ça implique ? Suffit-il d'aller chercher un chèque ? »

Elle se renfrogna, comme si elle avait le sentiment qu'il ne prenait pas cet honneur au sérieux.

« Il y a une cérémonie à l'occasion de la prochaine réunion du Conseil des ministres. M. Rouxel recevra le prix, puis fera un discours devant tous les chefs de gouvernement de la Communauté et devant le Parlement. Cela fait des semaines qu'il travaille sur son allocution. Elle résumera sa vision de l'avenir et, croyez-moi, c'est un excellent discours. Une sorte d'affirmation des principes qui ont guidé toute sa vie. Un abrégé de tout ce en quoi il croit.

— Merveilleux ! Il me tarde de le lire », déclara-t-il poliment mais avec une sincérité toute relative.

Il y eut un silence pendant que chacun regardait l'autre en se demandant comment poursuivre. Argyll résolut le dilemme en réclamant l'addition, qu'il régla. Ensuite il l'aida à enfiler son manteau et ils sortirent dans l'air nocturne.

« C'est très gentil à vous d'avoir accepté de me voir... », commença-t-il.

Elle se rapprocha de lui et posa la main sur son bras en le regardant droit dans les yeux.

« Et si nous allions prendre un verre chez moi ? C'est à deux pas », dit-elle d'un ton suave en désignant une rue sur la droite. L'air légèrement impudent avait réapparu sur son visage.

À la fin du XVIIe siècle, l'un des genres les plus appréciés en peinture était l'allégorie classique qui utilisait des sujets mythologiques pour illustrer des thèmes moraux. Une scène qui connut un énorme succès populaire s'appelait « Le Jugement d'Hercule ». Elle fut représentée des dizaines de fois à l'époque baroque.

Le sujet est très simple. Hercule, cette force de la nature de l'Antiquité, toute juste vêtu d'une peau de lion afin que l'observateur puisse à la fois le reconnaître et admirer la façon talentueuse dont l'artiste a su peindre le torse masculin, se dresse entre deux femmes. Elles sont belles toutes les deux, mais l'une d'elles porte souvent des vêtements très austères couvrant presque entièrement son corps et tient fréquemment une épée. Sur certaines scènes, elle lève un doigt comme pour mettre en garde. Elle incarne la vertu qui apparaît quelquefois sous la forme d'Athéna, fille de Zeus et avocate des justes causes.

De l'autre côté, souvent allongée par terre dans une pose alanguie et toujours à moitié nue, il y a la seconde femme. Elle séduit Hercule par sa seule présence langoureuse. Elle symbolise la vie facile, parfois le vice, de temps en temps la tentation, personnifiée par Aphrodite, déesse de l'amour. Vers la gauche, du côté où se tient Athéna, il y a une route, rocailleuse et escarpée, qui mène à la gloire et à l'accomplissement de soi ; du côté où se trouve Aphrodite on aperçoit un chemin aisé bordé par toutes sortes de plaisirs mais qui ne mène nulle part.

Hercule écoute les arguments des deux femmes, s'efforçant de choisir entre les deux voies. Il a généralement le visage du mécène qui a commandé le tableau et il est d'habitude saisi au moment où il décide de s'adonner à la vertu. Voilà une jolie et élégante façon pour le peintre de faire un brin de cour.

Et à la gauche d'Argyll, alors que cette petite scène historico-artistique lui venait à l'esprit, se trouvait la rue ramenant à son hôtel, tandis qu'à sa droite partait celle conduisant à l'appartement de Jeanne.

Hercule avait, lui, le temps de réfléchir, de peser le pour ou le contre, de poser des questions supplémentaires et de découvrir ce à quoi il s'engageait. Argyll dut soupeser simultanément l'invitation de Jeanne, son attirance pour elle et l'amour qu'il portait à Flavia.

« Eh bien ?

— Je vous prie de m'excuser... Je réfléchissais.

— Avez-vous besoin de réfléchir ? »

Il soupira et lui toucha l'épaule.

« Non. Pas vraiment. »

Et, tel Hercule, c'est à contrecœur qu'il choisit le chemin de la vertu.

10

Le train de Flavia arriva à Paris le lendemain matin à 7 h 15. La jeune femme, encore à moitié endormie, fut éjectée sans ménagement par les agents du chemin de fer et se retrouva dans le hall glacial, plein de courants d'air, de la gare de l'Est. Le voyage avait été affreux. Constamment dérangée par des hurlements de bébés, le passage des contrôleurs, l'entrée de nouveaux voyageurs dans le compartiment et des arrêts brusques, il lui avait semblé ne pas dormir de la nuit. Elle se sentait sale, débraillée, éreintée. Grand Dieu, j'ai une de ces touches ! pensa-t-elle en se regardant dans une glace. Dans quel état je suis ! Heureusement que Jonathan ne s'arrête pas à ça ! Il lui tardait de le revoir : sa présence était rassurante et, même s'il lui tapait souvent sur les nerfs, elle avait hâte de pouvoir parler avec lui. Surtout que, ces derniers temps, ils n'avaient pas eu beaucoup de raisons d'être gais.

Elle était assez tentée de prendre un café et un vrai petit déjeuner avant de se rendre à l'hôtel où il était descendu – du moins où elle croyait qu'il était descendu. Elle n'avait jamais songé qu'il ait pu choisir un autre hôtel. Mais, à la réflexion, elle se dit qu'elle risquait d'avoir un problème à résoudre. Comment le retrouver ? Et puis s'il était déjà rentré à Rome ?

N'anticipons pas ! se reprit-elle. L'ennui, pour l'instant, c'était qu'elle n'avait pas d'argent français, elle ne pouvait donc s'offrir ni café ni taxi.

Elle descendit l'escalier en direction du métro, élabora son itinéraire, puis s'immobilisa pour regarder les usagers. Un sur dix environ s'approchait du tourniquet, jetait un coup d'œil alentour par mesure de précaution, puis sautait par-dessus. Des employés de la RATP, à deux pas de là, n'intervenaient pas. À Paris, il faut faire comme les Parisiens, se dit-elle. Serrant son sac contre elle, elle enjamba la barrière avant de filer vers le quai avec mauvaise conscience.

Pour avoir séjourné une fois en compagnie d'Argyll dans son hôtel habituel, elle savait qu'il était situé non loin du Panthéon. Ce serait plus difficile de retrouver l'endroit précis : le quartier regorge d'hôtels, et tout ce dont elle se souvenait c'est qu'il possédait une porte très ouvragée. Même si sa quatrième tentative échoua encore, là au moins un portier assurant le service du matin lui indiqua le chemin. Elle arriva finalement à 8 h 15.

Un M. Jonathan Argyll était-il descendu à cet hôtel ?

Après avoir feuilleté un registre, le réceptionniste acquiesça.

Où se trouvait-il ?

Chambre n° 9. Voulait-elle qu'on le prévienne par téléphone ?

Non, ce n'était pas la peine. Elle allait monter directement.

Elle gravit l'escalier, trouva la porte et frappa avec vigueur.

« Jonathan, cria-t-elle. Ouvre ! C'est moi. »

Un long silence s'ensuivit. La chambre était vide. Ça ne lui ressemble pas, se dit-elle. Argyll n'était pas l'homme le plus matinal du monde.

Surprise, elle s'attarda quelques instants, ne sachant quoi faire. Elle n'avait pas envisagé qu'il pût être déjà sorti. Heureusement, un bruit de cavalcade dans l'escalier mit un terme à ses hésitations.

« Flavia ! s'écria-t-il en débouchant sur le palier.

— Te voilà ! Où as-tu été à cette heure matinale ?

— Moi ? Oh ! nulle part en particulier. J'ai juste été acheter des cigarettes. C'est tout.

— Un peu après huit heures, un dimanche matin ?

— Il est si tôt ? Je ne pouvais pas dormir. Je suis si content de te voir. Viens là ! »

Et il l'entoura de ses bras et l'étreignit avec une passion inhabituelle.

« Tu es superbe ! dit-il en reculant d'un pas pour la contempler avec admiration. Absolument merveilleuse.

— Quelque chose ne va pas ?

— Non. Pourquoi cette question ? Mais j'ai passé une nuit affreuse. Je n'ai pas cessé de me retourner dans mon lit.

— Pour quelle raison ?

— Oh ! rien... Je réfléchissais.

— À ton tableau, je suppose ?

— Hein ? Non pas là-dessus. Je réfléchissais sur l'existence. Sur nous. Ce genre de choses.

149

— Que veux-tu dire ?

— C'est une longue histoire. Mais je me demandais ce qui se passerait si on rompait.

— Ah oui ? demanda-t-elle, un peu troublée. Qu'est-ce qui te fait songer à ça ?

— Ce serait affreux. Je ne m'en remettrais pas.

— Ah !... Mais pourquoi es-tu préoccupé par cette question en ce moment ?

— Pour rien ! » fit-il d'un ton enjoué, en pensant à la veille et à son choix entre les deux directions opposées. Il aurait du mal à la convaincre sans exercer tout son charme. Comme il évita de lui faire part de ses réflexions, elle en conclut que son amour pour elle flanchait un peu. D'habitude il ne s'épanchait pas ainsi. Il était anglais, après tout.

« Tu as de l'argent ? » finit-elle par lui demander. Inutile d'encourager cette étrange humeur. Et il était très tôt.

« Oui. Mais pas beaucoup.

— Assez pour m'inviter à prendre un petit déjeuner ?

— Oui. Ça, c'est possible.

— Bon. Alors, emmène-moi quelque part. Ensuite, pendant les quelques minutes qui me restent avant que je m'endorme pour toujours, tu me raconteras ce que tu as fait jusqu'à présent. »

« Ce n'est pas mal du tout », commenta-t-elle, après avoir avalé deux cafés et un minable croissant. Le ton était un peu condescendant mais elle était trop fatiguée pour s'embarrasser de subtilités. « Si je comprends bien, tu penses que Muller a pu contacter Besson après cette exposition, que celui-ci a piqué la chose et l'a passée à Delorme. Puis Besson se fait pincer, Delorme panique et te refile le bébé. Le type à la cicatrice aborde Delorme en se faisant passer pour un flic, découvre que c'est toi qui as le tableau et tente de te le chiper à la gare de Lyon. Ensuite, il te suit jusqu'à Rome, se rend chez Muller et bang ! Adieu Muller !

— Résumé exemplaire. Tu aurais dû être fonctionnaire.

— Pendant ce temps, moi, j'ai découvert que Muller était obsédé par ce tableau depuis deux ans, car il croyait qu'il contenait quelque chose de précieux. Il croyait qu'il appartenait à son père qui s'est pendu. Le problème, c'est le dénommé Ellman. Pourquoi est-il venu à Rome, lui aussi ? Le coup de téléphone en provenance de Paris a peut-être été donné par l'homme à la cicatrice, mais pourquoi ont-ils tous les deux débarqué à Rome ?

— Je n'en sais rien.

— Il n'y a aucune chance que ce soit Rouxel qui ait téléphoné ? demanda Flavia.

— Non, si l'on en croit sa petite-fille. En tout cas, elle n'avait jamais entendu parler d'Ellman et elle s'occupe, entre autres, de tout le courrier de Rouxel. De plus, elle m'a affirmé qu'il avait perdu tout espoir de retrouver le tableau. Il ne le recherchait même plus. »

Elle bâilla à se décrocher la mâchoire, puis jeta un coup d'œil sur sa montre.

« Oh, nom d'un chien ! Il est déjà dix heures.

— Et alors ?

— Et alors j'espérais prendre un bain et m'allonger un moment, mais je n'ai plus le temps. Il faut que je sois à l'aéroport pour midi. Le fils d'Ellman revient. Je veux avoir un petit entretien avec lui. Ce n'est pas que ça m'enchante.

— Ah ! fit Argyll. J'espérais passer quelque temps avec toi. Tu sais : Paris, les amoureux... Tu connais la chanson. »

Elle le fixa d'un air incrédule. Son sens de l'à-propos était parfois si défectueux qu'on n'en croyait pas ses oreilles.

« Mon cher marchand de tableaux insensé... En deux jours, j'ai dormi à peu près quatre heures. Il y a si longtemps que je n'ai pas pris un bain que je ne sais même pas si je saurai encore faire couler l'eau. Dans le métro les gens se lèvent quand je m'assois près d'eux. Je n'ai pas de vêtements propres et j'ai un tas de boulot. Alors je ne suis pas d'humeur à marivauder ni à faire du tourisme.

— Ah ! fit-il derechef. Puis-je t'accompagner à l'aéroport ?

— Non. Pourquoi ne rapportes-tu pas le tableau ?

— Je croyais que tu voulais l'examiner ?

— C'est exact. Mais tu me dis qu'il n'y a rien à voir...

— En effet. Je partage un lit avec Socrate depuis un jour environ. Je l'ai inspecté sous toutes les coutures. Y a rien !

— Je te crois. C'est toi l'expert. Mais j'ai pensé que si tu le rapportais, tu aurais peut-être l'occasion de parler à Rouxel, histoire de voir s'il sait quelque chose qui puisse nous mettre sur une piste. Lui poser des questions sur Hartung. Sur Ellman. Quelqu'un doit servir plus ou moins de lien entre ces deux-là. Tu sais. Tâter le terrain. »

Puis, jetant un nouveau coup d'œil sur sa montre et marmonnant qu'il se faisait tard, elle s'esquiva en laissant Argyll payer l'addition. Elle revint quelques instants plus tard, pour lui emprunter de l'argent.

Pas question de se rendre à l'aéroport de Roissy-Charles-de-Gaulle en taxi lorsque votre petit ami a fini par vous octroyer deux cents francs pour la journée. Il avait prétendu que c'était presque tout ce qu'il avait sur lui, et ce n'était pas royal. Elle prit donc un taxi jusqu'à Châtelet puis, son inquiétude grandissant, erra dans les couloirs mal éclairés de ce vaste mausolée souterrain à la recherche du RER. Lorsqu'elle trouva enfin la rame, elle n'était plus d'humeur à se laisser bercer par la musique qui jouait dans la station. Elle transpirait à grosses gouttes, ce qui, vu son état, n'était pas recommandé. Si elle ne prenait pas bientôt un bain, elle n'aurait plus qu'à jeter ses vêtements.

Elle arriva à l'aéroport environ vingt minutes après l'heure à laquelle était censé atterrir l'avion d'Ellman junior et dut encore attendre la navette pour gagner le bon terminal. Parvenue à destination, elle se précipita aux Arrivées et scruta anxieusement les tableaux d'affichage. « Bagages en salle », lut-elle. La barbe ! Plutôt que de rester là à voir défiler les passagers, elle courut vers le bureau de renseignements et persuada l'employé de diffuser un message.

Puis elle fit le pied de grue en étouffant une nouvelle série de bâillements. Ce ne serait pas une catastrophe si elle le manquait, se rassura-t-elle, mais ce serait dommage. Non seulement il lui faudrait retourner en Suisse, mais elle aurait à subir le regard ironique de Bottando lorsqu'il examinerait sa note de frais, tout en bougonnant, sans aucun doute, à propos de la nécessité de prêter attention aux détails.

Elle était toujours absorbée dans ses pensées lorsqu'elle remarqua que l'employé du bureau de renseignements la désignait à un voyageur qui venait d'arriver. Elle s'était forgé une image de Bruno Ellman, d'après la description de la gouvernante, qui n'était pas du tout flatteuse : une sorte de play-boy, en pantalon kaki de grande marque, saharienne, volumineux Nikon en bandoulière. Bronzé, dépensier, vaguement parasite.

Cela n'avait rien à voir avec ce qu'elle découvrit. D'abord, l'homme n'était plus tout jeune, même s'il n'avait guère plus de quarante ans. Un peu de ventre, des vêtements fatigués mais pas seulement à cause du vol de nuit. Dégarni sur le sommet du crâne et les cheveux restants commençant à grisonner.

Je dois faire erreur, pensa-t-elle, au moment où l'homme s'approchait d'elle et la détrompait. C'était bien Bruno Ellman.

« Je suis contente que vous ayez entendu le message, dit-elle en français. J'avais peur de vous avoir manqué. On peut parler en français ? »

Il inclina la tête.

« D'accord pour le français, répondit-il avec un meilleur accent que le sien. Me voici. Je suis votre homme, mais vous avez un petit avantage sur moi.

— Veuillez m'excuser, fit-elle, avant de se présenter et de montrer sa carte pour la forme. Je crains d'avoir de mauvaises nouvelles à vous annoncer. Pourrions-nous aller quelque part pour parler tranquillement ?

— Quelles mauvaises nouvelles ? demanda-t-il sans bouger.

— Il s'agit de votre père.

— Oh non ! s'écria-t-il, de l'air de quelqu'un que l'annonce ne surprend qu'à moitié. Que lui est-il arrivé ?

— Il est mort, hélas ! Assassiné. »

C'était très curieux. Sa première impression – à laquelle Flavia se fiait beaucoup – fut qu'Ellman encaissait bien le choc. Apparemment, c'était le type même à qui on s'adresse en confiance quand on a perdu son chemin, le genre « bon fils », si cette formule a un sens. Le fils bouleversé d'apprendre que son père est décédé et effondré en découvrant qu'il a été assassiné.

Mais Bruno Ellman ne réagit pas de la sorte. La nouvelle produisit un pincement de lèvres, et rien de plus.

« Vous avez raison, dit-il. Il faut que nous allions dans un endroit calme pour parler. »

Sur ce, il la conduisit vers le bar situé au rez-de-chaussée du vaste bâtiment de béton, puis disparut pour aller chercher des cafés.

S'il avait été un tant soit peu déconcerté par la brutalité de la nouvelle, lorsqu'il revint il semblait s'être bien remis.

« Bon, fit-il comme s'il s'adressait à une relation d'affaires, je vous serais reconnaissant de me mettre au courant de ce qui s'est passé. »

Flavia lui fit un compte rendu assez détaillé suivi d'une série de questions de plus en plus standardisées.

Son père s'intéressait-il à la peinture ? Non. Connaissait-il quelqu'un du nom de Muller ? Non. Hartung ? Non. Et Rouxel ?

« Ce nom ne m'est pas inconnu, répondit-il évasivement.

— Ça vous dit quelque chose ?

— Donnez-moi d'autres détails.

— Prénommé Jean. Homme d'affaires et homme politique, âgé de plus de soixante-dix ans, dit-elle succinctement.

— Français ?

— Oui.

— On n'a pas parlé de lui récemment ?

— On va lui décerner le prix Europa. Comme c'est un truc très important, paraît-il, on a dû en parler.

— Oui, fit Ellman. C'est lui. » Il réfléchit quelques instants, traquant le souvenir précis. « C'est ça, fit-il finalement.

— Et alors ?

— Il n'y a rien d'autre à dire, répondit-il d'un ton d'excuse. J'en ai entendu parler aux informations.

— C'est tout ? Aucun rapport avec votre père ?

— Pas que je sache. À mon avis, mon père n'était pas le genre de personne qu'aurait daigné fréquenter un personnage comme Rouxel. Moi-même je le voyais rarement, sauf quand il y avait des problèmes d'argent.

— Par exemple, lorsque votre allocation est en retard... »

Il la regarda, surpris, notant la légère désapprobation qui s'était glissée dans la voix.

« Vous avez fait votre petite enquête. Vous avez aussi parlé à Mme Rouvet, je vois. »

156

Elle hocha la tête.

« Oui, mon "allocation", si c'est ainsi que vous voulez l'appeler. Au fait, Mme Rouvet vous a-t-elle expliqué ce que je fais ?

— Non.

— Je suppose que vous avez eu la version standard. Le bon à rien qui se la coule douce. Libre à vous...

— D'accord. Et que faites-vous ?

— Je travaille pour une association caritative. Elle envoie des secours en Afrique, surtout francophone. En Afrique et dans des régions à problèmes. Je suis au Tchad depuis deux semaines. Il y a une épidémie là-bas.

— Ah !...

— Pas pour un safari, si c'est ce que vous croyez. Mon, euh... "allocation" finance un orphelinat pour des enfants à tel point sous-alimentés que leur cerveau est atteint. Si on ne peut rien faire sur place, on les transporte en Suisse pour essayer de les soigner. C'est une goutte d'eau dans la mer, et l'argent que je reçois de mon père – que je recevais, devrais-je dire, car je suis sûr que tout va aller à sa gouvernante désormais – n'était qu'une molécule dans l'océan.

— Je suis désolée. Je vous avais mal jugé.

— Au moins vous le reconnaissez. Merci. J'accepte vos excuses. Je n'en aurais pas du tout parlé...

— Sauf que vous avez pensé que je me demandais peut-être si vous n'aviez pas commandité l'assassinat de votre père pour hériter. »

Il opina de la tête.

« Si ça doit vous tranquilliser, je peux vous montrer mon passeport. Le village où je me trouvais est tellement isolé qu'il aurait été impossible, en moins de cinq jours, d'en sortir subrepticement, de tuer mon père et d'y revenir comme si de rien n'était. Mais, ma principale ligne de défense, c'est qu'il n'avait vraiment pas assez d'argent pour que ça vaille la peine de le tuer.

— Je vous crois, dit une Flavia radoucie et quelque peu surprise. Êtes-vous au courant des finances de votre père ?

— Absolument pas. Et je n'ai aucune envie de l'être.

— Il y avait chez lui un relevé bancaire et un chéquier indiquant qu'il recevait une mensualité régulière. Une forte somme d'argent. D'où cela venait-il ? »

Ellman soupira.

« Je n'en sais rien et je m'en fiche. Tout ce que je sais, c'est que lorsqu'il y a eu du retard l'année dernière, je le lui ai signalé et il m'a dit de ne pas m'en faire, qu'il allait régler la chose dès le lendemain. J'ai téléphoné le lendemain et Mme Rouvet a déclaré qu'il était parti en voyage. Ensuite l'argent a été en effet versé ponctuellement chaque mois. C'est tout ce que je peux vous dire. Lui et moi, on communiquait à peine, sauf quand on y était obligés.

« Nous ne nous entendions pas très bien, mon père et moi, poursuivit-il. En fait, nous nous détestions. C'était un homme méchant, sans cœur. Un monstre au petit pied. Il n'avait même pas l'envergure d'un grand monstre. Il a pratiquement tué ma mère par son égoïsme et sa cruauté, et je me rappelle mon enfance comme un long cauchemar. Il vous saignait à blanc. Je le détestais.

— Mais vous lui demandiez de l'argent et il vous en donnait.

— Ce n'était pas de gaieté de cœur qu'il le faisait !

— Mais s'il était si mauvais, pourquoi vous le donnait-il ? »

Ellman fit un sourire qu'elle crut d'abord gêné, jusqu'au moment où elle s'aperçut que le sourire trahissait une véritable jouissance.

« Parce que je le faisais chanter.

— Pardon ?

— Je le faisais chanter. Les Suisses sont à cheval sur les principes, et mon père a caché certaines choses quand il s'est fait naturaliser. Son vrai nom, par exemple. Si on avait découvert la vérité, il aurait probablement été poursuivi en justice, et il aurait perdu sa citoyenneté et son travail. Lorsque j'ai découvert le pot aux roses, il y a une dizaine d'années, je l'ai incité à participer à mon œuvre de charité. En guise de rachat.

— Vous avez fait ça à votre propre père ?

— Oui, répondit-il simplement. Pourquoi pas ?

— Mais pourquoi a-t-il changé de nom ?

— Pour rien d'horrible, vous savez. Ce n'était pas, disons, un braqueur de banque en cavale. Pas que je sache, en tout cas. »

Il prononça ces paroles du ton de quelqu'un qui a fait sa petite enquête. Décidément, c'était la mode : on voulait tout connaître de son père, le meilleur et le pire. Mais ça causait pas mal de dégâts.

« C'était pour trouver du travail. Le vrai Ellman était l'un de ses camarades, tué pendant la guerre. Un ami d'enfance, il me semble, même si j'ai du mal à imaginer

159

que mon père ait jamais eu des amis. Mon père était le chenapan, la petite frappe de la ville. Ellman était le bon élève, le fort en thème. Avant qu'ils ne s'engagent tous les deux, mon père était un ivrogne et un coureur de jupons, tandis qu'Ellman poursuivait ses études et obtenait son diplôme. Lui a été tué. Alors, quand mon père est arrivé en Suisse en 1948, il a usurpé son nom, son diplôme et, grâce à ça, il a obtenu un travail bien payé. Il y avait beaucoup de chômage après la guerre. Mon père considérait qu'il avait le droit de faire flèche de tout bois. Il était comme ça.

— Quel était son vrai nom ?

— Franz Schmidt. C'est un nom on ne peut plus commun.

— Je vois. »

Voilà une nouvelle variante de la vie familiale, se dit Flavia. Qu'est-ce qui était pire ? Ce genre de père ou cette sorte de fils ? Tel père, tel fils, peut-être... Ellman disait tout ça sans la moindre gêne. Il vivait dans un monde désaxé où, sans qu'il s'en rende compte, la fin louable était gâtée par les moyens pernicieux. Qu'est-ce qui fait courir cet homme ? se demanda-t-elle une fois que, l'entretien terminé, elle eut regagné le RER. S'était-il retrouvé dans une association caritative pour oublier son père ? Ne lui était-il pas venu à l'idée que derrière le masque de la vertu il ne valait guère mieux que lui ? C'eût été bien plus facile s'il avait été un simple play-boy bon teint et fier de l'être qu'elle aurait eu le droit de détester.

Lorsque Argyll revint à l'hôtel, Flavia était en train de rattraper le temps perdu. Elle avait pris un bain, s'était effondrée sur le lit et était tombée dans un si profond sommeil qu'on aurait pu la croire plongée dans un coma avancé. Argyll la trouva enroulée sur elle-même comme un hamster en pleine hibernation, le souffle régulier, la bouche ouverte, la tête appuyée sur le bras et, malgré sa forte envie de la réveiller en douceur pour lui raconter ses petites histoires, il la laissa dormir en paix, se contentant de la contempler un moment. La regarder sommeiller était l'un de ses passe-temps favoris. La manière de dormir est très révélatrice : d'aucuns font des bonds dans leur lit en marmonnant, sans jamais connaître le repos ; d'autres retombent en enfance et sucent leur pouce ; d'autres encore, comme Flavia, manifestent une grande sérénité, laquelle demeure souvent cachée durant l'éveil. Pour Argyll, regarder dormir Flavia était presque aussi reposant que dormir lui-même.

Ce genre d'activité ne pouvant passionner le spectateur qu'un bref instant, Argyll partit bientôt faire une promenade. Il était très fier de lui. Va voir si tu peux obtenir un entretien avec Rouxel, lui avait conseillé Flavia et, en garçon obéissant, il s'était exécuté. La veille, il avait promis à Jeanne Armand de rapporter le tableau le lendemain. Sous-entendu : chez elle. Mais il n'y avait aucune raison de ne pas faire semblant d'avoir mal compris. C'est pourquoi, muni du tableau et du peu d'argent qui lui restait, il s'était offert un taxi pour se rendre à Neuilly-sur-Seine.

Situé juste aux portes du Paris intra-muros, Neuilly est l'endroit idéal pour la bourgeoisie qui possède les moyens de se faire plaisir. Si des immeubles d'habitation y ont surgi dans les années soixante, un grand nombre des villas jadis construites dans ce faubourg sont toujours là, premiers autels dressés par les Français en hommage à l'idéal anglo-saxon du foyer bien à soi et du calme bucolique.

Jean Rouxel habitait l'une de ces villas. C'était une bâtisse de style Art nouveau, construite dans les années 1890, entourée de hauts murs et fermée par une grille de métal. Il sonna, attendit le petit bourdonnement indiquant l'ouverture du portail, puis avança dans l'allée.

Rouxel prenait très au sérieux la possession d'un jardin. Même si un œil anglais pouvait remarquer l'usage excessif du gravier et noter non sans un certain mépris l'état du gazon, il y avait au moins une pelouse sur laquelle jeter un regard méprisant. Les plantes avait été disposées avec soin, et l'on devinait clairement l'intention si caractéristique du jardin anglais de laisser faire la nature tout en la domestiquant. En tout cas, on ne voyait nulle trace de l'ordre cartésien que les Français aiment si souvent imposer à la végétation. Même si l'harmonie géométrique y trouve son compte, pour un œil britannique les jardins français font grimacer et on y plaint les plantes. Rouxel, lui, préférait ne pas entraver la nature. C'était un jardin libéral, si on peut attribuer des idées politiques à l'horticulture. Il appartenait à quelqu'un qui se satisfait de l'état des choses et qui ne cherche pas à leur imposer sa volonté. Un homme de bien, pensait Argyll en faisant craquer le gravier de l'allée. Il est périlleux de se forger une opinion sur quelqu'un à la seule vue de sa glycine, mais Argyll était tout prêt à juger Rouxel sympathique avant même de l'avoir rencontré en personne.

Cette impression s'avéra encore plus juste quand il l'aperçut. Il trouva Rouxel dehors, en train de regarder d'un air pensif un petit parterre de fleurs. Il était habillé ainsi qu'on doit l'être un dimanche matin. Comme pour les jardins, il y a deux écoles de pensée : d'une part, l'anglo-saxonne qui préconise de traîner, vêtu comme un clochard, avec un vieux pantalon, une chemise non repassée et un chandail percé aux coudes ; et, d'autre part, il y a les adeptes de l'école de l'Europe continentale qui se mettent sur leur trente et un et qui, après avoir passé plusieurs heures à leur toilette, se présentent au monde extérieur précédés de bouffées d'eau de Cologne.

Même s'il était le symbole vivant des valeurs françaises, côté vêtements Rouxel résidait en territoire anglais. Ou, en tout cas, sur une île proche du littoral : la veste était un rien de trop bonne qualité, le pantalon gardait toujours son pli, et le chandail n'était percé que d'un seul tout petit trou. Mais c'est l'intention qui compte.

Au moment où Argyll s'approchait, un aimable sourire aux lèvres et Socrate sous le bras, Rouxel grogna, se pencha en avant – avec une certaine raideur, comme il était normal chez un homme de plus de soixante-dix ans, mais avec un reste de souplesse cependant –, et se jeta sur une mauvaise herbe qu'il arracha et contempla d'un air de triomphe. Il la plaça ensuite soigneusement dans un petit panier d'osier accroché à son bras droit.

« De vraies petites pestes, n'est-ce pas ? fit Argyll en s'avançant. Je parle des mauvaises herbes. »

163

Rouxel se retourna et le dévisagea quelques instants, l'air perplexe. Puis il remarqua le paquet et sourit.

« Monsieur Argyll, je suppose ?

— En effet. Je suis vraiment désolé de vous déranger, répondit celui-ci, tandis que Rouxel fixait sur lui un regard impassible. J'espère que votre petite-fille vous a annoncé ma visite...

— Jeanne ? Elle m'a bien dit qu'elle vous avait rencontré, mais je n'avais pas compris que vous deviez venir ici. Peu importe ! Ravi de faire votre connaissance. Je vais juste régler son compte à ce petit... »

Et il se repencha pour empêcher l'invasion des liserons en prenant le mal à la racine.

« Voilà, fit-il, l'air radieux, quand le liseron fut lui aussi placé dans le panier. J'adore mon jardin, mais je dois avouer que ça commence à me peser. C'est un passe-temps brutal, vous ne trouvez pas ? Il faut sans cesse tuer, pulvériser, arracher. »

Il avait une voix prenante, mélodieuse, bien timbrée, dont le ton suggérait une immense force contenue. Il avait été avocat, et cela faisait sans doute partie du métier, mais, rien qu'en entendant cette voix, Argyll comprenait pourquoi Rouxel s'était lancé dans la politique. C'était une voix qui inspire confiance, tout en étant le genre d'instrument bien accordé qui peut d'un seul coup menacer ou exprimer la colère et l'indignation. Ce n'était pas une voix profonde à la de Gaulle qui, déroulant ses périodes oratoires, emporte votre totale adhésion, comme ç'avait été le cas d'Argyll la première fois qu'il l'avait écouté, même s'il n'avait pas la moindre idée du contenu parce que c'était en français. Mais c'était une voix qui pouvait rivaliser avec celle de tous les hommes politiques français qu'Argyll avait entendus.

C'est pourquoi, tandis qu'ils traquaient tous les deux d'autres mauvaises herbes, Argyll s'excusa une fois de plus et expliqua qu'il avait voulu rapporter le tableau le plus vite possible afin de rentrer à Rome sans tarder. Comme il l'avait espéré, Rouxel fut enchanté, extrêmement surpris, et en homme du monde il insista, avec force, pour que ce cher M. Argyll entrât afin de prendre une tasse de café et lui raconter toute l'histoire.

Mission accomplie, se dit Argyll en s'installant dans un fauteuil rembourré particulièrement confortable. Un point supplémentaire en faveur de Rouxel. Parmi toutes les maisons françaises que connaissait Argyll, c'était la seule à posséder un mobilier un tant soit peu confortable. De l'élégance, d'accord. De la classe, en grande quantité. De la valeur, très souvent. Mais confortable ? Les meubles semblaient toujours avoir été fabriqués pour infliger au corps humain les tortures que les jardiniers français aiment pratiquer sur les troènes des haies : les courber et les tordre jusqu'à les rendre méconnaissables. Peut-être n'est-ce, après tout, qu'une autre idée du repos...

Et, par-dessus le marché, Argyll apprécia même ses tableaux. Ils se trouvaient dans le cabinet de travail, pièce agréablement bourrée de peintures, photos, bronzes et livres, entassés pêle-mêle. Près des larges portes-fenêtres s'ouvrant sur le jardin, on notait de nouvelles preuves de la passion de Rouxel pour le jardinage à travers une impressionnante collection de vigoureuses plantes d'intérieur. Tapis persans aux couleurs passées. Marque de la présence d'un gros chien sous la forme d'amas de poils semés dans toute la pièce. Un mur était couvert de souvenirs évoquant les passages de Rouxel dans le secteur public. Rouxel et le général, Rouxel et Giscard, Rouxel et Johnson. Et même Rouxel et Churchill. Photos de remises de prix, attestations de diplômes honoris causa, et ainsi de suite. Argyll trouva cela charmant. Pas de fausse modestie, mais pas de vantardise non plus. Rien qu'un sentiment de fierté tranquille, sans la moindre faute de goût.

Les tableaux formaient un mélange dynamique, allant de la Renaissance à l'époque contemporaine. Pas de chefs-d'œuvre, mais l'ensemble montrait un joli talent. Apparemment accrochés au petit bonheur, ils suivaient en réalité un schéma précis. Une minuscule madone, probablement de l'école florentine, faisait pendant à ce qui avait tout l'air d'un dessin de Picasso représentant une femme dans quasiment la même posture. Un intérieur hollandais du XVIIe à côté d'un intérieur impressionniste. Un Christ en majesté entouré des apôtres du XVIIIe qu'Argyll étudia de près quelques instants, flanqué – de manière quelque peu sacrilège, à vrai dire – d'une peinture du « réalisme socialiste » mettant en scène une réunion de la Troisième Internationale. Le propriétaire, de toute évidence, possédait un grain de malice.

Pendant qu'Argyll regardait autour de lui, Rouxel actionna une sonnette à côté de la cheminée de marbre. Cela provoqua peu après l'apparition de Jeanne Armand.

« Oui, grand-père ? demanda-t-elle avant de découvrir la présence d'Argyll. Ah ! bonjour ! » fit-elle sans grande chaleur. Cela le surprit. Vu leur bonne entente de la veille, il s'attendait qu'elle fût tout aussi ravie de le revoir que lui. Manifestement, ce n'était pas le cas. Peut-être n'avait-elle pas bien dormi, elle non plus.

« Du café, Jeanne, s'il te plaît. Deux tasses. »

Puis il se tourna de nouveau vers Argyll, tandis que sa petite-fille s'éclipsait sans mot dire. Cela aussi ne laissa pas d'intriguer Argyll. Le ton avait été brusque, presque impoli, contrastant étrangement avec la façon dont le vieil homme, toujours fort courtois, invita le visiteur à prendre un siège à côté de la cheminée avant de s'installer lui-même tout près.

« Maintenant, cher monsieur, racontez-moi. Je meurs d'envie de savoir comment ce tableau m'est revenu de manière si inattendue. Au fait, a-t-il été le moins du monde abîmé ? »

Argyll secoua la tête.

« Non. Vu que ces derniers jours il a été trimbalé dans des gares et caché sous des lits, il est en parfait état. Examinez-le si vous le désirez. »

Ce que fit Rouxel qui, une fois de plus, exprima sa satisfaction. Ensuite, Argyll entreprit de lui conter toute l'histoire.

« Besson, dit Rouxel, vers la moitié du récit. Oui, je me le rappelle. Il est venu au château pour le mesurer et l'emporter en vue de l'exposition. Je dois avouer que je ne l'ai pas du tout trouvé sympathique. Bien que je n'aurais jamais deviné...

— Il ne s'agit que de soupçons, vous comprenez. Je ne voudrais pas que la police... »

167

Rouxel leva la main.

« Mon Dieu, non ! Je n'ai aucune intention d'ennuyer la police. J'ai bien parlé avec un policier de ma connaissance quand j'ai découvert le vol, mais il m'a déclaré sans ambages que ce serait une perte de temps d'essayer de le retrouver. Maintenant que je l'ai récupéré pour de bon, ce serait tout à fait inutile. »

Jeanne entra dans la pièce, portant un plateau chargé d'une cafetière fumante, d'un pot de lait et d'un sucrier. Et de trois tasses. Rouxel regarda le plateau en fronçant les sourcils.

« Qu'est-ce que c'est que ça ? fit-il. J'ai dit deux tasses.

— Moi aussi j'en prendrai une tasse, répondit-elle.

— Oh non ! Désolé. Mais tu sais à quel point je suis pressé. Ne joue pas les petites bavardes et retourne travailler. Il faut absolument que ces lettres soient terminées aujourd'hui. Va t'en occuper, je t'en prie. »

Une nouvelle fois, elle obtempéra et battit en retraite, rouge de honte d'avoir été ainsi rembarrée en public. Argyll comprenait facilement sa gêne : le tableau idyllique qu'elle avait peint la veille ne cadrait pas avec la réalité. Loin d'être la précieuse et indispensable organisatrice de la vie de son grand-père, la petite-fille adorée et dévouée, elle n'était, semblait-il, qu'une simple secrétaire. C'était un peu vexant de voir l'envers de son rêve ainsi dévoilé.

Rouxel reprit la conversation là où elle avait été interrompue, comme si la petite scène familiale n'avait jamais eu lieu. Et il refit assaut de charme.

Puis vint la litanie des questions suscitées par chaque étape du récit. Chaque fois Rouxel secouait la tête. Le nom de Muller ne lui disait rien. Ni celui d'Ellman. Mais quand celui de Hartung fut prononcé, il hocha la tête.

« Bien sûr que je me rappelle ce nom. Ce fut réellement une *cause célèbre**. Comme à l'époque j'étais en liaison avec le bureau du procureur de Paris, j'ai eu connaissance de cette affaire.

— Que s'est-il passé ? »

Il étendit les mains.

« Que dire ? C'était un traître qui a causé la mort d'un grand nombre, d'un très grand nombre, de personnes. Il a été arrêté et devait passer en jugement. Et, j'en suis convaincu, il aurait été reconnu coupable et guillotiné, s'il ne s'était pas suicidé avant. Une sale affaire, à tout point de vue. À l'époque, il y avait de l'hystérie dans l'air. Beaucoup d'anciens comptes à régler, nombre de collaborateurs et de traîtres à extirper. Heureusement, les choses se sont calmées rapidement, mais nous, Français, nous restons toujours un peu sensibles à propos des questions relatives à ce qui s'est passé pendant la guerre. Ça n'a pas été une époque heureuse. »

Voilà une superbe litote ! se dit Argyll.

« Par conséquent, quelles sont vos conclusions ? demanda Rouxel avec un sourire. Vous avez apparemment abattu pour moi une énorme quantité de travail à ce sujet.

— La seule explication rationnelle, c'est que Muller était complètement fou », répondit-il. Ce n'était pas

---

* Les mots et expressions en italique et suivis d'un astérisque sont en français dans le texte original. *(N.d.T.)*

très honnête, mais Argyll ne faisait plus entièrement confiance à son hôte. Peut-être s'agissait-il d'un jugement hâtif, mais il était plutôt choqué par la manière dont ce dernier avait parlé à sa petite-fille. Chaque famille a ses petites manies, bien sûr, et un étranger doit se garder de faire des procès d'intention, mais le contraste entre la froideur de l'homme envers sa famille et l'accueil chaleureux et charmant qui lui avait été réservé évoquait trop le politicien pour qu'il le trouve encore sympathique.

« Et vous n'avez aucune idée de ce que recherchait Muller ?

— Tout ce que je sais, c'est que cette recherche a assez inquiété quelqu'un d'autre pour le pousser au crime. Maintenant vous avez le tableau. Ça ne me regarde pas, je le sais, mais, surtout, soyez prudent. Je ne me pardonnerais jamais... »

Rouxel écarta cette éventualité d'un geste de la main.

« Pensez-vous ! Je suis un vieil homme, monsieur Argyll. Quel intérêt aurait-on à me tuer ? Je serai bientôt mort, de toute façon. Je suis sûr de ne courir absolument aucun danger.

— J'espère que vous avez raison », dit Argyll. Puis il se leva pour partir, départ qui s'accompagna d'une gratifiante joute entre Rouxel, qui souhaitait le récompenser pour le remercier d'avoir été si bon et si serviable, et Argyll qui, malgré son impérieux besoin d'argent, pensait qu'accepter un chèque altérerait la beauté de son geste. Il prit cependant congé en laissant nettement entendre que si Rouxel avait par hasard besoin d'un agent pour vendre des tableaux...

170

Après avoir quitté le vieil homme, il aperçut Jeanne Armand dans le jardin. Comme il était évident qu'elle le guettait, il lui fit un signe et attendit qu'elle s'approche.

« Comment allez-vous aujourd'hui ? s'enquit-il d'un ton enjoué en notant sa mine plutôt déconfite.

— Très bien, merci. Je voulais vous expliquer.

— Vous ne me devez aucune explication, vous savez.

— Je sais. Mais j'y tiens. C'est au sujet de grand-père.

— Alors, je vous écoute !

— Il est extrêmement tendu en ce moment. Entre tout ce qu'il a à faire en vue du prix et son travail pour le comité financier international, sans compter tout le reste, il se surmène et ça lui rappelle qu'il vieillit. C'est pourquoi il est parfois de mauvaise humeur.

— Et il se défoule sur vous.

— Oui. Mais nous sommes réellement très unis. C'est un si grand homme, vous savez. Je... je ne voulais surtout pas que vous vous mépreniez. Il n'a que moi. Je suis sa seule parente proche. Une parente assez proche pour qu'il se permette de se montrer irascible envers elle.

— Ah bien ! fit Argyll, sans comprendre le moins du monde le motif de ces confidences.

— Et, bien sûr, il ne m'a jamais vraiment pardonné.

— Quoi ?

— De ne pas être un garçon.

— Vous ne parlez pas sérieusement ?

171

« — Oh si ! C'était très important pour lui. Je crois qu'il voulait fonder une grande dynastie. Mais sa femme lui a donné une fille et ensuite elle est morte. Et sa fille m'a mise au monde. Et je suis divorcée. Il a été furieux que je quitte mon mari. Je pense qu'il se demande à quoi tout ça a servi. Il n'en parle pas, évidemment, mais je sais qu'il y songe parfois.

— C'est grotesque.

— Vieux jeu seulement. Rien de plus. C'est un homme âgé.

— Mais quand même...

— Mais en général il n'y fait jamais référence et ne me le reproche pas non plus. Il se conduit comme le plus bienveillant et le plus aimant des grands-pères.

— Parfait. C'est à vous de juger.

— Je ne voulais pas que vous ayez une mauvaise image de lui.

— Ne vous en faites pas. »

Ils échangèrent un sourire poli, puis elle lui ouvrit le portail.

11

« Tu es magnifique ! » fit-il avec ferveur, poursuivant son offensive de charme en la regardant, assise en face de lui.

Les hommes ne cesseront jamais d'être surprenants, se dit Flavia. Elle pouvait passer des heures à se faire belle sans qu'il le remarque ou, en tout cas, sans qu'il fasse le moindre commentaire. Mais, aujourd'hui, alors qu'elle était vêtue d'un chemisier froissé et d'un jean fripé, il s'extasiait comme devant la Vénus de Milo. C'était agréable, mais elle aurait bien voulu en connaître la raison. Cela ne lui semblait pas très clair.

« Merci, répondit-elle, encore plus surprise par l'intense attention qu'il lui prêtait soudain. J'apprécie le compliment. Mais si tu continues à plonger ton regard dans le mien, tu vas tacher ta veste avec la soupe. »

Ils se trouvaient dans l'un des restaurants préférés d'Argyll, « Chez Julien », rue du Faubourg-Saint-Denis. Le décor regorge de moulures de plâtre, de miroirs et de portemanteaux Art nouveau. On peut manger et se cultiver en même temps, fit-il remarquer.

Ça fait gagner beaucoup de temps quand on est pressé. Les mets n'étaient pas mauvais non plus, même si, théoriquement, il s'agissait du petit déjeuner. Sans le vouloir, Flavia avait dormi d'une seule traite jusqu'à sept heures du soir et s'était réveillée en se plaignant à haute voix qu'elle mourait de faim. La carte de crédit d'Argyll leur avait généreusement offert de les inviter tous les deux à dîner.

Il commença par faire un résumé, décrivant Rouxel et sa petite-fille. Passant sur les charmes de celle-ci, il préféra mettre en relief les données concrètes qu'il avait recueillies.

« C'est étrange, dit-il d'un air songeur, à quel point elle voulait me persuader que Rouxel était un grand-papa gâteau. Pourquoi ? Après tout, ça ne me regarde pas.

— Fierté familiale, estima Flavia, tout en reluquant l'escalope de foie gras qu'apportait un serveur inhabituellement aimable. Personne n'aime que ces craquelures dans l'édifice apparaissent au grand jour. On essaie de les dissimuler. Rien de plus banal, non ? Rappelle-toi comme tu es gêné lorsqu'on se dispute dans un restaurant.

— Ça, c'est différent.

— Pas vraiment. Tu es sûr qu'on a les moyens de s'offrir ça ?

— Le repas ? demanda-t-il en s'efforçant de chasser Jeanne Armand de son esprit. Évidemment pas. Je compte sur ta note de frais pour venir à la rescousse au dernier moment... Tu veux bien me dire ce que toi, tu as fait de ton côté ?

— Bien sûr, répondit-elle après un long silence pour permettre à un morceau de foie gras de fondre sur sa langue comme du beurre.

— Qui sait ? En collant ensemble nos deux récits, on pourra peut-être aboutir à des conclusions évidentes. Ne serait-ce pas formidable ? Comme ça, on pourrait rentrer à la maison. »

Cette déclaration avait pour origine son éternel optimisme qui lui faisait penser que tout irait mieux demain. Mais lorsque Flavia eut terminé son compte rendu, même lui fut obligé de reconnaître que si, mis bout à bout, les deux récits apportaient davantage de renseignements, le mystère demeurait toutefois entier.

« Et maintenant ?

— En tout premier lieu, je pense que dès demain j'irai faire amende honorable, autrement dit, passer voir Janet. Je n'aurais pas dû aller à Roissy pour parler à Ellman sans l'en avoir d'abord averti. C'est discourtois. Il ne va pas s'en formaliser, mais je suis sûre qu'il sera un peu vexé si je ne vais pas le saluer. Ensuite on devrait entreprendre Besson ; il se peut qu'il sache pourquoi Muller voulait ce tableau, ou, en tout cas, comment il est parvenu à la conclusion que c'est ce tableau-là qu'il lui fallait.

— Splendide ! Et moi ?

— Tu peux creuser la question du tableau. Découvrir la manière dont il a atterri entre les mains de Rouxel. Et pourquoi Muller l'a fait voler.

— Ça, c'est facile. Il s'est trompé de tableau.

— Alors, trouve le bon.

— Ça, c'est plus difficile.

175

— En effet. Mais ça va dégourdir tes petites cellules grises. Il y a une chance ?

— Peut-être. Au dos du cadre il y a l'ancienne étiquette d'un galeriste. Rosier, rue de Rivoli. Il est peu probable qu'il soit toujours là, mais je vais me renseigner.

— Bon. Moi, je téléphonerai à Bottando pour voir s'il y a du nouveau du côté des Suisses ou de Fabriano. Je veux aussi vérifier d'un peu plus près cette histoire Schmidt/Ellman. Et enfin...

— Holà ! Je pense que ça suffit ! s'exclama Argyll. Ça va refroidir. Mange donc ! Ensuite on devrait se coucher tôt.

— J'ai dormi tout l'après-midi. Je ne me sens pas du tout fatiguée.

— Ah ! Parfait. »

Aucun doute. Il avait un comportement très bizarre ces jours-ci.

S'il y a soixante ans, la rue de Rivoli était un haut lieu de l'art, elle ne l'est plus guère aujourd'hui. À part les *galeries** excessivement chères qui se sont installées à l'endroit où se dressait jadis l'un des plus beaux hôtels d'Europe, de nos jours la seule chose s'apparentant à une antiquité d'assez bonne qualité que l'on peut y acheter, c'est une maquette lumineuse de la tour Eiffel. La large artère impériale a perdu de son lustre au cours du siècle. La galerie Rosier Frères avait elle aussi disparu. Même par une matinée ensoleillée, les bureaux de change, les présentoirs de cartes postales et autres boutiques de souvenirs restent d'un mauvais goût criard. Argyll sirotait son café – l'infâme et aqueux breuvage servi en France qui n'a rien à voir avec le vrai café italien – tout en réfléchissant à ce qu'il allait faire maintenant. Tandis que Flavia s'éclipsait pour faire des courses, lui avait décidé de se lancer dans la grande quête du tableau.

Par où commencer ? D'abord, éliminer l'impossible, pour citer le grand homme. Ou pour traduire sa pensée en termes plus accessibles, commencer par le plus facile. Ce qui, en l'occurrence, signifiait en apprendre un maximum sur le tableau.

Dans le cas présent, il n'y avait pas grand-chose sur quoi se fonder. Les tableaux vraiment célèbres possèdent des pedigrees qui remontent à plusieurs générations ; en général, on peut savoir avec précision l'endroit où ils se trouvaient à n'importe quel moment durant les cinq cents dernières années. On peut affirmer que le tableau était accroché sur tel mur, dans telle demeure, ce jour-là, cette année-là. Mais cela concerne une infime minorité de tableaux de très grande valeur. La plupart se baladent de par le monde, passant d'un propriétaire à un autre, et il est impossible, sauf coup de veine, de baliser leur parcours.

Dans le cas du *Socrate*, Argyll n'avait qu'une étiquette ternie au dos d'un cadre. Plus il y réfléchissait, plus il était certain que là résidait sa seule vraie chance. Difficile de dire de quand datait l'étiquette mais, à en juger par l'œil du caractère, il la plaçait entre les deux guerres.

L'annuaire du téléphone ? se demanda-t-il. Les chances étaient maigres, mais comme ce serait agréable si ça marchait ! Il emprunta et consulta fébrilement le vieux Bottin écorné. Voilà ! Quelles merveilles que ces entreprises familiales ! L'établissement Rosier Frères existait toujours. Peut-être pas à la même adresse, mais une galerie portant ce nom était située rue du Faubourg-Saint-Honoré. Le petit logo indiquait « maison fondée en 1882 ». Eurêka ! Il chercha sur son plan et, se rendant compte qu'il pouvait facilement y aller à pied, se mit en route.

La rue du Faubourg-Saint-Honoré, bordée de galeries d'un bout à l'autre, est très longue, environ trois kilomètres. Il aurait dû prendre un taxi, car lorsqu'il arriva enfin devant la galerie Rosier Frères il était fatigué et avait très chaud. Il tourna le coin de la rue au préalable pour redresser son nœud de cravate, se passer les mains dans les cheveux et essayer de prendre l'air d'un marchand de tableaux prospère qui rend visite à un confrère.

Il sonna, puis poussa la porte quand il entendit le déclic de l'ouverture électrique. Il n'y avait aucun client. Les galeries d'art vraiment haut de gamme ne font rien pour les encourager.

« Bonjour, lança-t-il à la femme qui s'avança pour l'accueillir avec un sourire glacial de circonstance. Il lui tendit sa carte (il avait rarement l'occasion de faire ce geste et souvent, quand on la lui réclamait, il l'avait oubliée chez lui) et demanda si le propriétaire de la galerie était là. Il souhaitait le consulter à propos d'un tableau qu'il venait d'acheter et qui était jadis passé par leur galerie.

Rien que de très normal jusque-là. Une telle requête, même si elle est rarement présentée en personne, n'est pas vraiment inhabituelle. Les marchands de tableaux consacrent pas mal de temps à chercher à connaître l'itinéraire parcouru par les œuvres qu'ils détiennent. Découvrant qu'elle avait affaire à un collègue et non pas à un client, la femme devint presque accueillante. Elle le pria d'attendre un petit moment, disparut derrière un rideau au fond de la boutique, puis revint pour l'inviter à passer de l'autre côté.

Malgré son nom, la galerie Rosier Frères était aujourd'hui dirigée par un fringant petit homme du nom de Gentilly qui écarta les excuses d'Argyll d'un revers de la main. C'était absurde de penser qu'il le dérangeait. Il s'ennuyait à pleurer ce matin-là. Cet interlude le ravissait. Qui était-il ?

La danse d'approche professionnelle constitua un intermède tandis qu'Argyll présentait ses références et que Gentilly les examinait pour déterminer le degré de sérieux avec lequel il devait traiter le jeune inconnu. Cela faisait partie du rituel, l'équivalent dans le milieu des arts de celui pratiqué par les chiens qui se reniflent le derrière avant de choisir s'ils vont courir ensemble après une balle ou se planter un croc ou deux dans le cou. Ce qui pousse les chiens à être copains plutôt qu'ennemis n'est pas clair, mais n'est pas plus obscur que ce qui incite les galeristes à coopérer ou non avec leurs confrères. Cette fois-là, ce fut l'ancien lien avec Edward Byrnes qui fit pencher la balance. Apparemment, Gentilly avait jadis réalisé quelque affaire avec l'ancien employeur d'Argyll et s'était bien entendu avec lui.

Ils discutèrent donc un moment de l'ex-patron d'Argyll, échangèrent des informations, puis déplorèrent de concert l'état calamiteux du marché de l'art, tout cela afin de créer un climat de confiance et de compréhension mutuelles. Puis, ces préliminaires achevés, ils se mirent au travail. Que voulait Argyll exactement ?

Omettant certains des détails les plus intéressants, celui-ci expliqua ce qui l'amenait. Il avait acquis un tableau, lequel, à en juger par une étiquette collée au dos du cadre, avait sans doute transité par leur galerie. Cela faisait, hélas ! très longtemps. Mais il souhaitait en savoir le plus possible sur cette peinture.

« Ça remonte à quand ?

— À soixante ou soixante-dix ans. Certainement avant la dernière guerre.

— Oh ! là là ! Je ne pense pas pouvoir vous être d'un grand secours. Les Rosier ont jeté la plus grande partie de leurs archives quand ils ont vendu, et ça fait trente ans de ça. »

Il s'y était plus ou moins attendu. Certains des très vieux galeristes à la réputation bien établie gardent une trace de la moindre œuvre d'art passant entre leurs mains. La plupart, faute de place pour stocker les montagnes de papiers, s'en débarrassent tôt ou tard. Dans le meilleur des cas, ils font don de leur fichier à des archives ou à quelque institution. Rares sont ceux qui conservent ce genre de nid à poussière dans leur boutique.

Gentilly semblait, disons, modérément intéressé, mais Argyll n'avait presque plus rien à ajouter. Il décrivit le *Socrate* en fournissant le plus de détails possible, mais, sans voir le tableau, le galeriste ne pouvait guère faire de commentaires utiles. Il ne possédait qu'un seul autre élément : le tableau avait peut-être été la propriété d'un dénommé Hartung. Mais même ce détail n'était pas certain.

« Hartung ? dit Gentilly, l'œil plus vif. Pourquoi ne l'avez-vous pas dit plus tôt ?

— Vous avez entendu parler de lui ?

— Oui, Seigneur Dieu ! Avant sa chute, c'était un collectionneur parisien tout à fait important. Un industriel, il me semble.

— Alors, il se peut donc que votre galerie lui ait vendu de la marchandise ?

— C'est plus que probable. D'après ce que je sais – mais n'oubliez pas que c'était longtemps avant mon époque –, c'était un acheteur éclectique et judicieux. Et il est fort possible que je puisse même vous dire ce qu'il a acheté. Comme la plupart des marchands de tableaux, nous sommes extraordinairement snobs. Les clients ordinaires, bah ! nous jetons leurs fiches. Les acheteurs importants, ceux qui ont de la fortune, ah ! ça, c'est une autre affaire... On aime en garder le souvenir. On ne sait jamais quand on aura l'occasion de citer leur nom dans la conversation. Hartung, vous le savez peut-être à cause de sa fin de carrière, n'est pas le genre de personne dont on aime se souvenir en tant que client... Cependant, son nom figure probablement dans notre livre d'or des acheteurs de marque. Un moment, s'il vous plaît. »

Il s'éclipsa avant de réapparaître un instant plus tard muni d'un registre. Il le laissa tomber sur le bureau dans un nuage de poussière, l'ouvrit à deux mains avant d'éternuer bruyamment.

« Y a belle lurette que je ne l'ai pas ouvert. Bon ! Hartung, ça commence par un H. Voyons voir ! Euh... »

181

Avec maints grognements et froncements de sourcils, ses demi-lunes en équilibre au bout du nez, il
tourna laborieusement les pages.

« Nous y sommes, dit-il. Jules Hartung, 18, avenue
Montaigne. Devint client en 1921 ; dernier achat en
1939. Il nous a acheté onze tableaux en tout. Ce n'était
pas l'un de nos clients les plus dépensiers, mais il a
acquis une collection de choix. À part quelques
médiocres peintures sans intérêt.

— Puis-je jeter un coup d'œil ? » demanda Argyll
en passant, dans son impatience, de l'autre côté du
bureau pour scruter le registre avec avidité.

Gentilly désigna une inscription griffonnée au milieu
de la page.

« J'imagine que c'est ce que vous cherchez. Juin
1939. Un tableau signé Jean Floret représentant une
scène classique, livré chez lui. Et un autre du
même peintre livré à une adresse différente. Boulevard
Saint-Germain. La partie la moins élégante du boulevard.

— Bien. Ça devait être l'un des tableaux de la même
série.

— Quelle série ?

— Il y avait quatre tableaux, s'empressa de
répondre Argyll, tout fier de ses connaissances. Ils
représentaient tous quatre une scène de tribunal.
L'autre tableau devait appartenir à cette même série.

— Je vois.

— En tout cas, voilà un petit problème résolu. Mais
comment puis-je savoir qui habitait à l'autre adresse ?

— Cette histoire vous passionne, non ? Qu'est-ce
que ça peut faire ?

182

— Rien, probablement. C'est juste pour ne rien laisser au hasard. »

Gentilly secoua la tête d'un air sceptique.

« Comment pourrait-on s'y prendre ? En ne ménageant pas votre peine, vous pourriez réussir à découvrir le nom du propriétaire de l'appartement, si c'était un appartement. Mais il s'agissait sans doute d'une location. Je crains que les chances d'apprendre qui habitait là ne soient excessivement minces.

— Ah ! fit Argyll, déçu. C'est ennuyeux. Et Hartung lui-même ? Comment pourrais-je retrouver des gens qui le connaissaient ?

— Ça ne date pas d'hier. Hartung, vous savez... On a commis des vilenies pendant la guerre, mais lui... Vous connaissez l'histoire ?

— Des bribes... Je sais qu'il s'est pendu.

— Oui. Et tant mieux ! Je crois qu'il était très apprécié du grand monde avant la guerre. Il avait une très jolie femme. Mais rares sont ceux aujourd'hui qui reconnaîtront avoir été ses amis à l'époque. Bien qu'ils ne doivent pas être très nombreux à être en vie. Tout est tombé dans l'oubli.

— Ce n'est pas certain.

— En effet, ce n'est peut-être pas certain. Mais il vaudrait mieux oublier. La guerre est finie. C'est de l'histoire ancienne. Ce qui est passé est passé. »

Malgré son regain de confiance en son habileté à tirer les vers du nez de ses confrères, Argyll eut moins de succès dans son duel avec Jean Besson.

Après avoir quitté Rosier Frères et s'être livré à de savants calculs, il décida qu'il avait juste assez d'argent pour se rendre chez Besson en taxi. Jusque-là tout alla comme sur des roulettes. Il frappa à la porte et Besson ouvrit. La quarantaine, maigres cheveux plaqués sur le devant du crâne dégarni afin de couvrir le plus de surface possible, visage étonnamment ouvert et sympathique.

Argyll se présenta sous une fausse identité et, en dépit d'un bien peu convaincant prétexte pour expliquer sa visite, on l'invita à entrer. Café ? Thé ? Les Anglais boivent du thé, n'est-ce pas ?

Sans le moindre encouragement de la part d'Argyll, Besson se mit à deviser gaiement en attendant le café. Il prenait quelques jours de congé, expliqua-t-il, pendant que son visiteur déambulait discrètement dans l'appartement pour examiner les tableaux. Pas mal du tout. Chez Argyll et Flavia, c'était une habitude. Flavia, parce qu'elle appartenait à la police et qu'elle était d'un caractère soupçonneux, lui, parce que, en tant que marchand d'art, il ne pouvait s'empêcher d'expertiser les biens d'autrui. Ce n'était guère poli, mais c'était parfois utile. Il évalua rapidement les tableaux, jeta un coup d'œil sur le mobilier, examina l'horloge de parquet et, avant même que l'eau ait eu le temps de bouillir, il passait déjà à la collection de photographies dans leurs cadres d'argent Art nouveau. Rien d'intéressant dans ces photos où figurait seulement Besson en compagnie de personnes inconnues. Des parents, sans doute.

« Vous savez ce que c'est, j'en suis sûr, disait Besson, tandis qu'Argyll relevait la tête et s'empressait de

184

regagner son siège, un matin on se réveille et on se rend compte qu'on n'est pas d'attaque. Tous ces clients qui entrent pour regarder vos tableaux et qui, quand on leur annonce le prix, ont un haut-le-cœur et pincent les lèvres comme s'ils avaient affaire à un larron de foire. Ou même pire, font semblant d'en avoir largement les moyens alors qu'on sait pertinemment qu'il n'en est rien. Les seuls que je trouve sympathiques, ce sont ceux qui avouent sans détour qu'ils adoreraient acheter le tableau s'ils pouvaient se l'offrir. Mais, bien sûr, ça ne nourrit pas son homme. Avez-vous une galerie, monsieur Byrnes ?

— Je travaille dans une galerie, mentit prudemment Argyll.

— Vraiment ? Où ? À Londres ?

— C'est ça. Les Galeries Byrnes.

— Êtes-vous le célèbre Byrnes ? Sir Edward Byrnes ?

— Oh non ! répondit Argyll, tout en se disant qu'il aurait probablement mieux fait de choisir un nom moins prestigieux. C'est mon, euh... oncle... C'est bien un Gervex, n'est-ce pas ? » demanda-t-il en désignant avec un brusque intérêt un portrait de femme, de petite taille mais exécuté à la perfection.

Besson opina du bonnet.

« Il est beau, n'est-ce pas ? C'est l'un de mes favoris.

— Vous vous occupez donc principalement du XIXᵉ siècle ?

— Pas "principalement". Uniquement. De nos jours il faut se spécialiser. La pire réputation que l'on puisse avoir, c'est de posséder des goûts éclectiques. Les gens croient qu'on ne connaît son boulot que si l'on réduit son domaine.

— Tiens donc !

— Vous avez l'air surpris.

— En effet. Plutôt déçu, en réalité.

— Pourquoi donc ?

— Parce que ça signifie en gros que j'ai perdu mon temps. Et le vôtre. Je détiens un tableau qui, paraît-il, serait passé entre vos mains à un moment ou à un autre. Mais comme il n'est pas du XIXᵉ, on a dû m'induire en erreur. Dommage... J'ai vraiment envie d'avoir des renseignements dessus.

— Il m'arrive de m'occuper d'autres périodes. De quoi s'agit-il ?

— C'est une *Mort de Socrate*. De la fin du XVIIIᵉ. »

Le plus discrètement possible, Argyll guetta la réaction de Besson. Celui-ci avala une gorgée de café, mais maîtrisa parfaitement sa surprise. Malgré tout, un soupçon de réticence dans la voix révéla qu'il se méfiait un peu.

« Ah oui ? D'où venait-il ?

— Je ne sais pas. Il y a environ deux jours, j'effectuais un voyage en Italie pour voir ce que je pourrais dénicher... Et j'ai acheté ce tableau à un marchand. Un certain Argyll. Jonathan Argyll. Il semblait très désireux de s'en débarrasser. C'est d'ailleurs un jeune homme tout à fait charmant. »

Il n'y a aucun mal à se faire un brin de publicité, n'est-ce pas ? se dit-il. Après tout, si on ment, autant que ce soit à son avantage. Qu'aurait-il dû faire ? Se présenter comme un monstre ?

186

« Quoi qu'il en soit, il m'a déclaré qu'il voulait le vendre parce qu'il avait besoin de liquidités. Alors je le lui ai acheté. Or, comme je pense qu'il possède une certaine valeur, j'aimerais en connaître la provenance. Je me suis laissé dire que vous... »

Mais Besson n'avait pas l'intention de coopérer.

« Non, répondit-il simplement, je n'en ai jamais entendu parler. »

Il fit semblant de se replonger dans ses pensées.

« Désolé, reprit-il. Je ne vois même pas lequel de mes confrères aurait pu l'avoir chez lui. Mais vous savez ce que je vais faire ? Je vais me renseigner autour de moi. D'accord ?

— C'est très aimable à vous. » Ils étaient désormais bien dans l'ambiance tous les deux. C'était à celui qui mentirait le plus effrontément. Argyll s'en donnait à cœur joie et il avait idée que c'était aussi le cas de Besson.

« C'est tout naturel, répliqua Besson, en saisissant un bloc-notes et un stylo. Donnez-moi votre adresse parisienne et je vous avertirai si je trouve quelque chose. »

Argyll s'était préparé à cette demande. Il n'allait évidemment pas lui communiquer l'adresse de son hôtel.

« Ce n'est pas nécessaire. Je ne vais pas rentrer de la journée. Ensuite je retourne à Londres. Vous pouvez m'appeler à la galerie si vous trouvez quelque chose. »

Byrnes allait être un peu surpris du soudain élargissement de son cercle familial, mais Argyll était presque certain qu'il réagirait avec son aplomb habituel.

« Que faites-vous ce soir ?

— Pourquoi cette question ?

— Et si nous sortions ensemble ? Je vais dans une boîte de nuit merveilleuse, rue Mouffetard. Elle vient d'ouvrir. Si vous voulez, je pourrais venir vous chercher à votre hôtel... »

Certaines personnes ne renoncent pas aisément ! Argyll agrippa sa jambe et fit la grimace.

« Oh ! Impossible ! » Il se donna une claque sur la jambe.

Besson le regarda d'un air interrogateur.

« Je me suis cassé la jambe l'année dernière. C'est toujours un peu douloureux. Je dois faire attention.

— C'est affreux ! »

Argyll se leva et serra la main de Besson avec chaleur.

« Merci quand même. Maintenant, je dois filer à toute vitesse.

— Malgré la jambe ? »

Ils échangèrent un sourire complice, puis Argyll s'en alla en n'oubliant pas de boitiller jusqu'à ce qu'il fût hors de portée de vue.

Comme on la faisait entrer dans le bureau de l'inspecteur Janet situé dans l'immense et lugubre bâtiment sur l'île de la Cité, Flavia s'aperçut que c'était la première fois depuis son départ de Rome qu'elle se sentait à l'aise. À ses yeux ce n'était pas bon signe. Elle se blasait. L'atmosphère de l'hôtel de police était familière et rassurante : le guichet à l'entrée gardé par un policier qui bayait aux corneilles ; les panneaux d'affichage dans les couloirs couverts d'emplois du temps, de tableaux de service et de réclamations relatives aux dernières offres d'augmentation, grossière-ment rédigées par des membres des syndicats ; la peinture brillante qui s'écaille. Elle se sentait dangereu-sement en pays de connaissance. Elle s'était trop habi-tuée à son métier. Il fallait qu'elle fasse attention.

Si elle se trouvait là, c'était surtout par politesse. Il s'agissait avant tout d'une question de protocole. Si on avait repéré l'un des sous-fifres de Janet en train de baguenauder en Italie sans avoir au moins fait le geste de solliciter une autorisation, Bottando aurait été abso-lument furieux. Ça ne se fait pas, un point c'est tout. On commence par demander. Ensuite on vaque à sa guise.

Surtout avec Janet. Les relations franco-italiennes en matière de trafic d'objets d'art étaient idylliques, et cette harmonie durait depuis des années. Aucune rai-son, donc, de faire des cachotteries. En tout cas, on ne souhaitait pas tromper Janet. L'ennui, c'était ce lancinant soupçon informulé que peut-être lui les trom-pait. Quoi qu'il en soit, on la fit entrer dans son bureau où elle fut gratifiée d'une chaleureuse étreinte et d'une tasse de café. Elle s'installa sur un siège confortable, juste assez loin pour rester hors de portée de la mauvaise haleine de Janet, et parla vacances, monu-ments historiques, musées.

Ce fut lui qui aborda le sujet d'un certain tableau.

« Est-ce ce qui vous amène ici ? Taddeo m'a télé-phoné deux fois à ce propos.

— En effet. Bien que le tableau lui-même ne soit plus aussi important désormais. On l'a rapporté hier à son propriétaire. Je suis désolée de ne pas vous avoir prévenu, mais... »

Il écarta ses excuses d'un geste.

« Aucune importance. Comme je l'ai dit, cela ne nous concernait pas officiellement. Quelle est sa provenance ?

— Il appartient à un dénommé Jean Rouxel. »

Janet eut l'air impressionné.

« Tiens, tiens !

— Vous le connaissez ?

— Oh oui ! Rien de surprenant à ça d'ailleurs. C'est quelqu'un de très remarquable. L'un de ces personnages qui exercent leur influence depuis des décennies. Vous savez qu'on lui a décerné...

— Le prix Europa. Oui, je suis au courant. Mais ce n'est pas ça qui nous intéresse. Moi, je tente seulement d'emboîter quelques petites pièces du puzzle concernant les deux meurtres perpétrés à Rome. Dès que j'aurai réussi, je pourrai rentrer chez moi.

— Que puis-je faire pour vous aider ? »

Elle fit un charmant sourire.

« J'espérais que vous proposeriez votre concours.

— Je sais. C'est pourquoi je l'ai fait. C'est vraiment notre domaine. Je pense que le plus simple serait de m'expliquer franchement ce dont vous avez besoin. Il est réellement inutile que vous prolongiez votre séjour à Paris pour faire ce que nous, nous pouvons sans doute accomplir en deux fois moins de temps. Je pourrais vous envoyer les résultats directement à Rome.

— C'est une bonne idée. Très alléchante. Eh bien ! il y a eu un coup de téléphone. Destiné à Ellman et probablement en provenance de Paris. C'est, semble-t-il, ce qui l'a fait partir pour Rome. Vous serait-il possible d'en connaître l'origine ? »

190

Janet eut l'air inquiet.

« Je ne suis pas très doué pour cette sorte de requête. Est-ce possible ? Je n'en ai pas la moindre idée. Il faudra que je demande.

— Je peux vous donner le numéro appelé et l'heure approximative de l'appel.

— Ce serait d'une grande utilité. »

Elle dicta les chiffres, et il les prit en note, avant de promettre qu'il allait voir ce qu'il pourrait faire.

« Autre chose ?

— Oui. Le suspect numéro un pour le cambriolage du château de Rouxel est un dénommé Besson. »

Janet ne parut que légèrement surpris en entendant ce nom.

« C'est plus que probable, déclara-t-il d'un ton morne.

— Vous le connaissez ?

— Oh oui ! M. Besson et moi sommes de vieilles connaissances. Ça fait des années que j'essaie de le coffrer. Je n'y suis, hélas ! jamais parvenu. J'ai été très près du but une ou deux fois, sans jamais réussir à le coincer. Qu'a-t-il fait exactement ? »

Flavia expliqua.

« Vous voyez ! dit Janet avec satisfaction. Des soupçons et des probabilités à foison, mais obtiendrons-nous jamais la moindre preuve ? Non. Vous pouvez parier tout ce que vous voulez que le soir où le domicile de Rouxel a été cambriolé, Besson se trouvait à cent kilomètres de là, entouré d'admirateurs, et qu'une dizaine d'entre eux au moins sont prêts à témoigner dur comme fer qu'il n'a jamais quitté la pièce même pour aller aux toilettes. Il va sans dire que ce seront des mensonges éhontés, mais on ne pourra jamais obtenir des aveux. Même si nous arrivons à faire dire à votre Delorme devant le tribunal que c'est Besson qui lui a apporté cette peinture. Besson affirmera qu'il l'a achetée dans une vente aux enchères au fin fond de la Pologne... Comment savait-il où elle était ? »

Flavia évoqua l'exposition et la manière dont Besson avait soudain quitté le comité organisateur.

« Ah oui ! Je m'en souviens. C'est à cause de moi. Quand j'ai su qu'il collaborait à l'exposition, j'ai averti le maître d'œuvre qu'il n'était pas le genre de personne qu'on pouvait laisser sans surveillance dans une pièce. Lorsque j'ai permis à l'organisateur de consulter sa fiche, il a été convaincu. C'est un peu mesquin, mais le harcèlement est la seule arme qui nous reste.

— Justement. J'ai appris qu'il avait déjà été arrêté. Et son arrestation semble avoir poussé à l'action le suspect à la cicatrice. »

Janet secoua la tête.

« Pas par nous, hélas !

— Vous en êtes sûr ? »

Il eut l'air un rien agacé.

« Naturellement. Il nous arrive si rarement d'arrêter quelqu'un que je l'apprends toujours. Surtout s'il s'était agi de Besson. Bon, autre chose ?

— L'homme à la cicatrice... »

Janet secoua la tête derechef.

« Pas la moindre idée. Mais si vous voulez passer tout un après-midi à examiner les clichés anthropométriques... ?

— Non. Qui que ce soit, il n'a pas l'air d'un banal voleur d'objets d'art.

— C'est possible. Vous pensez qu'il s'agit de l'assassin ?

— C'est le suspect numéro un. L'ennui, c'est qu'il semble beaucoup trop malin.

— Pourquoi donc ?

— Il en sait trop. Il savait qu'Argyll serait à la gare. À Rome, il savait où résidait Muller, où l'on pouvait trouver Ellman, où habitait Argyll. Il a pris rendez-vous avec Argyll, on l'a attendu, mais il n'est pas venu. Comment peut-il être au courant de tout ? Je donne ma langue au chat.

— Je ne peux vous offrir aucun conseil à ce sujet. Autre chose ?

— Hartung. Jules Hartung.

— Vous remontez très loin...

— Je sais. Mais c'était le père de Muller.

— Je n'ai pas grand-chose à dire sur lui. Bien sûr, j'en ai vaguement entendu parler. Crimes de guerre, c'est ça ?

— Oui. Plus ou moins.

— J'étais beaucoup trop jeune. En outre, je suis originaire de l'Est. Je ne suis arrivé à Paris qu'à la fin des années cinquante. On ne faisait guère attention à ce genre de choses. C'est pourquoi je ne suis pas très au courant.

— Il était juif. Y a-t-il une sorte de Centre de documentation sur la déportation où je puisse consulter des archives ? C'est juste une idée.

— Il en existe un dans le Marais. Il détient des masses de manuscrits qui concernent tous la période de la guerre. Je peux l'appeler si vous avez l'intention de vous y rendre. Pour vous annoncer. Ça peut vous faire gagner du temps. Ou je pourrais envoyer quelqu'un du service. Comme je l'ai dit, ça serait plus judicieux que vous rentriez à Rome sans tarder. »

Mais elle le pria de l'annoncer, de toute façon. Il se pourrait qu'elle ait le temps d'aller y faire un tour avant son départ. C'était peut-être inutile, mais on ne savait jamais. Elle lui demanda donc de téléphoner, puis prit congé en promettant d'appeler le soir afin de voir ce qu'il avait trouvé. *C'est bizarre à quel point il me pousse à rentrer à Rome*, se dit-elle en regagnant la rue.

12

« Et toi, qu'as-tu fait cet après midi ? » demanda Argyll à Flavia quand il l'eut enfin retrouvée. Ç'avait été l'un de ces après-midi... Quand il était rentré, elle n'était pas là. Il avait laissé un mot pour lui dire qu'il n'avait rien tiré de Besson et était reparti. Elle revint, puis ressortit. Quand ils se retrouvèrent finalement, il était plus de sept heures... Argyll fit un compte rendu détaillé de son entrevue avec Besson et de son incapacité à lui soutirer le moindre renseignement utile. Et elle, avait-elle accompli quelque chose ?

« J'ai vu Janet et puis je suis allée faire des emplettes. » Elle était d'une humeur exceptionnelle, malgré la situation.

« Tu as fait quoi ?

— J'ai été faire des achats. Il y a des mois que je porte les mêmes fringues. Et j'ai été chez le coiffeur. J'ai d'ailleurs eu bien raison, étant donné les maigres progrès que tu as accomplis dans ton enquête. Une petite seconde ! »

« Un petit quart d'heure ! » sonne moins bien, même si ce fut le temps qu'elle passa dans la salle de bains. Argyll, peu connaisseur en la matière, fut impressionné par la transformation.

« Grands dieux !

— Tu ne peux pas faire mieux ? demanda-t-elle en se contorsionnant pour admirer le résultat dans la glace.

— Tu es très belle !

— Je ne suis pas "très belle", jeune homme, je suis splendide. Absolument fabuleuse. C'était en solde. Je n'ai pas pu résister. »

Elle s'admira encore un peu.

« Ça fait des années que je n'ai pas porté de robe noire courte et moulante. J'ai eu tort de refuser ce plaisir au reste du monde. Et que penses-tu des souliers ?

— Très jolis.

— Il me semble que tu manques de pratique dans ce genre d'exercice, dit-elle d'un ton sévère, sans cesser de s'admirer. Je sais que je ne me mets pas sur mon trente et un très souvent, mais quand ça m'arrive, ce serait sympa de recevoir un accueil un rien plus enthousiaste. La prochaine fois, essaie "merveilleux". Ou "fantastique". Quelque chose comme ça.

— D'accord. Quel rapport entre tes achats et mon absence de progrès auprès de Besson ?

— Parce que je vais devoir m'en occuper moi-même. Je veux lui parler. A-t-il été arrêté, oui ou non ? Je passe la soirée dehors.

— Sans moi ?

— Bien sûr, sans toi. Je ne veux pas que tu fatigues ta jambe. »

Il se renfrogna.

« Est-ce vraiment si important ?

196

— Peut-être pas, mais nous avons perdu une autre piste. À savoir : personne n'a appelé le numéro d'Ellman depuis Paris. Je viens de parler à Janet. Il va demander poliment aux Suisses de voir ce qu'ils peuvent faire de leur côté. Mais Besson devient rapidement l'un des tout derniers filons restant à exploiter.

— J'espère que tu vas être prudente. Tu ne veux pas que je surveille discrètement dans l'ombre ?

— Non. Tu ne sais pas être discret, et si Besson flaire seulement ta présence, ce sera fichu. Ne t'en fais pas. Tout se passera bien. Il faut que j'achète d'autres trucs comme ça... », déclara-t-elle d'un ton rêveur en mettant son manteau, après avoir vérifié qu'elle était toujours aussi séduisante.

Puis elle sortit de la chambre, tandis qu'Argyll se sentait vaguement abandonné et plutôt inquiet.

Lorsqu'elle revint, sa joyeuse humeur s'était envolée. Elle entra dans la chambre, ouvrit la lumière et s'effondra dans le fauteuil près de la fenêtre.

Sauf erreur, il y avait seulement dix minutes qu'il s'était endormi, après une longue soirée d'angoisse et d'ennui mortels. Il n'était donc pas d'humeur à plaisanter. Il jeta un coup d'œil sur sa montre.

« Dieu du ciel ! Il est une heure du matin.

— Je sais. » Elle avait les cheveux en bataille, la robe de travers et les souliers sales. Elle paraissait fatiguée mais surexcitée.

« Que diable s'est-il passé ? On dirait qu'on t'a traînée dans les broussailles.

— C'est presque ça ! Et en plus par ma faute. Nom d'une pipe ! »

Il se dressa sur son séant, s'ébroua et la regarda de plus près.

« Tu n'as vraiment pas l'air en forme. Je vais te faire couler un bain. »

Elle acquiesça d'un signe de tête et il passa dans la salle de bains pendant qu'elle fouillait le petit Frigidaire dans le coin de la pièce à la recherche de quelque chose de revigorant.

« Toute la soirée, je n'ai bu que de l'eau minérale, se plaignit-elle. Pour garder l'esprit clair. »

Quand la baignoire fut pleine, elle s'y plongea avec un profond soupir de soulagement, pendant qu'Argyll, assis sur le siège des toilettes, la poussait à raconter les divertissements de la soirée.

« D'abord, dit-elle, tout s'est passé comme dans un rêve, même si je trouvais le rêve un peu longuet. » Elle s'était rendue dans la rue où habitait Besson, avait vérifié qu'il était chez lui, puis avait fait le guet. Il était apparu à neuf heures et s'était dirigé tout seul vers un restaurant à deux pas de là. Elle n'avait pas imaginé qu'une telle occasion en or se présenterait si tôt, alors pas question de la laisser filer. Elle était donc entrée dans le restaurant et, s'étant assurée que Besson dînait bien tout seul, avait soudoyé le serveur pour qu'il lui donne une table contiguë.

Elle avait gratifié Besson d'un long regard langoureux par-dessus son apéritif, et en moins de dix minutes les jeux étaient faits : elle était installée en face de lui et la soirée commençait sous les meilleurs auspices.

« Non seulement il a réglé l'addition, fit-elle remarquer en passant, mais il s'est montré d'un commerce fort agréable. De ma vie je n'ai reçu autant de compliments en un si court laps de temps. »

Argyll émit un vague grognement.

« Tu devrais essayer un de ces jours, ça produit des miracles », reprit-elle.

Nouveau grognement.

« Je l'ai fait, répliqua-t-il. Pour toute réponse, on m'a conseillé de prendre garde de ne pas renverser ma soupe.

— Et, poursuivit-elle, sans me vanter, je lui en ai d'ailleurs donné pour son argent. J'ai ri, j'ai minaudé. Il m'a raconté ses petites histoires sur le monde de l'art et j'ai souri ou au contraire pris, quand il le fallait, l'air grave ou choqué, posant de temps en temps la main sur son bras pour le féliciter d'avoir particulièrement bien tourné une anecdote. Tout en lui jetant un regard langoureux, je lui ai dit que ça devait être merveilleux d'avoir constamment de beaux objets entre les mains. C'était vraiment marrant. »

Argyll, un peu mal à l'aise, croisa les bras et écouta en silence.

« Je n'y ai pas été avec le dos de la cuiller. J'ai trouvé ses histoires fascinantes et, en gros, je me suis conduite comme une petite idiote. Et il est tombé dans le panneau ! Il a tout gobé sans faire de détail. Je t'assure. C'est incroyable à quel point les hommes sont faciles à berner. Toi, tu es quand même moins crédule.

— Je l'espère bien ! répliqua Argyll en croisant les jambes pour la symétrie.

— L'important, c'est qu'il a bien eu ce tableau entre les mains... Mais il n'a pas dit d'où il le tenait.

199

— Et alors ? Ça on le savait déjà.

— Patience ! Le seul moment délicat, c'est quand, après le dîner, il a suggéré qu'on aille chez lui. Je me voyais déjà comme dans un cauchemar en train de courir autour de son canapé en protestant de ma vertu. Mais, c'est vrai, je n'avais pas encore découvert grand-chose. Heureusement, je me suis souvenue de la boîte de nuit. Alors je lui ai suggéré qu'on aille plutôt danser. J'étais certaine que c'était le genre à connaître tous les bons endroits. Je ne peux pas dire que j'en avais envie, mais à la guerre comme à la guerre ! Tu connais le dicton...

— Par conséquent, tu y as été ?

— Par conséquent, j'y suis allée.

— C'est pourquoi tu es si fatiguée.

— Sûrement pas ! Je suis dans la fleur de l'âge ! Il se peut que ce soit le moment où les hommes commencent à descendre la pente, mais à trente ans les femmes sont au meilleur de leur forme. Je pourrais danser toute la nuit, s'il le fallait. Ce n'est pas qu'avec toi j'en aie souvent l'occasion... Besson, lui, est un merveilleux danseur, même s'il est un peu frotteur. »

Il se maîtrisa. Il avait le sentiment que Flavia se délectait.

« Alors, pourquoi cet air épuisé et ces cheveux en bataille ?

— J'y viens. Comme je trouvais que les choses traînaient un peu en longueur, j'ai joué les mijaurées. Il a redoublé d'efforts pour m'impressionner. Et quand, pour avoir l'air d'une coureuse de fortune, je lui ai demandé si la vente d'objets d'art était très lucrative, il a répondu que ça rapportait assez si on savait s'y prendre, mais qu'évidemment ça pouvait servir à autre chose... Bien sûr, je lui ai demandé de s'expliquer. Il a pris un air mystérieux et a déclaré que c'était une couverture utile.

— Une couverture ?

— Oui. C'est absurde, n'est-ce pas ? Du coup, j'ai constitué : "Ne me dites pas que je suis en train de danser avec un trafiquant de drogue !" Il s'est troublé et a affirmé que non, bien sûr que non, qu'il ne faisait rien d'illégal.

— Ah oui ?

— Oui. J'ai couiné, tout ébaubie... Tu aurais été choqué si tu avais été là...

— Je suis déjà assez choqué comme ça !

— ... et je me suis écriée : "Alors vous êtes un espion ! Je me doutais bien que vous aviez quelque chose de particulier !" J'ouvrais de grands yeux. Il a répondu que pas tout à fait. Mais qu'il aidait les Autorités – en mettant clairement un grand A – de temps en temps. Elles lui faisaient entièrement confiance. "Oh ! Oh ! racontez-moi, racontez-moi donc !", me suis-je écriée. C'est alors que le malotru s'est mis à jouer les grands timides. Il n'avait pas l'autorisation de révéler...

— Dieu Tout-Puissant !

— Oui, je sais. Pour sa défense, je dois dire qu'il commençait à être un peu parti et que mes propos flatteurs lui avaient tourné la tête. Mais j'ai réussi à lui soutirer quelques bribes. Il venait de jouer un rôle important dans une opération. Une affaire d'État, a-t-il précisé. Il n'aurait pas pu me donner les détails même s'il l'avait voulu. Il n'était qu'un petit rouage et il ne savait pas tout.

« En tout cas, c'est à ce moment que j'ai jeté le masque. Et commis une erreur. Comme il parlait de ses rapports avec les Autorités, j'ai joué à quitte ou double. "Mais pourquoi avez-vous été arrêté par la police chargée du trafic des œuvres d'art ?" lui ai-je demandé. "Comment êtes-vous au courant ?" a-t-il répliqué. J'ai souri et je lui ai répondu que je croyais qu'il l'avait dit. Il m'a lancé un regard très soupçonneux et a annoncé qu'il devait aller aux toilettes. Je l'ai vu parler au téléphone, mais je n'allais pas me faire avoir comme ça. J'ai saisi mon manteau et je me suis enfuie.

« Malheureusement – et j'en viens à mon côté débraillé –, ses amis ont été plutôt rapides. Ils m'ont rattrapée au moment où j'arrivais au métro. Ils ont surgi d'une voiture et se sont jetés sur moi.

— Mais tu es là...

— Évidemment ! Je n'habite pas Rome depuis des années sans avoir appris à affronter ce genre de petit incident. J'ai appelé à l'aide, au secours, hurlé à l'assassin, au viol ! Et la demi-douzaine de clochards qui étaient en train de se soûler, peinards, au coin de la rue ont saisi leurs bouteilles pour venir à ma rescousse. »

Argyll avait dorénavant cessé de faire des commentaires. Il la dévisageait, sidéré.

« C'était comme la cavalerie : Lancelot du Lac vineux. Faisant tournoyer leurs bouteilles au-dessus de leur tête, ils ont chargé et étripé mes assaillants. Deux minutes plus tard, ces derniers se sont retrouvés K-O, les quatre fers en l'air sur le trottoir. Tout le monde a trouvé ça très drôle pendant un moment... Et, reprit-elle, l'un de mes assaillants avait une petite cicatrice au-dessus du sourcil gauche.

— Tu en es certaine ?

— Oui. À cent pour cent. Bien sûr, à ce moment-là il avait le visage un peu amoché. Mais la cicatrice, tu sais... Ce serait une drôle de coïncidence...

— Alors qui c'est ?

— Je n'ai pas eu le temps de le découvrir. Une voiture de police est arrivée sur les lieux, mes vaillants défenseurs ont ramassé leurs bouteilles, m'ont serré la main et se sont évanouis dans la nature. J'ai décidé de les imiter.

— Pourquoi donc ?

— Parce que ça sent le roussi. Janet a menti. J'ai au moins découvert ça. Je me suis dit que si j'avais cassé la figure à un flic, je m'étais mise dans de beaux draps.

— Écoute, ça suffit ! s'exclama Argyll qui trouvait que les choses avaient assez duré comme ça. C'est grotesque ! Il y a trois jours, j'étais un humble marchand de tableaux qui s'efforçait de gagner modestement sa vie. Aujourd'hui, à cause de toi, je suis associé à des gens qui matraquent des policiers à coups de bouteilles.

— Qu'est-ce que tu veux dire, à cause de moi ?

— Ce n'est pas moi qui l'ai frappé, si ? »

Flavia le regarda d'un air scandalisé.

« Ce que tu peux être ingrat ! Je ne fais pas ça pour moi !

— Pour qui alors ?

— C'est toi qui es à l'origine de toute cette histoire avec ton tableau.

— Mais je ne suis pas responsable de tout le reste. De plus, c'est terminé.

— Qu'est-ce que tu veux dire ?

— J'ai réfléchi. Ça devient trop compliqué et dangereux. Si Janet fait tout son possible pour nous mettre des bâtons dans les roues, on perd notre temps. Rentre en Italie, rends le dossier à Bottando et laisse-le se débrouiller tout seul. L'affaire doit se traiter à un échelon plus élevé.

— Dégonflard ! lui lança-t-elle, se sentant plus que trahie et, en outre, agacée par la pertinence de ce conseil.

— Alors pourquoi est-ce qu'on ne rentre pas chez nous ? Mission accomplie.

— À cause d'Ellman.

— C'est l'affaire des carabiniers. Laisse ça à ton copain Fabriano.

— Mais on ne sait pas pourquoi le tableau a été volé.

— Et alors ? Je m'en fiche. On vole toutes sortes de choses. Est-ce qu'on est obligé d'établir un portrait psychologique du voleur chaque fois que quelque chose disparaît ? Le monde regorge de cinglés. »

Elle s'assit sur le lit et fit la grimace.

« Je ne suis pas satisfaite. Je n'ai pas le sentiment d'avoir été au fond des choses. Tu veux vraiment rentrer ?

— Oui. J'en ai marre.

— Alors, rentre !

— Quoi ?

— Rentre vendre tes tableaux !

— Et toi ?

— Moi, je vais poursuivre ma mission. Avec ou sans ton aide. Ou celle de Janet.

— C'est pas ce que je voulais dire.

« — Manque de pot ! C'est comme ça. Si tu veux partir, pars ! Moi, je ferai mon boulot, et pendant mes loisirs je penserai à toi une fois de plus comme à un fieffé salaud, lâche, traître qui a abandonné sa fiancée dans une situation périlleuse. »

Il réfléchit à cette déclaration.

« Tu as dit "fiancée" ?

— Non.

— Si, tu l'as dit !

— C'est pas vrai.

— Si, c'est vrai. Je t'ai bien entendue.

— Ma langue a fourché.

— Ah bon ! De toute façon, ce que je voulais dire, c'est qu'on devrait rentrer tous les deux à Rome. Mais si tu restes ici, je reste avec toi. Je ne songerais pas à laisser ma fiancée dans un tel pétrin alors qu'elle a besoin de moi.

— Je ne suis pas ta fiancée. Tu ne m'as jamais fait de proposition. Et je ne suis pas dans le pétrin.

— À ta guise. Je ne pars pas. Mais à une condition.

— Laquelle ?

— Que si jamais tu consens à rentrer à la maison, on cherchera un autre appartement.

— Tu poses des conditions draconiennes. »

Il hocha la tête.

« Alors, bon, d'accord !

— Merveilleux ! Tu es une adorable fiancée.

— Je ne suis pas ta fiancée.

— Si tu y tiens ! »

Et ils s'endormirent, persuadés l'un et l'autre d'avoir conclu un marché coûteux mais acceptable.

13

« Je crois, déclara-t-elle le lendemain matin, que nous devrions songer à changer d'hôtel.

— Pourquoi donc ?

— Parce que quelqu'un nous cherche, et je crains qu'il ne me soit pas entièrement sympathique. Il faut du temps pour retrouver quelqu'un dans un hôtel, mais quand je rentrerai à Rome j'aimerais bien avoir mes intestins en bon état et non pas dispersés dans la nature comme un plat de spaghettis.

— Je suis en train de prendre mon petit déjeuner, tu permets ?

— Désolée. Enfin, tu vois ce que je veux dire ? On change d'hôtel, on en choisit un plus ordinaire, le genre qui n'exige pas qu'on remplisse une fiche, et on donne un faux nom. D'ac ?

— Quelle aventure !

— Bien. Allons-y ! »

L'idée que se faisait Flavia d'un hôtel un peu moins facilement repérable était un vrai bouge situé dans une ruelle sordide donnant dans le boulevard Rochechouart.

L'endroit n'avait pas dû être repeint depuis sa construction, et lorsqu'ils s'y présentèrent le réceptionniste, pas rasé depuis trois jours, lança un regard égrillard en direction d'Argyll avant d'exiger d'être réglé tout de suite en espèces. Mais Flavia avait eu raison de penser qu'il ne leur demanderait pas de remplir des fiches de police. Ce n'était pas le style de la maison. Ils s'inscrivirent sous le nom de Smith. Argyll avait toujours rêvé de s'inscrire dans un hôtel sous le nom de Smith.

La chambre était encore pire que l'entrée. Le papier peint, d'un horrible rose parsemé de petites fleurs, montrait des taches d'humidité et se décollait par endroits. Le mobilier se composait d'un lit, d'une chaise dure et d'une table en métal recouverte d'une toile cirée. Il y régnait une atmosphère humide et déprimante qui les fit frissonner tous les deux.

« Je ne vois pas qui aurait envie de faire un long séjour ici, commenta Argyll en parcourant du regard leur nouveau domaine qu'il espérait très provisoire.

— J'imagine que la plupart des clients entrent et ressortent si vite qu'ils ne remarquent pas le papier peint. Ils ont d'ailleurs sans doute autre chose en tête. Je dois avouer que je ne te prenais pas pour un homme qui descend dans les hôtels où l'on emmène des femmes de petite vertu.

— Et moi, je ne pensais pas que tu en étais une. Allez, viens ! Plus vite on sera hors d'ici, mieux ça vaudra. Tu n'avais pas parlé de téléphoner à Bottando ? »

En effet. Elle avait espéré qu'il l'avait oublié. Elle se dirigea à contrecœur vers une cabine téléphonique du bureau de poste le plus proche et composa le numéro.

« J'attendais votre coup de fil, dit aussitôt le général. Où êtes-vous ? »

Elle expliqua la situation.

« Jonathan considère que tout est réglé et qu'on devrait rentrer. Moi, je souhaite continuer à explorer le terrain.

— Il est évident que si vous désirez écourter vos vacances, ça ne me dérange pas. Il est bien possible que vous soyez en train de perdre votre temps là-bas.

— Comment va Fabriano ?

— Lui ? Oh ! Il ne fait aucun progrès, il me semble. Des masses de renseignements qui n'aboutissent à rien. Sauf qu'il a établi que c'est la même arme qui a tué Muller et Ellman. Et qu'elle appartenait à Ellman. Ce qui, je dois l'admettre, ne me surprend pas. Il a éliminé des dizaines de suspects de son enquête, ce qui constitue, je suppose, un progrès négatif. Et vous, où en êtes-vous ? »

Son résumé fit suffoquer Bottando.

« Écoutez, chère amie, je vous connais, mais vous devez faire plus attention. Vous n'y songez pas ! Vous risquez gros à affronter ces gens toute seule ! Vous auriez pu recevoir un très mauvais coup, vous savez ! Pourquoi ne demandez-vous pas à Janet de coffrer Besson ? Pour une fois, ne vous compliquez pas la vie !

— Parce que.

— Parce que quoi ?

— Parce que Janet joue au plus fin avec moi, voilà pourquoi.

— Vous voulez que je lui parle ?

— Non. Je ne veux pas qu'il sache ce que je pense. Vous pourrez vous colleter avec lui plus tard si vous le désirez. Il veut que je rentre au pays. C'est ce que souhaite également Jonathan. En fait, je suis la seule à vouloir vraiment consacrer encore un peu de temps à cette affaire. »

Bottando réfléchit une minute.

« Je ne sais pas si je peux vous donner des conseils. Les carabiniers ont besoin d'aide, même si Fabriano refuse de le reconnaître, et il s'agit d'un double meurtre. Mais je suis incapable de vous dire si vous perdez ou non votre temps. Je peux seulement vous affirmer que si vous décidez de rentrer, libre à vous. On pourra alors déclarer à Fabriano qu'on a accompli notre mission et que c'est à lui de jouer. Ou tenez-vous à lui montrer que vous êtes plus douée que lui pour ce genre de choses ?

— Voilà ce qu'on appelle une question tendancieuse !

— Je viens d'y penser.

— Je veux aller au fond de cette affaire.

— Alors vous avez intérêt à continuer votre enquête. Puis-je vous aider en quoi que ce soit ?

— Oui, une chose, dit-elle tout en regardant le compteur tourner. À propos d'un coup de fil passé à Ellman. Apparemment il ne venait pas de Paris. J'ai demandé à Janet de contacter les Suisses, mais pourriez-vous mettre la pression sur eux, vous aussi ?

— D'accord. Je vais m'en occuper. »

« Alors ? » demanda Argyll lorsqu'elle réapparut.

Elle réfléchit avant de répondre.

« Il tient absolument à ce que je reste. Il veut que je poursuive l'enquête, coûte que coûte. Il a dit que c'était primordial.

209

— Ah ! » fit Argyll, un peu déçu. Il y avait le lendemain une vente aux enchères dans les environs de Naples
à laquelle il aurait voulu assister. « Donc, je suppose
qu'on reste.

— Oui. On n'a pas le choix. Désolée.

— On a extrêmement peu d'argent, tu sais.

— Oui. Je sais. Il nous faudra improviser.

— Tu as une idée ?

— Je vais y réfléchir. Entretemps, je veux aller à ce
Centre de documentation. Tu m'accompagnes ? »

Ils se dirigèrent donc vers le sud, regagnant ainsi la
partie plus chic de la ville, celle fréquentée par les touristes et qui figure sur le *Guide Michelin*. Ils s'éloignèrent des rues minables et de leurs sombres habitants, traversèrent le quartier des ateliers clandestins où
s'échinent des femmes asiatiques sur les épaules desquelles repose la réputation parisienne pour la *haute
couture**, avant de mettre le cap à l'est et d'entrer
dans le Marais, de plus en plus rupin depuis que les
résidents fauchés, auxquels il devait jadis son charme,
avaient été relogés ailleurs.

C'est là qu'est situé le Centre de documentation
juive de Paris, car c'est là que se trouvait jadis le quartier juif, jusqu'à ce que les efforts combinés des nazis
et, plus récemment, des promoteurs l'aient réduit à
deux rues.

La rue Geoffroy-l'Asnier, excepté un hôtel particulier d'une beauté remarquable et un monument de
béton en l'honneur du Martyr juif inconnu, n'offre rien
d'autre susceptible d'intéresser les touristes. Le reste a
été rasé pour céder la place à quelque chose que
personne ne semble pouvoir identifier avec précision.

Même en plein soleil, le bâtiment paraît désolé et à demi abandonné.

Une fois devant l'édifice, les deux jeunes gens discutèrent pour savoir qui allait se charger des recherches. Flavia tenait absolument à y aller. Elle considérait que c'était à elle de mettre en forme ce méli-mélo d'éléments disparates.

« Alors, toi ou moi ? demanda-t-elle, lorsqu'elle ne sut plus que penser. Personnellement, je crois que c'est à moi que revient cette mission.

— D'accord. D'ailleurs, j'ai trouvé quelque chose d'autre à faire. Je vais aller voir des tableaux. À tout à l'heure. »

Elle pénétra dans l'immeuble qui jouxte le mémorial du Martyr juif inconnu, vérifia que Janet avait effectivement téléphoné pour annoncer sa visite, signa le registre avant de s'y mettre sérieusement. La bibliothécaire de service se fit un plaisir de l'aider – Flavia était d'ailleurs pratiquement la seule visiteuse – et la conduisit devant un énorme fichier. Le nom de Jules Hartung y figurait, ainsi qu'un numéro de dossier qu'elle inscrivit sur un formulaire. Elle le remit à la bibliothécaire qui lui recommanda alors une autre série de dossiers concernant les biens pillés ou confisqués. Si Hartung avait été riche et dépossédé, il était fort possible que son cas y soit également mentionné, même brièvement.

Flavia la remercia, s'installa et, en attendant, se plongea dans la lecture d'une brochure sur la confiscation des biens sous l'Occupation. Elle la lut avec grande attention, ayant commencé à élaborer une théorie selon laquelle la collection d'œuvres d'art de Hartung avait pu se trouver, d'une manière ou d'une autre, à l'origine de toute l'affaire.

C'était, après tout, une hypothèse raisonnable. Depuis la chute du mur de Berlin, des trésors perdus depuis longtemps réapparaissaient fréquemment dans les sous-sols d'obscurs musées de l'Europe de l'Est. Des centaines de tableaux, volés pendant la guerre et jamais revus depuis, donnaient de fortes migraines aux conservateurs et faisaient travailler la matière grise des diplomates. Était-il possible, se demandait Flavia en lisant la brochure, que toute cette histoire ait eu pour point de départ la possession d'une collection importante ?

Non qu'elle ait su quoi que ce soit à ce sujet, comme elle s'en rendit compte en avançant péniblement dans sa lecture. Elle n'avait jamais imaginé que le pillage avait été si bien, si bureaucratiquement organisé. Des extraits de lettres émanant d'un secrétaire de l'ambassade d'Allemagne à Paris expliquaient en détail la façon méthodique dont un détachement spécialisé dans les œuvres d'art, l'Einsatzstab Rosenberg, opérait les arrestations, fouillait les maisons, confisquait les objets et transportait en Allemagne le fruit de son labeur. Un rapport provisoire de 1943 annonçait que plus de 5 000 tableaux avaient déjà été confisqués. Au moment où ses travaux furent interrompus par la Libération, près de 22 000 œuvres avaient été expédiées en Allemagne. Avec la diligence de cambrioleurs méticuleux, les pilleurs avaient soigneusement noté le produit de leurs rapines. L'article concluait cependant qu'une grande quantité d'objets n'avaient jamais refait surface.

« Voilà, mademoiselle ! » dit la bibliothécaire en tirant Flavia de sa lecture. Elle ne comprit pas tout de suite que c'était à elle qu'on s'adressait. La femme lui tendait un gros dossier.

« Biens confisqués. J'espère que vous lisez l'allemand... On vous apportera dans un moment l'autre document que vous avez demandé. »

Dès qu'elle ouvrit le dossier, Flavia fit la grimace. Son idée d'un cauchemar, c'était d'avoir à déchiffrer une écriture allemande mal formée. Cependant, n'étant pas là pour s'amuser, elle se concentra en plissant les yeux et, à l'aide du meilleur dictionnaire allemand de la bibliothèque, s'attela à la tâche.

Ce ne fut pas aussi pénible qu'elle l'avait craint. Le nom des anciens propriétaires se trouvant en tête de la feuille, dans la plupart des cas elle n'avait qu'à le cocher avant de passer au document suivant. Cela lui prit quand même deux heures de dur labeur, à parcourir avec ennui des dizaines de listes de bagues, bijoux divers, gravures, dessins, statues et peintures.

C'est à une heure trente qu'elle trouva ce qu'elle cherchait : Hartung, Jules, 18, avenue Montaigne ; liste des biens confisqués le 27 juin 1943, à la suite de l'ordre donné au cours de l'opération Rasoir le 23 du même mois.

Une belle prise, à en juger par la taille de la liste. Soixante-quinze tableaux, deux cents dessins, trente-sept bronzes, douze marbres et cinq coffrets de bijoux. Ce n'était pas mal pour une matinée de travail. Jolie collection, estima-t-elle, si les objets correspondaient vraiment à l'appellation que leur donnait l'inventaire : Rubens, Teniers, Claude, Watteau, ils étaient tous là.

Mais rien signé du Floret en question, bien que Flavia eût vérifié deux fois. Rien ne correspondant au titre de l'œuvre. Quelle barbe ! se dit-elle. Adieu à cette hypothèse ! Et si l'affaire avait quelque chose à voir avec la collection de cet homme, pourquoi se concentrer sur un tableau mineur, alors qu'on pouvait choisir entre tous ces trésors ?

« Mademoiselle di Stefano ? »

Elle redressa la tête.

« Oui ?

— Le directeur souhaiterait vous voir. »

Ça ne va pas recommencer ! se dit-elle. Elle se leva, tout en repérant le chemin le plus rapide pour gagner la sortie. Si je dois prendre une nouvelle fois mes jambes à mon cou, je vais hurler.

Mais l'archiviste paraissait toujours assez amicale, presque gênée en fait, tandis qu'elle la conduisait vers un bureau à l'autre bout de la salle. Elle n'avait pas du tout l'air de quelqu'un en train de lui tendre un guet-apens. Je deviens paranoïaque, pensa Flavia.

« Ravi de faire votre connaissance », dit le directeur en l'accueillant. Il se présenta : « François Thuillier. J'espère que vous avez trouvé ce dont vous avez besoin.

— Oui, jusqu'à présent », répondit Flavia, avec une certaine prudence. D'habitude, les directeurs des services d'archives ne recevaient pas personnellement les chercheurs, même lorsque les affaires marchaient mal. « Mais j'attends toujours un autre dossier.

— Ah ! Il s'agit sans doute de celui concernant Hartung, non ?

214

— En effet.

— Je crains que nous n'ayons un petit problème à ce sujet. »

Ah ! je vois, se dit-elle. Les choses allaient un peu trop bien cet après-midi. On me réservait la mauvaise surprise pour la fin !

« C'est très gênant d'avoir à le reconnaître, évidemment, mais je suis désolé de vous avouer que pour le moment nous ne parvenons pas, semble-t-il, à mettre la main dessus.

— Vous l'avez perdu ?

— Ah oui !... C'est ça.

— C'est regrettable.

— Il est juste égaré. Je suppose qu'il n'a pas été remis à sa place lorsque le dernier lecteur l'a consulté...

— Quel dernier lecteur ? Quand l'a-t-il emprunté ?

— À dire vrai, je n'en sais rien.

— Et le dossier a disparu ?

— En effet.

— Ce dossier est-il si souvent consulté ?

— Non, pas du tout. Je suis affreusement désolé, mais je suis certain qu'il va bientôt réapparaître. »

Elle n'en était pas si sûre, mais, arborant son sourire le plus malheureux, elle expliqua son problème. Elle n'avait plus beaucoup d'argent, ni beaucoup de temps...

Thuillier lui fit un sourire de compassion.

« Croyez-moi, il y a une heure que nous remuons ciel et terre. Je pense qu'on n'a pas dû le ranger à sa place. J'ai bien peur qu'il ne faille compter sur le hasard pour le retrouver. Cependant, si vous le désirez,

215

je peux vous faire part de ce que je connais du cas. Ça, au moins, je suis capable de le faire. »

Elle le fixa du regard. Que se passait-il donc ? Thuillier avait l'air très mal à l'aise, et elle commençait à se douter pourquoi.

« Quand avez-vous reçu l'ordre de m'empêcher de consulter ce dossier ? »

Il fit un geste désespéré des deux mains.

« Je ne peux pas répondre à cette question. Mais il est vrai que nous ne le possédons pas.

— Je vois.

— Et je n'aurais pas dû vous le dire, poursuivit-il. Mais je n'aime pas ce genre d'intervention. C'est pourquoi je vais vous dire ce que je peux si ça vous intéresse.

— Vous en connaissez le contenu ?

— Pas mot pour mot, cela va sans dire. Mais lorsque quelqu'un demande un dossier, il m'arrive d'y jeter un coup d'œil. Il y a environ six mois, quand nous avons reçu une demande à propos de la famille Hartung, j'ai feuilleté le dossier. Malheureusement l'homme en question ne nous a jamais recontactés.

— Comment s'appelait-il ? »

Le directeur fronça les sourcils.

« Je ne sais pas si je dois vous le dire.

— Oh si ! Je vous en prie. Après tout, cet homme serait peut-être à même de m'aider lui aussi. Rappelez-vous, vous n'aimez pas les interventions ! Moi non plus.

— C'est vrai. Un instant. »

Et il se mit à fouiller dans son bureau, à la recherche d'un agenda qu'il feuilleta.

« Ah voilà ! fit-il. C'est ça... Il s'appelle Muller. Il habite Rome. Vous avez entendu parler de lui ?

— Oh oui ! Je le connais fort bien », répondit Flavia, le cœur battant. Finalement, elle n'était pas en train de perdre son temps.

« Et, comme je disais, j'ai jeté un coup d'œil sur le dossier. »

Elle attendait qu'il poursuive. Il lui sourit.

« Eh bien, allez-y ! Parlez-m'en ! »

Thuillier joignit les bouts des doigts comme s'il s'apprêtait à faire un cours.

« Vous devez vous rappeler, commença-t-il prudemment, qu'il ne s'agit pas le moins du monde d'un compte rendu complet. Pour cela, il vous faudrait les dossiers judiciaires préparés en vue de son procès.

— Et où pourrais-je les obtenir ? »

Il sourit.

« Je doute fort que vous ayez une chance de les emprunter. Ils sont classés secrets. On ne peut pas les consulter avant un siècle.

— Je peux toujours demander.

— En effet. Ce que je veux dire, c'est que je crois que vous perdriez votre temps.

— Vous avez sans doute raison, approuva-t-elle.

— Dites-moi, que savez-vous exactement sur cette période ? Sur Hartung ? »

Elle avoua qu'elle ne savait pas grand-chose de plus que ce qu'on lui avait enseigné à l'école, à quoi s'ajoutait ce qu'elle avait découvert sur Hartung pendant l'enquête.

« Le fils d'Hartung essayait de se documenter sur son père. Je suppose que c'est normal, mais il en est mort. C'était une sorte d'industriel, n'est-ce pas ? »

217

Thuillier opina de la tête.

« C'est exact. Produits chimiques surtout, mais bien d'autres choses également. Il possédait une très grosse entreprise familiale, fondée au début du siècle. Il appartenait à la deuxième génération et il avait été le principal artisan de son développement. Entre parenthèses, aucun de ces renseignements ne se trouve dans le dossier. Je sais ça personnellement.

— Tant mieux ! Il me semble que je peux en apprendre davantage en vous écoutant que si j'avais pu consulter le dossier. Je suis enchantée qu'il soit égaré. »

Il sourit et, dûment encouragé par l'appréciation tout à fait sincère de Flavia, il poursuivit :

« Bon. Il était né dans les années 1890 et sa famille faisait partie de la communauté juive parisienne bien établie. Même avant l'essor de Hartung et Cie, les Hartung s'étaient enrichis grâce à toutes sortes de commerces. Hartung était à la fois capitaliste et homme de gauche. Résidences pour ouvriers, projets éducatifs, toutes les entreprises sociales habituelles mises en œuvre par les industriels éclairés de l'époque. Dans les années trente, c'était l'un des rares patrons à être en faveur des congés payés légaux pour les travailleurs. Il a combattu pendant la Grande Guerre et, si j'ai bonne mémoire, a été blessé et décoré. Je pourrais trouver les détails si vous le désirez...

— Non, non ! fit-elle en levant la main. Plus tard, peut-être, si c'est nécessaire.

— À votre guise. À partir des années trente, sa carrière a pris un nouveau tour. Comme bien des Juifs français, il avait de la famille en Allemagne et, contrairement à beaucoup d'entre eux, il était parfaitement

conscient que l'ascension de Hitler n'était pas un phé-
nomène qu'on pouvait faire disparaître en pratiquant
la politique de l'autruche. Il a sûrement voulu jouer
sur les deux tableaux : aider les Juifs d'Allemagne tout
en gardant le contact avec les autorités du pays ainsi
qu'avec la droite française.

« Avec le recul, on voit clairement que c'était un
opportuniste qui courait deux lièvres à la fois –
son absence de principes saute aux yeux. À l'époque,
les choses n'étaient pas aussi simples. Des tas de gens
faisaient pareil, et beaucoup soutenaient la droite de
manière bien plus visible que lui. Comme cela se
passe souvent dans les périodes de crise, nombre
d'entre eux ne cherchaient qu'à se protéger et à protéger leur famille, coûte que coûte.

— Mais le cas de Hartung était différent.

— Pas réellement. Il voulait se protéger et continuer
à faire marcher ses usines. Et il a réussi : on l'a laissé
faire. Il a soutenu que c'était grâce à son habileté, au fait
qu'elles produisaient des marchandises de première
nécessité et à sa capacité de payer des pots-de-vin
considérables qu'il avait pu éviter la confiscation. En
tout cas, il s'est mis à parler de plus en plus de l'épuise-
ment de ses ressources.

« Son épouse était beaucoup plus jeune que lui et
bien plus claire politiquement. Je ne crois pas qu'il
s'agissait d'un ménage très uni, mais ils respectaient les
apparences. Elle s'est de plus en plus engagée dans la
Résistance, et il a fini par avoir vent de ses activités.
Lui n'a jamais été admis dans le saint des saints, mais, par
l'intermédiaire de son épouse, il était davantage au

courant qu'il n'aurait dû l'être. Ç'a été, semble-t-il, son talon d'Achille.

— Désolée de vous interrompre, dit vivement Flavia en levant les yeux du bloc où elle avait pris des notes, écrivant aussi vite qu'elle le pouvait. Et sa famille, elle a pu s'échapper ?

— En effet. Sa femme est restée, cependant. Mais, à un moment ou à un autre, on a fait passer clandestinement son fils à l'étranger.

— Oui. Ça colle. Excusez-moi de vous avoir interrompu.

— Il n'y a pas de mal. La femme de Hartung était affiliée à une cellule de la Résistance dont le nom de code était Pilote. Savez-vous comment fonctionnait le système ?

— Vaguement.

— On leur donnait des noms de code principalement pour des questions d'identification à la radio ou pour des raisons administratives et de sécurité en Angleterre. Les cellules étaient strictement séparées les unes des autres pour limiter les dégâts si jamais ça tournait mal. Dans ce cas précis, cette cellule était liée à un groupe plus important désigné sous le nom de Pascal. En tout, environ cent cinquante personnes étaient concernées. »

Il essuya ses lunettes et se tut quelques instants pour réfléchir. Flavia avait dûment pris une mine sombre et attentive. Elle avait un certain mal à se représenter le déroulement de tous ces événements.

« Il y a eu des rumeurs à propos d'un traître, bien sûr. Cela faisait sans doute partie de la vie clandestine que ces gens devaient mener. Il était inévitable que le soupçon et la méfiance existent. Mais dans ce cas particulier il y avait assez d'indices. Les opérations échouaient, et les Allemands attendaient sur place les saboteurs. On parachutait de la nourriture, et c'étaient les Allemands qui la récoltaient.

« En fin de compte, comme les soupçons sans preuves s'accumulaient, on a tendu un piège. On a concocté une opération bidon, et seul Hartung en a été informé. Et ç'a marché : une fois de plus les Allemands sont arrivés sur les lieux. Hartung a dû s'enfuir et les Allemands, qu'il avait si bien renseignés, ont réagi sur-le-champ : en moins de douze heures ils ont raflé tous les membres de la cellule Pilote. Seule une petite poignée a survécu. Après la guerre, les survivants ont fourni des témoignages accablants contre Hartung.

— Et son épouse ?

— Elle a été arrêtée et probablement exécutée. Il n'a même pas tenté de la sauver. Apparemment, il avait conclu un marché : il donnait les renseignements dont il avait connaissance et, en échange, les Allemands lui fichaient la paix. Quand il s'est enfui, il les a prévenus et ils se sont abattus sur leurs proies avant que leurs renseignements ne deviennent caducs. »

Flavia fixa longuement le directeur, hochant la tête d'un air absent, tout en ressassant ce qu'il venait de lui dire.

« Et toutes ces informations se trouvent dans le dossier égaré ?

— Une grande partie, en effet.

— Et non pas dans les éléments rassemblés par le procureur ?

« — Pas directement. Ceux-ci ne pouvaient être que confidentiels jusqu'au procès... qui, bien sûr, n'a pas eu lieu. Mais j'imagine qu'il aurait couvert une grande partie du même terrain : à l'époque, il y a eu des fuites et des compte rendus dans les journaux.

— Qu'est-il advenu de Hartung ? Je sais qu'il est revenu et qu'il a été arrêté.

— C'est très simple, il a été interrogé par un membre du bureau du procureur. Il a dû se rendre compte que les charges contre lui étaient accablantes et qu'il n'y aurait qu'un seul verdict possible. Il pouvait soit attendre d'être guillotiné, soit écourter son supplice en se suicidant. Il a choisi la seconde solution.

— Et il ne fait aucun doute que c'était un traître ?

— Absolument aucun. Nous aussi, nous menons des entretiens afin de bâtir nos dossiers. Nous parlons personnellement à certains témoins de l'époque.

— Et qu'ont-ils dit ? »

Il sourit.

« Là je crains que vous n'en demandiez trop à ma mémoire. Tout ça s'est passé il y a bien longtemps et je n'ai pas lu leurs déclarations. Je ne peux fournir que les noms. Non pas qu'ils puissent vous servir à grand-chose. »

Elle lui sourit et demanda les noms. Ils sortirent de son bureau et il la conduisit vers un fichier.

« Cela risque de prendre un certain temps », déclara-t-il.

Elle se dirigea, par conséquent, vers le guichet près de l'entrée. Il lui restait une dernière chose à faire avant de partir.

« Je sais que ce n'est pas tout à fait régulier, commença-t-elle quand, lui souriant d'un air gêné, la bibliothécaire lui demanda ce qu'elle désirait. Mais serait-il affreusement grave que je sache qui s'intéresse également à ce dossier ? C'est de la paranoïa, je le sais bien. Mais si les documents ne refont pas surface, je pourrais m'adresser à lui pour savoir s'il possède des notes... ?

— Normalement nous n'accédons pas à ce genre de demande, vous savez, mais dans ce cas je suis persuadée qu'on pourrait faire une petite entorse au règlement. »

Elle fouilla dans le bas du bureau et sortit un registre.

« On n'est pas informatisés ici, hélas ! On inscrit tout dans ce registre. Voyons un peu ! Ça date d'il y a quelques mois, paraît-il. À l'époque, j'étais en vacances, autrement j'aurais été capable de vous aider. »

Flavia feuilleta le registre, fronça les sourcils, puis le feuilleta de nouveau. Le nom de Muller y apparaissait en toutes lettres. Elle arracha la page et la fourra dans son sac à main. Si elle revenait la chercher plus tard, elle était certaine qu'elle n'y serait plus.

Puis elle rejoignit Thuillier qui consultait toujours le fichier.

« Malheureusement ! s'écria-t-il, je vais vous être d'un moindre secours que je ne l'avais imaginé. Après tout ce temps, je ne trouve qu'un seul nom. Les autres fiches semblent, elles aussi, avoir été égarées.

— Quel dommage ! » lança-t-elle d'un ton sec.

Il lui tendit une vieille fiche où était inscrit à la main le nom de H. Richards. Il était suivi d'une adresse en Angleterre.

« Qui est cette personne ?

— Je l'ignore. J'imagine qu'il doit s'agir d'un officier de liaison de l'armée britannique ou de quelque chose comme ça. Nous avons une énorme quantité de renvois à des documents se trouvant dans d'autres bibliothèques ou dans d'autres centres. D'après le numéro de référence, je peux vous dire que cette fiche renvoie à des papiers détenus par le ministère de la Justice. Le document n'était pas classé avec les autres, ce qui explique pourquoi il s'y trouve toujours. Je suppose qu'il s'agissait d'un témoignage recueilli en vue du procès. Et cela signifie, évidemment, que c'est un document confidentiel.

— Par conséquent, vous n'avez aucune idée de ce qu'il contient ?

— Pas la moindre idée. Et je doute que vous ayez le droit de le consulter. En fait, je suis même certain du contraire.

— Et vous ne savez pas si cet homme est toujours en vie ?

— Non, hélas ! »

14

Lorsqu'il arriva au café de la rue Rambuteau où il avait rendez-vous avec Flavia, Argyll était content de lui. Il venait de passer un tranquille après-midi à la Bibliothèque nationale et était sorti victorieux de son combat contre les machines de microfiches. Et ce n'était pas une mince affaire ! Ses yeux risquaient de ne jamais se remettre d'être restés plissés pendant quatre heures, mais, ayant fait une découverte fascinante, il lui tardait de jouir d'une agréable soirée en compagnie de Flavia pour lui en parler et l'entendre louer son intelligence.

Comme elle n'était pas encore là, il s'assit dans un coin, commanda un apéritif et se mit à fredonner, les yeux dans le vague, afin de leur rendre leur complète efficacité. Il buvait son apéritif depuis quelques minutes lorsqu'une main lui tapota l'épaule. Il se retourna en souriant aimablement.

« Ah bien ! Te voil... »

Les mots moururent sur ses lèvres. Debout près de sa table se dressait l'homme qui avait volé le tableau, tenté de kidnapper Flavia et qui, supposait-il, avait un meurtre ou deux sur la conscience. Il avait lu quelque part que le deuxième meurtre était plus facile à commettre que le premier. Perpétrer le troisième doit être aussi passionnant que d'aller au supermarché. Étrangement, cette pensée ne le réconforta pas.

« Bonsoir, monsieur Argyll, dit la personne en question. Puis-je m'asseoir ?

— Faites comme chez vous, répondit-il un peu nerveusement. Je crains cependant que nous n'ayons pas été présentés. »

Et, visiblement, ils n'étaient pas sur le point de l'être. Avec un excès de politesse, l'air gêné, l'homme à la petite cicatrice s'installa sur la chaise près de la vitre.

« Puis-je vous demander quand votre, euh !... amie va revenir ? s'enquit-il, du ton de quelqu'un qui maîtrise totalement la situation.

— Pourquoi cette question ? demanda prudemment Argyll.

— Afin que nous ayons le temps d'avoir une petite conversation. On s'est si souvent rencontrés, il me semble, que j'ai pensé qu'on pourrait procéder à un échange de vues. Jusqu'à présent, à chacune de nos rencontres, j'ai reçu un coup. Franchement, j'en ai un peu assez.

— J'en suis désolé.

— Hum. On dirait aussi qu'on s'intéresse au même tableau. L'intérêt que vous lui portez commence à me taper sur les nerfs.

— Vraiment ? Et pourquoi donc ? » demanda Argyll avec désinvolture, tout en estimant que ce ne serait peut-être pas une bonne idée de signaler qu'il l'avait rendu à son propriétaire. Si cet individu déployait tant d'efforts pour s'en emparer, sans doute serait-il extrêmement contrarié de découvrir que grâce à Argyll il se retrouvait à la case départ.

« Pour l'instant je pense qu'il vaudrait mieux que ce soit moi qui pose les questions.

— OK ! Tirez le premier !

— Vous êtes marchand de tableaux, n'est-ce pas ?

— En effet.

— Et votre amie ? Comment s'appelle-t-elle ?

— Flavia. Di Stefano. Flavia di Stefano. »

Sur ce, la conversation s'interrompit un instant, comme lorsque deux invités n'ont pas grand-chose à se dire. Argyll s'aperçut même qu'il faisait un sourire à son interlocuteur dans l'espoir de l'encourager à desserrer les lèvres. Peine perdue. Peut-être l'homme pensait-il surtout à ses blessures, de méchants bleus dus au plaquage d'Argyll, aux coups de pieds dans les côtes et aux coups de bouteilles sur la tête à cause de Flavia. Il frotta le sparadrap au-dessus de son œil.

« Tu ne devineras jamais ! s'écria Flavia en surgissant dans le café.

— Je donne ma langue au chat ! répondit le Français.

— Ah ! merde ! » s'exclama-t-elle.

On ne peut vraiment pas l'accuser de manquer de réflexe. Dès qu'elle aperçut l'homme, elle pivota sur ses talons, propulsant son sac dans sa direction. Comme elle y gardait assez de provisions d'urgence pour un mois entier, le poids et la vitesse du projectile furent impressionnants. Le sac frappa l'homme à la tempe et, profitant des quelques petites secondes où il perdit l'équilibre, elle s'empara du minuscule vase posé sur la table et lui en assena un coup magistral sur le crâne. Poussant de sonores gémissements, il roula par terre en se tenant la tête à deux mains. Elle regarda Argyll d'un air de triomphe. Une fois de plus elle l'avait sauvé. Que ferait-il sans elle ?

« J'ai l'impression de vivre avec un rottweiler, dit Argyll en détalant derrière elle vers la sortie du café. Il était très paisible, tu sais.

— Suis-moi ! » s'écria-t-elle, au comble de l'excitation, disparaissant au milieu de la foule dense des touristes. Ce ne sont pas des Allemands, pensait-elle pendant qu'Argyll jouait des coudes pour la suivre. Ni des Hollandais, car ça voudrait dire que tout le pays est là. Des Tchèques, peut-être. Quelle que soit leur nationalité, ils surent fort bien couvrir la fuite du couple. Même si leur poursuivant fut admirablement rapide à la détente, Flavia et Argyll traversèrent la cohue avec une avance de cinq bonnes secondes et dévalèrent une sorte de rue piétonnière plus de soixante-dix mètres devant lui.

Mais il était en assez bonne forme et gagnait de plus en plus de terrain. Il était de ceux qui prennent soin de leur corps. Qui pratiquent le vélo d'appartement. Ni Flavia ni Argyll ne s'adonnaient à ce genre d'exercice, et, même s'ils pouvaient tous les deux piquer un assez joli sprint sur une courte longueur, la course de fond n'était pas leur fort. L'homme se rapprochait toujours davantage. C'est alors qu'il commit une erreur.

« Police ! hurla-t-il. Arrêtez-les ! »

L'un des traits les plus attachants des Français, surtout des adolescents de Paris, c'est leur esprit civique.

La tradition révolutionnaire de la fraternité ne s'est pas perdue. Les policiers – même les faux – leur sont particulièrement antipathiques. L'homme n'avait pas plus tôt ouvert la bouche que tous les passants furent sur leurs gardes, contemplant le spectacle, évaluant la situation et notant que ceux qui, semblait-il, cherchaient à échapper à la justice étaient peu à peu rattrapés.

Animés par cet amour du prochain si caractéristique des Français, tous ceux qui se trouvaient à proximité se portèrent au secours des fuyards. Occupée à fuir, Flavia ne sut pas clairement ce qui se passait, mais un simple coup d'œil jeté par-dessus son épaule lui fit entrevoir quatre jambes différentes en train de s'allonger pour faire un croche-pied à leur poursuivant. Celui-ci réussit à sauter par-dessus les deux premières mais trébucha sur la troisième. Peut-être frustré, le propriétaire de la quatrième se défoula en lui décochant un violent coup de pied dans les côtes au moment où l'homme s'effondrait brutalement sur le trottoir.

Mais il avait du ressort, ça ne faisait aucun doute. Un roulé-boulé et le revoilà debout. Se lançant à nouveau dans la course, il se remit à gagner du terrain.

Une chance se présenta qui n'échappa pas à Argyll. Ils traversaient l'ancien quartier des Halles, autrefois le plus beau marché d'Europe, mais qui fut rasé pour donner naissance à Beaubourg et à un horrible centre commercial de plus en plus défraîchi qui s'enfonce profondément dans le sol marécageux et souvent putride des abords de la Seine. C'était toutefois un endroit idéal pour se cacher : les rares fois où Argyll s'était aventuré dans ses artères souterraines, il n'avait jamais réussi à s'y retrouver.

On y accède par des Escalator, lesquels sont bordés de rampes métalliques plates, lisses et brillantes, sur lesquelles les gamins adorent glisser malgré tous les efforts des vigiles pour les en empêcher. Flavia avait jadis accusé Argyll d'avoir une propension presque ridicule à pratiquer des jeux de gosse, mais aujourd'hui il démontra qu'un tel goût pouvait être utile. Il sauta sur l'une des rampes et se laissa porter, filant dix fois plus vite que l'escalier roulant. Si la situation n'avait pas été aussi grave, il aurait été tenté de pousser des hurlements de joie. Cela faisait des lustres qu'il ne s'était pas livré à ce genre d'exercice.

Elle l'imita, remerciant le ciel d'avoir décidé de mettre un jean ce matin-là, puis courut à ses côtés vers l'Escalator qui conduisait au deuxième niveau en sous-sol. Quand ils l'atteignirent, ils avaient déjà bien semé l'individu qui était à leurs trousses.

« Où va-t-on maintenant ? demanda Flavia.

— Aucune idée. Où veux-tu aller ?

— Dans le Gloucestershire.

— Où ?

— C'est en Angleterre, expliqua-t-elle.

— Je sais où... Oh ! laisse tomber. Suis-moi ! »

Et ils enfilèrent le couloir, tournant à gauche, à droite, à gauche encore, prenant des raccourcis en traversant les boutiques de vêtements et les fast-foods, s'acharnant à brouiller les pistes.

Cela sembla marcher. N'entendant plus l'obsédant martèlement de pas derrière eux et se persuadant peu à peu que l'homme avait perdu leur trace, ils ralentirent pour reprendre leur souffle.

Suffoquant toujours, mais plutôt soulagés, ils tournèrent un autre coin et s'aperçurent d'abord qu'ils étaient revenus à leur point de départ et, ensuite, que leur poursuivant ne se tenait qu'à environ deux mètres en face d'eux. Lorsqu'il se mit à courir dans leur direction, il arborait presque un sourire amusé.

Ils firent volte-face et disparurent dans le premier escalier roulant, l'homme sur leurs talons cette fois-ci. Ils reprirent leur course dès qu'ils atteignirent le niveau inférieur, environ une seconde seulement avant lui.

Ils avaient apparemment débouché dans la station du RER. Des couloirs partaient dans plusieurs directions, et une barrière de tourniquets se dressait juste devant eux. Cette fois-ci c'est Flavia qui prit la tête des opérations. Avec la grâce d'un athlète olympique dans le 400 mètres haies, elle franchit la barrière d'un bond, sautant par-dessus les tubes de métal disposés en épi avec une élégance qui déclencha les vivats ironiques d'un groupe de jeunes à l'aspect patibulaire à un bout et les violentes protestations d'un contrôleur à l'autre.

Avec moins de grâce mais autant d'efficacité, Argyll la suivit une demi-seconde plus tard, leur poursuivant juste derrière lui. Heureusement, c'est à ce moment-là que les représentants de l'ordre décidèrent que trop c'était trop. On ne pouvait pas faire grand-chose à la femme qui disparaissait déjà dans un couloir de l'autre côté des tourniquets. Le deuxième coupable, lui, prenait la même direction.

Mais trois resquilleurs en autant de secondes, ça dépassait les limites. Poussant un cri de triomphe, le contrôleur fit un bon en avant, et sa poigne puissante s'abattit sur l'épaule du dernier délinquant, lui faisant perdre l'équilibre et accrocher le tourniquet avec le pied.

Au moment où Argyll s'enfonçait à son tour dans le couloir, il entendit les cris de frustration et les furieuses vitupérations de l'homme à la cicatrice lorsqu'on l'arrêta pour avoir tenté de ne pas payer les six francs vingt correspondant au prix d'un ticket de métro.

Au cours des deux heures qu'il leur fallait attendre à la gare du Nord avant le départ du train pour l'Angleterre, Argyll changea radicalement d'opinion sur Flavia. Il la connaissait depuis plusieurs années et avait plutôt tendance à la considérer comme une bonne citoyenne respectueuse des lois. D'autant plus qu'en général elle avait pour mission officielle de les défendre. Après tout, elle payait ses impôts – disons, la plupart d'entre eux – et ne garait pas sa voiture dans les zones interdites à moins qu'il n'y ait vraiment aucune autre place de libre.

Cependant, fit-elle remarquer, ce n'était pas sa faute si elle essayait d'échapper à une bande de fous. Ou si Paris devenait un peu trop dangereux pour envisager d'y rester plus longtemps. Ou si dans cette affaire les témoins avaient le mauvais goût de s'éparpiller aux quatre coins de l'Europe.

D'accord, mais elle paraissait prendre un malin plaisir à jouer ce nouveau rôle.

Il y avait, par exemple, la question du billet : il était déraisonnable d'imaginer qu'ils pourraient tous les deux voyager jusqu'à Londres sans qu'on leur demande tôt ou tard de présenter leur titre de transport. Or, pour en acheter un, il faut de l'argent, et ils n'avaient plus que trente-cinq francs environ. Argyll aurait simplement sorti sa carte Visa, mais Flavia lui fit remarquer que la pancarte accrochée au guichet indiquait sans ambiguïté qu'il n'y avait plus un siège disponible pour le train de vingt et une heures.

Alors elle vola les billets. Interloqué, Argyll en perdit l'usage de la parole quand, après dix minutes d'absence, elle revint, des billets à la main et un air suffisant sur le visage.

« Tu les as dérobés à quelqu'un ? souffla-t-il en entendant les explications qu'elle lui fournissait en gloussant.

— C'est très facile, répliqua-t-elle, imperturbable. Tu t'assieds dans le café...

— Mais...

— Ne t'en fais pas ! Il avait l'air très aisé. Il a les moyens d'en acheter d'autres. Je l'ai également soulagé de deux cents francs.

— Flavia !

— Ce n'est pas grave. C'est pour une bonne cause. Je suis sûr qu'il lui restait pas mal d'argent. De plus, comme j'ai pris tout son portefeuille, si tu y tiens je pourrai le rembourser dès qu'on rentrera à Rome. Mais si tu veux rendre ton billet et attendre le retour de nos amis... »

Ce fut un pénible cas de conscience pour Argyll, mais il résolut la question en se disant que maintenant se lamenter ne servait plus à grand-chose. Flavia l'entraîna vers le train où ils trouvèrent deux places.

Pourvu, espéraient-ils, que le train parte avant qu'on vienne les déloger !

Le train finit par démarrer, mais ce fut l'une des attentes les plus anxieuses que l'un et l'autre aient jamais connues. Ils ne cessaient d'inventer des raisons pour se lever et aller passer la tête par la portière, scrutant le quai d'un œil inquiet, appréhendant l'apparition d'un visage familier. Ils s'agitaient sans répit sur leur siège au point que certains voyageurs à côté d'eux leur lançaient des regards agacés. Ils poussèrent tous les deux un énorme soupir de soulagement lorsque le train, au milieu des habituels secousses et grincements de roues, s'ébranla et prit peu à peu de la vitesse.

« Alors, qu'est-ce qu'on fait maintenant ? demanda Argyll au moment où les sinistres banlieues du nord de Paris défilèrent sous leurs yeux.

— Je ne sais pas ce que tu vas faire, toi, mais moi, je vais manger. Je crève de faim. »

Ils se dirigèrent vers le wagon-restaurant et s'y installèrent avant que la foule arrive. Argyll commençait à se mettre dans l'ambiance. Après ce qu'ils venaient de vivre ces derniers jours, des lettres impolies de la part d'administrateurs de cartes de crédit semblaient dérisoires. Il commanda tout d'abord deux coupes de champagne. Après tout, Flavia avait volé des billets de première classe...

« Cette fiche indiquait-elle une adresse ? demanda Argyll lorsque, le compte rendu du Flavia touchant à sa fin, on en arrivait aux questions subsidiaires.

— Oui. Mais ça date d'au moins quarante ans. À mon avis, les chances que ce Richards soit encore en vie sont un peu minces. L'adresse se trouve dans le Gloucestershire. Où est-ce, le Gloucestershire ? »

Il le lui expliqua.

« Il ne te reste vraiment que sept francs ? Moi, vingt. Plus les deux cents... »

Il les convertit en lires.

« On va pouvoir faire la fête à Londres avec ça. De quoi as-tu envie ? D'une promenade en bus ? D'un verre d'eau ? Flavia ? Flavia ? insista-t-il.

— Hum ? Désolée. Tu disais ?

— Rien. Je divaguais. À quoi pensais-tu ?

— À Janet, principalement. Je suis très contrariée. C'était le collègue le plus proche de Bottando. Mais ce n'est pas ma faute. Et toi, qu'as-tu fait ?

— Moi ? demanda-t-il d'un ton léger. Je n'ai fait qu'accomplir un pas décisif dans l'enquête, rien de plus. J'ai juste découvert que Rouxel a dit un énorme mensonge. Rien de vraiment grave, je suppose... »

Elle lui jeta le regard que méritait sa suffisance.

« J'ai lu de vieux journaux datant de 1945 et 1946. Ça m'a pris des heures.

— À propos de Hartung ?

— Ouais... Son retour, son arrestation, son suicide. À l'époque, l'affaire a fait un énorme raffut, même si aujourd'hui elle est à peu près oubliée. C'est une histoire fascinante ! J'ai été subjugué dès que j'en ai compris les tenants et les aboutissants. Mais le plus important, c'est que ç'a confirmé quelque chose qu'on savait déjà.

— C'est-à-dire ? demanda-t-elle sans le brusquer.

235

— C'est qu'au début de sa carrière Rouxel a travaillé pour une commission sur les crimes de guerre.

— Je le sais. C'est lui qui te l'a dit.

— Ce n'est pas tout. Son travail consistait à rassembler des preuves à charge contre les suspects.

— Y compris Hartung ?

— Sur Hartung en tout premier lieu. Ç'a été la dernière personne à le voir vivant. C'est ce qu'affirment les journaux. Il a eu un entretien avec lui dans sa cellule un soir et Hartung s'est pendu cette même nuit. Et ce fait lui était sorti de l'esprit. "J'ai entendu parler de cette affaire", m'a-t-il déclaré. Quel euphémisme !

— Peut-être qu'il n'aime pas en discuter, tout simplement.

— Et pourquoi donc ? insista-t-il. Il n'a rien fait de mal. Il a toujours été du bon côté. Que pourrait-il avoir à cacher ? »

Elle repoussa son assiette, une grande fatigue la gagnant soudain. Il s'était passé trop de choses en un trop court laps de temps. Maintenant qu'ils se dirigeaient vers un havre de sécurité, du moins l'espéraient-ils, vers un lieu de répit en tout cas, elle en ressentait le contrecoup. Elle secoua de nouveau la tête lorsque Argyll lui redemanda si elle voulait du café et répondit qu'elle préférait retourner dans leur compartiment pour dormir.

« Aucune idée... Je veux oublier tout ça pendant quelques heures, répondit-elle tandis qu'ils regagnaient leurs places. Peut-être allons-nous trouver la réponse dans le Gloucestershire. »

15

Elle dormit comme un loir pendant tout le trajet, se contentant de se réveiller à moitié quand Argyll la poussa du coude à Calais et de le suivre aveuglément lorsqu'il lui fit traverser toute la gare avant de monter à bord du ferry puis d'en redescendre de l'autre côté. En France comme en Angleterre, les douaniers et les employés du service d'immigration furent admirablement complaisants, regardant, d'un air vague et distrait, défiler devant eux le troupeau de voyageurs fatigués et, loin de les examiner avec soin, ne jetant qu'un rapide coup d'œil sur les passeports. Ou bien ceux qui les pourchassaient à Paris n'appartenaient pas à la police, ou bien ils n'avaient pas découvert leur destination – à moins que les réseaux officiels de communication ne soient une fois de plus engorgés.

« Tu as bien dormi ? » lui demanda-t-il à six heures le lendemain matin après lui avoir donné une petite tape pour la réveiller.

Ouvrant péniblement un œil, elle lança un regard précautionneux autour d'elle, tout en essayant de se rappeler où elle se trouvait.

« Eh bien ! oui... Mais pas assez longtemps. Quelle heure est-il ?

— Beaucoup trop tôt. Mais nous serons à la gare Victoria dans vingt minutes environ. Il nous faut décider de la suite du programme.

— On est dans ton pays. Que proposes-tu ?

— Il nous faut un moyen de transport et de l'argent. Pour le moment, j'ai également besoin d'un visage ami et d'un peu de réconfort. »

Flavia fit la grimace.

« Tu n'as pas l'intention de rendre visite à ta maman, n'est-ce pas ?

— Hein ? Non. Je pensais qu'on pourrait faire un saut chez Byrnes. Et peut-être lui emprunter de l'argent. Je ne veux pas que tu erres dans Londres comme un personnage d'*Oliver Twist* jusqu'à ce qu'on trouve de l'argent.

— Très bien. Je doute qu'à six heures du matin il soit dans sa galerie en train d'attendre le chaland, mais on peut toujours aller voir, si tu insistes.

— Je doute même qu'il aille dans sa galerie. Il ne tient pas boutique, tu sais. Je pense qu'on devrait utiliser nos derniers sous pour aller chez lui en taxi. Si j'arrive à me rappeler son adresse. »

Convertir leurs billets froissés en livres sterling fut évidemment assez difficile : seulement trente mille voyageurs passant chaque jour par la gare Victoria, pourquoi celle-ci s'évertuerait-elle à leur faciliter la tâche ? Lorsqu'ils eurent réglé ce problème, Argyll se dirigea vers la station de taxis.

Vu l'heure matinale, ils n'eurent heureusement pas affaire à l'un de ses sympathiques chauffeurs de taxi volubiles tant vantés par les guides touristiques. Le leur était taciturne, il ne leur adressa pas la parole pendant toute la traversée de Park Lane, Bayswater Road et Notting Hill, jusqu'aux stucs blancs de l'élégant quartier de Holland Park.

« Le négoce des œuvres d'art semble plus lucratif à Londres qu'à Rome, observa Flavia au moment où ils descendirent de voiture devant une maison qu'Argyll se rappelait vaguement comme étant celle de Byrnes. Son abri de jardin est plus vaste que notre appartement.

— Voilà une bonne raison pour en prendre un plus grand.

— Pas pour le moment, Jonathan.

— Je sais. Je me suis souvent demandé quel était son secret. Peut-être est-il meilleur marchand que moi.

— Loin de moi cette pensée ! »

L'un des avantages qu'il y a à être un galeriste prospère et de grande notoriété en fin de carrière, c'est qu'on peut laisser des subordonnés s'occuper de la plupart des choses sérieuses et se dispenser de se lever aux aurores pour gagner sa croûte. Pendant que d'aucuns avalent café sur café, on dort toujours du sommeil du juste. Au moment où ils se précipitent vers les stations de métro, on s'assoit dans sa cuisine pour prendre tranquillement son petit déjeuner. Comme ils s'attellent fébrilement à la tâche, on parcourt le courrier des lecteurs du journal.

Et lorsque des fugitifs débraillés sonnent à la porte à six heures quarante-cinq du matin, on dort en général à poings fermés et on est très mécontent d'être réveillé.

239

Cela vaut aussi pour l'épouse, laquelle, lorsqu'elle finit par ouvrir la porte après que Flavia eut appuyé pendant plusieurs minutes sur la sonnette, réserva un accueil glacial aux nouveaux arrivants. Elle les prit d'abord pour des clochards, ou pire. Alors qu'Argyll et Flavia se considéraient comme des personnes relativement présentables dotés de visages francs et avenants qui inspirent d'emblée confiance, lady Byrnes découvrit deux pauvres hères désemparés et crasseux ayant besoin d'un bon bain. En outre, ils avaient nettement l'air de fugitifs en cavale, et la femme, qui eût pu être jolie si elle s'était repeignée et changée, possédait l'œil hagard et le regard vague que lady Byrnes, comme tous les bien-pensants déplorant le déclin des valeurs morales, associa sur-le-champ à la drogue ou à quelque chose de plus grave. De toute façon, c'était, sans doute aucun, le genre de personnes qui allaient lui demander de l'argent. Là-dessus, on le sait, elle ne se trompait pas.

« Bonjour ! lança Argyll du même ton que si on l'attendait pour le thé. Vous devez être lady Byrnes... »

Se drapant plus étroitement dans sa robe de chambre afin de se prémunir contre toute attaque soudaine, elle reconnut avec une certaine réticence que tel était bien le cas.

« Nous ne nous sommes jamais rencontrés, précisa Argyll, mais il y a encore environ un an je travaillais pour votre mari.

— Vraiment ? » demanda-t-elle d'un ton froid. À ses yeux, même s'il avait été la bonne fée de son mari, ce n'était pas une raison pour débarquer à cette heure.

« Est-il là ?

240

— Évidemment qu'il est là ! Où pensez-vous qu'il puisse être à une heure pareille ?

— Je sais qu'il est un peu tôt, insista Argyll, et je sais qu'il n'aime pas être dérangé pendant son sommeil, mais nous aimerions le voir. Ah ! permettez-moi de vous présenter Flavia di Stefano, de la police romaine chargée de la protection du patrimoine artistique. Elle a jadis failli arrêter votre mari. »

Étrangement, Argyll s'imaginait qu'après cette révélation ils seraient soudain reçus à bras ouverts. Il choisit donc de ne pas en dire plus, espérant être invité chaleureusement à entrer dans la demeure des Byrnes. Au demeurant, en femme bien élevée et ayant du savoir-vivre, Elizabeth Byrnes fit un pas en arrière et déclara :

« Alors passez attendre Edward à l'intérieur pendant que je vais le réveiller. »

Tout n'était que calme et sérénité. On les avait introduits dans un petit salon aux rideaux de velours, aux divans recouverts de chintz et où plusieurs pendules émettaient de sonores tic-tac. Le pâle soleil matinal traversait les portes-fenêtres, et les peintures accrochées aux murs, ainsi que les statues reposant sur leurs socles, avaient l'air d'être tout à fait chez elles. L'air embaumait les fleurs fraîches et séchées. Tout respirait une profonde tranquillité. Après les événements des deux derniers jours, on avait l'impression de se trouver dans un tout autre monde.

« Dieu du ciel ! Dans quel état vous êtes ! lança de l'entrée une voix calme, cultivée mais un rien ironique. Sir Edward Byrnes, enveloppé dans son

241

peignoir de soie, l'air perplexe, clignait des yeux, tout en bâillant à se décrocher la mâchoire.

« Salut ! fit Argyll, en se forçant à prendre un ton enjoué. Je parie que vous ne nous attendiez pas !

— C'est le moins qu'on puisse dire ! Mais je suis certain que vous avez une explication amusante à me fournir. Auriez-vous envie d'un peu de café ? »

C'est ce qui était bien avec Byrnes. Toujours imperturbable. Durant toutes ces années, Argyll ne l'avait jamais vu sourciller. Pas l'ombre d'un plissement du front. Ils le suivirent dans la cuisine puis le regardèrent s'activer. C'est là qu'apparut son point faible : quelles que soient sa notoriété et son éminente compétence professionnelle, les questions culinaires n'étaient pas son fort. Après avoir hésité quelques instants sur la manière de mettre en marche la cafetière électrique, s'être demandé nerveusement où sa femme pouvait bien ranger le lait – Argyll suggéra le réfrigérateur – et enquis si du sucre glace ferait l'affaire, il laissa Flavia prendre la direction des opérations. Ayant horreur de ce genre de maladresse, en temps normal elle l'aurait laissé se débrouiller tout seul, mais là, elle était à bout de nerfs. Elle aimait dormir et devenait quelque peu irritable quand elle n'avait pas eu une dose raisonnable de sommeil. Regarder un marchand de tableaux rondouillard, drapé ou non dans de la soie, exhiber sans vergogne sa gaucherie risquait de la rendre agressive. Mais puisqu'ils étaient venus pour le taxer, ça n'aurait pas été très malin.

« Oh ! merveilleux ! s'écria Byrnes, éperdu d'admiration devant la manière dont elle introduisait le café dans la machine.

— Simple question d'habitude, répliqua-t-elle sèchement.

— Nous avons un service à vous demander, s'empressa de dire Argyll. Nous sommes dans un certain embarras. Vous savez comment c'est... »

Byrnes ne savait pas. Il ne s'était jamais trouvé dans une situation un tant soit peu passionnante, sauf durant le bref épisode où Flavia avait songé à l'arrêter. Bien sûr, ç'avait été aussi la faute d'Argyll. Une fois réveillé, cependant, il aimait écouter le récit des aventures vécues par les autres.

« Je vous écoute... »

La langue utilisée étant celle d'Argyll, ce fut lui qui résuma l'intrigue jusque-là, omettant les détails insignifiants tels que le vol commis par Flavia au détriment d'autres voyageurs. On ne peut jamais prévoir le moment où les gens vont se mettre à vous faire la morale.

« Comme tout cela est affreusement compliqué ! s'exclama Byrnes à la fin du récit. Quelqu'un semble absolument déterminé à vous faire des queues de poisson, pour ainsi dire. Pourquoi donc ? Êtes-vous certains que ça a quelque chose à voir avec ce tableau ? »

Argyll haussa les épaules.

« Je suppose, oui. Enfin, jusqu'à ce que je m'en occupe, ma vie était toute simple et très banale. Rien de problématique, à part les factures habituelles à régler.

— Les affaires vont mal, c'est ça ?

— Très.

— Vous voulez un travail ?

— Que voulez-vous dire ?

243

— On pourra en reparler plus tard, si vous le souhaitez. Une chose à la fois. Dites-moi, que se passerait-il si vous rentriez chez vous et oubliiez toute cette histoire ?

— Rien du tout. Mais Flavia traverse une de ses périodes d'entêtement.

— J'ai entendu parler de Rouxel, dit Byrnes, l'air songeur. N'est-ce pas lui qui doit recevoir...

— Oui, fit Flavia, d'un ton las. C'est lui-même.

— Et vous avez établi qu'il ne disait pas l'entière vérité.

— Oui. Rien ne l'y obligeait, certes. Il ne témoignait pas sous serment.

— Et si le fait de posséder ce tableau mène à une mort atroce, il y a toute raison de penser qu'il s'est dit qu'une petite inexactitude serait excusable, continua Byrnes. Après tout, puisque ma femme a pris Argyll pour un voyou, n'était-il pas probable que Rouxel ait eu la même réaction ? Si on m'avait volé un tableau et que tout d'un coup un parfait inconnu me proposait de me le restituer, ma première réaction serait de me demander s'il ne l'avait pas volé lui-même. Et si ensuite il me débitait une histoire de meurtres, je me poserais peut-être la question de savoir s'il ne s'agit pas d'une menace voilée. »

Argyll ne fut pas convaincu par ces arguments.

« Mais si j'avais voulu le tuer, j'aurais pu le faire à ce moment-là.

— Comme il ne connaît pas vos intentions, il est perplexe et sans doute quelque peu inquiet. Un individu se comporte de manière menaçante et cela aurait un rapport avec lui et son tableau, par conséquent le mieux c'est de nier. Après ça...

— Après ça, toute personne sensée appelle la police, intervint Flavia. Ce qu'il n'a pas fait.

— Vous recevez cependant la visite de l'homme à la cicatrice et vous me dites qu'il est fort possible qu'il s'agisse d'un policier. Ou bien est-il censé être un assassin ? Il ne peut pas être les deux à la fois, si ?

— On n'en sait rien, répondit Argyll, l'air penaud. Mais il y a ce Besson qui a été arrêté et qui, deux jours plus tard, débarque dans la galerie de Delorme, rue Bonaparte. Ça semble indiquer...

— Que c'était bien un policier, dit Flavia à contre-cœur, mais...

— Mais quoi ?

— Mais il se trouvait en Italie sans avoir demandé d'autorisation. Janet nie totalement le connaître.

— Ils appartiennent à deux services différents ? suggéra Byrnes.

— Quand il a abordé Argyll à la gare de Lyon, il n'a pas essayé de l'arrêter, comme on s'y serait normalement attendu. Si c'est un policier, il a un comportement très bizarre !

— Inutile de vous énerver contre moi. Il ne s'agissait que d'une suggestion.

— Bien. Je vais m'en souvenir. Entre-temps...

— Entre-temps vous feriez mieux de me dire à quoi je dois le plaisir de cette visite à l'improviste. Même s'il est agréable de discuter de ces questions passionnantes avec vous.

— J'espérais que vous pourriez nous rendre un service, commença Argyll.

— Apparemment.

— Nous avons un petit problème d'argent. Il s'agirait d'un emprunt, vous comprenez, qu'on vous remboursera dès que Flavia pourra remplir sa note de frais. »

Byrnes hocha la tête.

« Il nous faudrait aussi une voiture. J'avais l'intention d'en louer une, mais aucun de nous deux n'a pris son permis de conduire. » Il fit un pâle sourire.

« Ah ! très bien ! mais à une condition.

— Laquelle ?

— C'est une voiture propre. Avant de l'emprunter, il vous faut prendre un bain et aller acheter des vêtements neufs. Ensuite, vous mangerez quelque chose avant de vous reposer. Ce sont des conditions sine qua non. »

Ils les acceptèrent. Byrnes s'empressa d'aller chercher l'argent et les clés tandis que les deux jeunes gens finissaient leur café.

« Quel homme serviable ! dit Flavia après le retour de Byrnes qui avait également accepté de téléphoner à Bottando pour lui apprendre où ils se trouvaient.

— N'est-ce pas ? Bien qu'il ait l'air d'un vieil esthète pompeux et suffisant, en réalité il possède un cœur d'or. »

Malheureusement il possédait aussi une Bentley, une immense bagnole étincelante qu'il leur montra lorsqu'ils ressortirent pour aller acheter des vêtements, une partie de la fortune des Byrnes entre les mains. Cela rendit Argyll plutôt nerveux. Une seule rayure sur une portière coûterait probablement plus en réparation, qu'il ne gagnait pendant toute une année. Byrnes

246

n'aurait-il pas une Mini Cooper ? une Fiat Uno ? une Volkswagen ? quelque chose d'un peu moins ostentatoire ? plus en harmonie avec la modeste position d'Argyll sur l'échelle sociale ?

« Je crains de n'avoir rien d'autre à vous offrir, répondit Byrnes. Ne vous en faites pas, je suis sûr que vous allez vous y adapter. C'est une bonne petite voiture. »

Il y a des gens, se dit Argyll, en sortant nerveusement dans la rue en marche arrière quelques heures plus tard, qui ne vivent vraiment pas dans le monde réel.

« Et quel genre d'endroit est-ce, là où on va ? demanda Flavia dès qu'Argyll eut suffisamment recouvré son calme pour pouvoir reprendre la conversation.

— Upper Slaughter ? C'est juste un adorable petit village des Cotswolds. » Il traduisit en italien : « Ça veut dire "le Haut Massacre."

— Comme ça tombe bien ! Est-ce grand ?

— Minuscule. J'espère qu'il y a un pub ou un restaurant pas très loin. Peut-être dans le village voisin. On peut s'y arrêter en premier. Pour tâter le terrain.

— Comment s'appelle le village voisin ?

— Lower Slaughter, bien sûr. "Le Bas Massacre."

— Évidemment ! Suis-je bête ! C'est loin ?

— À environ quatre-vingts miles. Soit cent trente kilomètres. Ça nous prendra environ cinq jours à l'allure où on va. »

Finalement l'embouteillage se résorba un peu et le talent d'Argyll pour faire la conversation s'épuisa. Cela faisait longtemps qu'il n'avait pas conduit dans son propre pays et il était terrorisé. La seule pensée des frais qu'entraînerait une erreur de conduite au volant de la voiture de Byrnes lui donnait des sueurs froides. Rouler sur ce qu'il considérait désormais comme le mauvais côté de la chaussée, ajouté à un comportement routier diamétralement opposé à celui pratiqué en Italie, lui faisait crisper les doigts sur le volant, serrer les dents et se concentrer de toutes ses forces pour résister au désir d'effectuer de périlleuses figures à la romaine, ce qui n'aurait pas manqué de créer un énorme bouchon. Il transpirait déjà moins au moment où il quitta l'autoroute à Oxford, et lorsqu'ils prirent la direction de l'ouest – au milieu d'une circulation toujours intense mais avançant à une allure plus modérée – il éprouva presque du plaisir à tenir le volant. Ce n'est pas du tout comme en Italie, pensa-t-il, mais ça possède un charme particulier. Conduite sereine et prudente. Malgré toutes ces bagnoles partout.

Dès qu'ils quittèrent cette route pour se diriger vers le nord, ils laissèrent derrière eux les derniers banlieusards. Flavia indiquait l'itinéraire du mieux qu'elle pouvait, et Argyll commençait à se rappeler des fragments de paysage de sa jeunesse.

« Encore dix kilomètres et nous y sommes. Ce qu'il faut, c'est trouver un pub. »

Ce fut étonnamment facile. Rien de tel qu'un peu d'argent – surtout quand il appartient à quelqu'un d'autre – pour tirer le meilleur parti d'un coin tranquille de la campagne anglaise. Le village suivant possédait un bon hôtel, quoique extrêmement cher, le genre d'endroit tout à fait au-dessus des moyens d'Argyll. Mais, comme Flavia avait un penchant pour le confort et qu'ils étaient tous les deux fatigués, ils s'en contentèrent. Il y avait même un restaurant potable, et un bar auquel Flavia – qui raffolait de couleur locale – se rendit sur-le-champ tandis qu'Argyll s'empressait d'aller garer la voiture.

Puisque c'était, croyait-elle, ce qui se faisait dans un pub anglais, elle se jucha sur un tabouret du comptoir, contempla la scène d'un air approbateur, commanda un demi dans son meilleur anglais et décocha un radieux sourire au serveur peu loquace.

« La d'moiselle est en vacances, hein ? » demanda-t-il, parce qu'il n'avait rien de mieux à faire et non parce qu'il avait envie de parler. La saison touristique était presque terminée. De toute façon, ç'avait été une saison pourrie.

En effet, répondit-elle. Ils faisaient du tourisme, allant d'un endroit à l'autre. Oui, elle trouvait la région très jolie.

Satisfait, le barman devint vraiment bavard.

« Vous venez de l'étranger ? »

Tout à fait. Bien que son ami soit anglais.

« Ah !... N'est pas étranger, lui ?

— Non. Anglais », répondit-elle, tout en notant que ses phrases devenaient aussi courtes que celles du barman. Ils hochèrent la tête de concert, Flavia essayant d'élargir un peu le débat, le barman guettant l'occasion d'y mettre fin pour pouvoir retourner essuyer ses verres à l'autre bout du bar.

« On a pas mal d'étrangers par ici, reprit-il après quelques instants, histoire de ne pas être trop impoli.

— Ah oui ? s'écria-t-elle avec vivacité.

— Mmm », fit-il, pensant, semblait-il, que ce n'était pas là un sujet de discussion si passionnant qu'il méritait d'être approfondi.

Elle but une petite gorgée de sa bière, dont le goût la surprit, tout en souhaitant qu'Argyll se dépêche.

« On est venus voir un ami, dit-elle.

— Ah ! fit-il, vraiment intéressé, cette fois-ci.

— En tout cas, c'est notre intention. Jonathan – c'est mon ami – le connaissait il y a de très très nombreuses années. Tout ce qu'on espère, c'est qu'il est toujours vivant. Il s'agit d'une visite surprise. »

Le barman n'avait pas l'air d'approuver les visites surprises.

« Peut-être le connaissez-vous ? » poursuivit-elle sans se laisser démonter. Il paraissait assez légitime de tenter le coup. Ce n'était pas un endroit très peuplé.

« Il s'appelle Richards.

— Vous voulez dire Henry Richards ?

— Exactement.

— Le Dr Richards, c'est ça ?

— C'est très possible.

— Turville Manor Farm ?

— Oui ! s'écria-t-elle, avec de plus en plus de fougue. C'est lui-même !

— Mort, déclara-t-il d'un ton sans réplique.

— Oh non ! s'exclama-t-elle sincèrement déçue. Vous êtes sûr ?

— Porté le cercueil à l'enterrement.

— Oh ! C'est affreux ! Le pauvre homme ! Que s'est-il passé ?

— L'est mort. »

Comme elle était visiblement bouleversée par la nouvelle, il pensa qu'il ne pouvait pas l'abandonner ainsi, même s'il lui tardait de retourner polir ses verres.

« Surpris que vous le connaissiez, tout de même.

— Pourquoi ? Tout de même quoi ?

— Oh ! l'a dû mourir... Quand donc c'était ?... Y a au moins douze ans. Ami de la famille, c'est ça ?

— En quelque sorte, répondit-elle, ayant, elle aussi, cessé de s'intéresser à la conversation.

— Sa femme vit toujours. Pourriez p't-être aller la voir. L'est bizarre, pour sûr. Ne reçoit pas beaucoup de visites, m'est avis.

— Que voulez-vous dire par "bizarre" ? »

Le barman haussa les épaules, posa le torchon avec lequel il essuyait les verres, puis revint vers le bout du bar où était assise Flavia. Elle lui offrit à boire pour le river sur place.

« C'est une recluse, comme qui dirait. Ne sort jamais. C'est une dame assez gentille, mais malade. Ne s'est jamais remise de sa mort. Couple très uni.

— Quelle tristesse ! Ils sont restés mariés longtemps ?

— Ah ! Un bon bout de temps ! Pour sûr, elle était bien plus jeune que lui.

— Ah !

— On dit qu'ils s'étaient rencontrés à l'hosto. Je crois qu'ils se sont mariés, voyons voir... juste après la guerre, si j'me rappelle bien.

— Elle l'a soigné comme infirmière, c'est ça ?

— Elle ? Non. Il était son toubib, d'après ce qu'on dit. Elle était belle. On n'a jamais su ce qu'elle avait, mais elle souffrait sans arrêt. Ça n'a pas arrangé son physique.

— Son mari était dans l'armée, n'est-ce pas ? Je veux dire, pendant la guerre ? »

La question de Flavia était de pure forme. Il était désormais évident que quels que soient les espoirs qu'ils avaient fondés sur ce voyage, ils allaient être déçus. Richards, qui constituait leur seule piste concrète, était mort. Il faudrait pourtant qu'ils aillent rendre visite à la vieille malade, au cas où. Mais, quoi qu'ait pu savoir Richards sur Hartung, il avait dû emporter ses secrets dans la tombe. S'ils ne s'étaient mariés qu'après les événements, il n'y avait guère de chance que sa femme soit très au courant.

« Lui ? Mais non... Qu'est-ce qui a bien pu vous faire croire ça ?

— Juste quelque chose qu'on m'a dit.

— Oh non ! mad'moiselle. P't-être qu'y a erreur sur la personne. Non, c'était un docteur. Un chirurgien. Un... comment qu'on dit déjà ? Un qui rafistole les gens. »

Ils fouillèrent dans leur vocabulaire respectif pour trouver le mot juste.

« Un plasticien ? suggéra-t-elle, après que plusieurs autres spécialisations médicales eurent été écartées.

— C'est ça. Il a d'abord travaillé sur les brûlés pendant la guerre. Vous savez, des soldats, des gens comme ça.

— Vous en êtes certain ?

— Oh oui ! Ça, je m'en rappelle très bien.

— Quel âge avait-il donc ?

252

— Quand il est mort ? Oh ! très vieux. Célibataire, presque toute sa vie. Tout le monde a été surpris quand il s'est marié avec elle. Content, pour sûr, mais surpris tout de même. »

Cette conversation leur coupa l'appétit à tous les deux, ce qui était plutôt dommage, vu le prix du repas.

« Mais on ne peut quand même pas avoir commis une si grande erreur ? se lamenta Argyll tout en triturant sa nourriture dans son assiette avec sa fourchette. Ce gars était-il certain qu'il n'y avait pas d'enfants ?

— Absolument. Une fois qu'il a commencé à parler, j'ai eu l'impression qu'il connaissait la biographie de tous les habitants à cinquante kilomètres à la ronde. Il a été catégorique : Richards était un pionnier dans son domaine. Pendant la guerre, il avait monté au pays de Galles une unité spécialisée dans les grands brûlés et il y a travaillé pendant toute la durée des hostilités. Il avait déjà près de cinquante ans. Il ne s'est marié qu'une fois, et c'est après la guerre, avec cette femme. Ils n'ont pas eu d'enfants.

— En d'autre termes, ce n'était pas le genre de personne qui aurait pu participer à la Résistance à Paris, en 1943.

— Non.

— Ce qui nous laisse les cousins, les neveux, les frères et tutti quanti.

— Je suppose. Mais le barman n'en a mentionné aucun.

— Vois le bon côté des choses ! s'exclama-t-il aussi joyeusement que possible. Si c'était l'homme qu'on cherche, il serait mort, un point c'est tout, et on serait dans une impasse. Comme ce n'est probablement pas lui, il nous reste une petite chance de dénicher quelque chose.

— Tu le crois vraiment ? » demanda-t-elle d'un ton sceptique.

Il haussa les épaules.

« Autant le croire, vu que c'est notre seul espoir. Où est situé le Manor Farm en question ? Tu sais où c'est ? »

En effet. On lui avait indiqué la route. Ça se trouvait à environ trois kilomètres à l'ouest du village. Argyll suggéra qu'ils s'y rendent sur-le-champ. De toute façon, il n'y avait rien d'autre à faire.

16

Avant de partir ils voulurent téléphoner pour annoncer leur visite. Mais, comme le fit remarquer le barman, ce serait difficile étant donné que Mme Richards n'avait pas le téléphone... Elle était servie par une infirmière à demeure et par un homme à tout faire qui s'occupait de la maison. Elle ne voyait pratiquement que ces deux personnes. Il n'était pas persuadé qu'elle serait contente d'avoir de la visite. Mais s'ils étaient des amis de son mari – il ne cherchait pas à cacher qu'il trouvait ça assez improbable –, il se pouvait qu'elle accepte de les recevoir.

N'ayant guère le choix, ils s'engouffrèrent dans la voiture et parcoururent les trois kilomètres environ qui les séparaient de Turville Manor Farm. C'était une bâtisse bien plus imposante que celle qu'avait imaginée Flavia en découvrant l'étroite ouverture dans la haie et le chemin boueux, mal entretenu, qui menait de la petite route à la maison. À première vue, il ne s'agissait pas non plus d'une ferme. En tout cas, il n'y avait pas le moindre signe d'activité agricole.

S'il avait eu du charme autrefois – Argyll, qui s'y connaissait, devina qu'on l'avait construit à peu près à l'époque où Jean Floret appliquait les dernières touches à son tableau représentant Socrate –, le beau manoir aux admirables proportions n'était plus au mieux de sa forme. Quelqu'un avait commencé à repeindre la dizaine de fenêtres de la façade principale, mais s'était arrêté après la troisième. La peinture des autres fenêtres s'écaillait, le bois des cadres pourrissait et plusieurs carreaux étaient brisés. Sur l'une des façades, un lierre avait pris une telle ampleur qu'il menaçait d'envahir toute la maison et avait déjà fait disparaître deux fenêtres sous ses feuilles. La pelouse était un vrai désastre, des mauvaises herbes et des fleurs sauvages poussaient de-ci, de-là, débordant sur ce qui avait jadis été une allée de gravier. Si on ne les avait pas informés que le manoir était habité, Flavia et Argyll ne l'auraient jamais cru.

« Ce n'est pas du préfabriqué, commenta Argyll. C'est une jolie maison, malgré tout.

— Personnellement, je trouve ça tout à fait déprimant, dit Flavia en sortant de la voiture dont elle claqua la porte. Ça ne fait que confirmer mon intuition : je suis sûre qu'on est en train de perdre notre temps. »

En son for intérieur Argyll partageait son point de vue, mais préférait se taire. Immobile, les mains dans les poches, les sourcils froncés, il examina le bâtiment.

« Pas le moindre signe de vie, fit-il. Allons ! Finissons-en ! »

Il gravit le premier le perron moussu, dont les marches s'effritaient, et sonna à la porte d'entrée.

S'apercevant que la sonnette ne fonctionnait pas, il frappa, d'abord discrètement, puis bien plus fort.

Aucune réaction.

« Alors, qu'est-ce qu'on fait ? » demanda-t-il en se retournant vers Flavia.

La jeune femme s'approcha, cogna à la porte de manière beaucoup plus agressive et, lorsqu'il n'y eut pas davantage de réponse, actionna la poignée.

« Je n'ai pas l'intention de refaire tout le chemin en sens inverse parce que personne ne veut prendre la peine de répondre », déclara-t-elle d'un ton acerbe en pénétrant dans la maison.

S'immobilisant dans le vestibule, elle hurla : « Holà ! Y a quelqu'un ? », puis attendit que l'écho de ses paroles faiblisse.

La demeure était joliment meublée. Sans doute ne recelait-elle pas de magnifiques trésors ignorés, mais son mobilier massif et de qualité était en parfaite harmonie avec l'architecture. Un vigoureux coup de chiffon et de balai aurait suffi à produire des miracles, se dit Argyll en embrassant la pièce du regard. Mais, pour le moment, l'atmosphère de tristesse et de désolation l'emportait.

De plus, il y faisait très froid. Quoique dehors le temps ait été aussi chaud qu'on puisse l'espérer pendant un automne anglais, l'intérieur de la maison était défraîchi, humide et dans l'état que seul peut produire un abandon prolongé.

« J'en viens à espérer que la maison est vide, dit Argyll, pour qu'on puisse déguerpir le plus vite possible.

— Chut ! Je crois que j'entends quelque chose.

— Dommage ! »

On percevait un grattement en haut de l'escalier sombre et excessivement sculpté. Maintenant qu'il s'était tu pour écouter, Argyll comprit que Flavia avait raison. Il était difficile d'identifier le bruit, en tout cas, ça n'avait rien d'un bruit de pas.

L'espace d'un instant ils se regardèrent, perplexes.

« Holà ! cria Argyll à son tour.

— Inutile de rester en bas à hurler, lança depuis le palier une voix ténue et acariâtre. Je ne peux pas descendre. Montez jusqu'ici si vous voulez me voir pour une affaire sérieuse. »

Ce n'était pas seulement la voix d'une personne âgée, mais celle d'une malade. Faible sans être douce, elle était désagréable, voire revêche, comme si la personne ne souhaitait même pas prendre la peine d'ouvrir la bouche. En outre, l'accent était bizarre.

Argyll et Flavia se jetèrent un regard indécis. Puis elle lui fit signe de monter et il gravit l'escalier le premier. La femme se tenait au milieu d'un couloir mal éclairé. Elle était vêtue d'une épaisse robe de chambre vert sombre et portait les cheveux longs, de maigres mèches balayant son visage. De grosses chaussettes enserraient ses jambes, des moufles de laine couvraient ses mains. Elle agrippait un déambulateur tubulaire, lequel, en avançant péniblement sur le plancher, centimètre par centimètre, produisait le bruit qu'ils avaient entendu.

La vieille femme – sans doute Mme Richards, la recluse, se dirent-ils – respirait avec difficulté, inspirant l'air bruyamment, comme si l'effort d'avoir marché cinq mètres tout au plus l'avait épuisée.

« Madame Richards ? » demanda doucement Flavia, se faufilant prestement devant Argyll.

La vieille femme se tourna et leva les yeux au moment où Flavia l'aborda. Elle cligna un peu les paupières et hocha la tête.

« Je m'appelle Flavia di Stefano. J'appartiens à la police romaine. Je viens d'Italie. Je suis absolument désolée de vous déranger, mais j'aurais aimé vous poser quelques questions. »

La femme semblait plongée dans ses pensées, et n'eut pas la moindre réaction.

« C'est très important et nous pensons que vous êtes peut-être la seule personne susceptible de nous aider. »

Elle refit un lent signe de tête, puis regarda vers Argyll qui se tenait à l'écart.

« Qui est-ce ? »

Flavia fit les présentations.

« Savez-vous où est Lucy ? demanda-t-elle soudain.

— Qui donc ?

— Mon infirmière. J'ai dû mal à me déplacer sans son aide. Votre ami pourrait-il me ramener dans mon lit ? »

Argyll s'approcha tandis que Flavia emportait le déambulateur.

Elle fut étonnée de la gentillesse avec laquelle il s'occupa de la vieille femme. D'habitude, il était nul dans ce genre de situation, mais cette fois-ci il la souleva dans ses bras, suivit le couloir et la déposa en douceur sur son lit, ramenant sur elle draps et couvertures et s'assurant qu'elle était confortablement installée.

La chambre était une véritable fournaise. Dans l'atmosphère surchauffée régnait l'odeur suffocante de la maladie et de la décrépitude. Flavia avait envie d'ouvrir la fenêtre pour faire entrer un peu d'oxygène et de tirer les vieux rideaux pour laisser passer la lumière. Si de l'air pur et frais circulait dans la pièce, la vieille dame s'en trouverait sans doute beaucoup mieux.

« Venez ici », ordonna Mme Richards, en s'adossant à la grosse pile de coussins qui la maintenait presque en position assise. Flavia s'approcha et la femme scruta longuement son visage avant de le frôler des doigts. Il était difficile de rester impassible.

« Vous êtes une jolie jeune femme, dit-elle avec douceur. Quel âge avez-vous ? »

Flavia le lui dit et Mme Richards hocha la tête.

« Vous avez de la chance, beaucoup de chance. Je vous ressemblais autrefois. Il y a bien longtemps. Il y a une photographie de moi sur la coiffeuse. Quand j'avais votre âge.

— Celle-ci ? » demanda Argyll en prenant une photo dans un cadre d'argent. Elle représentait une femme d'une vingtaine d'années, le visage tourné de trois quarts vers l'appareil, qui riait comme si quelqu'un venait de faire une plaisanterie. C'était un visage rayonnant d'espoir et de bonheur, sans la moindre trace de peine ou de souci.

« Oui. On a du mal à y croire, vous dites-vous. Il y a si longtemps... »

C'était malheureusement vrai : on ne voyait pas l'ombre d'une ressemblance entre la jeune fille heureuse de la photo et la vieille tête ridée appuyée sur l'oreiller. Et dans cette chambre délabrée, crasseuse, mal tenue, on eût dit un souvenir d'un autre temps.

« Pourquoi êtes-vous ici ? Que voulez-vous ? demanda-t-elle en reportant son attention sur Flavia.

— Il s'agit du Dr Richards. De ses expériences pendant la guerre. »

Elle ne parut pas comprendre.

« Henry ? Vous voulez parler du service des grands brûlés. Il était chirurgien, vous savez.

— Oui. Nous sommes au courant. Nous nous intéressons à ses autres activités.

— Il n'en avait pas d'autres, que je sache.

— Son travail en France avec Pilote, je veux dire. »

Peu importait ce que la femme allait dire désormais, Flavia comprit sur-le-champ qu'elle savait parfaitement ce qu'était Pilote. Et cependant elle eut une étrange réaction. Elle ne prit pas un air surpris, ne fit pas semblant, de manière maladroite et naïve, de ne pas saisir l'allusion. Au lieu de cela, elle réagit avec une certaine circonspection et une prudence relativement sereine. On aurait dit qu'elle se retrouvait sur un territoire familier où elle se sentait en sécurité. Un peu comme si ce n'était pas la première fois qu'on lui posait cette question.

« Mais qu'est-ce qui vous fait donc penser que mon mari était au courant de ce "Pilote" ?

— Apparemment, après la guerre il a fait une déposition à Paris devant un tribunal. On a les documents.

— Il a témoigné ?

— Son nom se trouve dans le dossier.

— Vous en êtes sûre ?

— Oui.

— Henry Richards ?

— Un nom comme ça. À cette adresse.

— Oh !

— Quelque chose ne va pas ?

— Je me demandais pourquoi tout d'un coup quelqu'un s'intéressait à mon mari. Ça fait des années qu'il est mort. »

Elle se tourna de nouveau vers Flavia, réfléchissant soigneusement avant de parler :

« Et maintenant vous mentionnez Pilote. Vous êtes italienne ?

— Oui.

— Et vous vous intéressez à Pilote. Pourquoi, si je puis vous poser la question ?

— Parce que des gens se font tuer.

— Qui se fait tuer ?

— Un dénommé Muller, et un autre homme du nom d'Ellman. Tous les deux ont été tués à Rome la semaine dernière. »

La tête de Mme Richards s'étant affaissée vers l'avant pendant que Flavia parlait, celle-ci avait un peu peur que la vieille femme ne se soit endormie. Mais elle releva la tête, l'air réfléchi et circonspect.

« Et c'est pour ça que vous êtes venus ici.

— Nous avons pensé que votre mari était peut-être toujours vivant. Il est possible que quiconque sait quelque chose sur Pilote puisse être en danger. »

La vieille femme fit un pâle sourire.

« Et de quel danger s'agit-il ? demanda-t-elle d'un ton quelque peu narquois.

— D'être assassiné. »

Elle secoua la tête.

« Ce n'est pas un danger. C'est une chance.

— Je vous demande pardon ?

— Je suis la personne que vous cherchez.

— Pourquoi vous ?

— Je suis la personne qui a fait ce témoignage. Et qui l'a signé. Je m'appelle Henriette Richards.

— Vous ?

— Et dans l'état où je me trouve, le seul sentiment que j'éprouve à l'égard de ce Muller et de cet Ellman, c'est de l'envie.

— Mais voulez-vous nous aider ? »

Elle secoua la tête.

« Non.

— Pourquoi ?

— Parce que tout le monde est mort aujourd'hui. Moi y compris. Ça ne servirait à rien. J'ai passé ce demi-siècle à essayer d'oublier tout ça. J'y avais réussi jusqu'à votre venue. Je ne veux pas en parler.

— Mais, je vous en supplie, tant de choses sont en jeu...

— Ma chère petite, vous êtes jeune et belle. Suivez mon conseil. Cette affaire concerne des cadavres. Vous n'en retirerez que du chagrin. C'est une histoire ancienne qu'il vaut mieux enterrer. C'est mieux. Personne n'en tirera profit et moi, je souffrirai. Je vous en prie, laissez-moi en paix. Tout le monde est mort.

— Ce n'est pas vrai, dit calmement Argyll depuis la fenêtre d'où il dominait la scène. Il reste une personne. Si Flavia ne découvre pas le fin mot de l'histoire, il se peut qu'un autre meurtre soit commis.

— Qui d'autre ? demanda-t-elle avec mépris. Il n'y a personne.

— Quelqu'un du nom de Rouxel. Jean Rouxel. On ne sait pas pourquoi, mais il risque d'être la prochaine victime. »

Cette déclaration eut des conséquences imprévisibles. Mme Richards courba la tête une fois de plus, mais cette fois-ci quand elle la releva ses yeux étaient baignés de larmes.

Flavia se sentait horriblement mal à l'aise. Elle n'avait aucune idée de ce qui se passait dans la tête de la vieille dame, mais, quoi que ce soit, cette dernière était si bouleversée qu'elle en oubliait pour le moment ses souffrances physiques.

« Je vous en prie, dit Flavia, nous n'avons nullement l'intention de vous chagriner. S'il ne s'agissait pas de quelque chose de grave, nous ne serions pas là. Mais, si vous pensez vraiment qu'il vous est impossible de nous en parler, on vous laissera tranquille. »

Ces mots furent atrocement difficiles à prononcer, bien sûr. Qu'ils le veuillent ou non, cette vieille malade fragile constituait leur ultime espoir de découvrir l'origine des derniers événements, et il était affreusement pénible d'y renoncer. Mais, au moment où Flavia fit cette promesse, elle était sincère. Si cette femme avait dit : Eh bien ! d'accord, partez ! elle se serait levée et aurait quitté les lieux. Alors ils auraient pu rentrer à Rome et reconnaître leur échec. Argyll, en tout cas, aurait été ravi.

Heureusement sa proposition ne fut pas acceptée. Mme Richards s'essuya les yeux, et les lugubres sanglots s'espacèrent puis finirent pas cesser.

« Jean ? C'est vrai ? Vous en êtes sûre ? »

Flavia hocha la tête.

« J'en ai bien l'impression.

— S'il est menacé, il faut que vous le sauviez.

— Nous ne pouvons pas faire grand-chose si nous ne savons pas de quoi il retourne. »

Mme Richards secoua la tête.

« Si je vous aide, vous me promettez de veiller sur lui ?

— Oui.

— Parlez-moi de ces deux autres hommes, d'abord. Comment s'appellent-ils déjà ? Ellman ? Muller ? Qui sont-ils ? Et en quoi sont-ils liés à Jean ?

— Ellman est un Allemand qui, semble-t-il, s'appelait Schmidt avant de changer de nom. Muller a également changé de patronyme : autrefois il se nommait Hartung. »

Si, en entendant le nom de Rouxel, Mme Richards avait réagi comme si on lui avait asséné un coup, celui de Hartung produisit un effet similaire. Médusée, elle regarda fixement Flavia en silence, puis secoua la tête.

« Arthur ? chuchota-t-elle. Vous avez dit qu'Arthur était mort ?

— Oui. Il a été torturé avant de recevoir une balle. Nous croyons que le coupable est Ellman. À propos d'un tableau volé chez M. Rouxel, autant qu'on puisse en juger. Pourquoi ? Eh bien, c'est ce que nous espérions vous entendre expliquer. Comment saviez-vous qu'il se prénommait Arthur ?

— C'était mon fils », dit-elle simplement.

Cette révélation les prit de court. Le souffle coupé, Flavia et Argyll ne savaient plus que dire et demeurèrent donc silencieux. Par chance, de toute façon,

Mme Richards n'écoutait plus. Elle suivait désormais le fil de ses pensées :

« J'ai échoué en Angleterre par accident, c'est le cas de le dire. Quand les Alliés ont libéré Paris, ils m'ont trouvée et évacuée vers l'Angleterre pour que j'y sois soignée. Ils ont fait ça pour certaines personnes. J'ai été hospitalisée pendant plusieurs années, et c'est à l'hôpital que j'ai rencontré Henry. Il m'a traitée, s'est efforcé de me remettre sur pied. Comme vous pouvez le voir, il n'avait pas la tâche facile. Finalement, il m'a demandé de l'épouser. Je n'avais plus aucune attache en France et il avait été bon pour moi. Bienveillant. Alors j'ai accepté et il m'a emmenée ici.

« Je n'étais pas amoureuse de lui. Je ne pouvais pas l'être. Il le savait et le comprenait. Je le répète, c'était un homme bon, bien meilleur que ce que je méritais. Il a tenté de m'aider à enterrer le passé et, faute de mieux, il m'a permis de m'enterrer à la campagne. »

Elle les regarda en leur faisant un pitoyable sourire qui n'indiquait aucune joie.

« Et je suis restée là pour attendre la mort qui ne veut pas venir. Tous ceux auxquels je tenais sont morts avant moi et ils le méritaient bien moins que moi. J'ai gagné le droit de mourir. Sauf Jean qui mérite de continuer de vivre. Même mon pauvre Arthur est mort. Ce n'est pas naturel, n'est-ce pas ? Les fils doivent survivre à leur mère.

— Mais...

— Henry était mon second mari. Le premier était Jules Hartung.

— Mais on m'avait affirmé que vous étiez morte, dit Flavia avec un certain manque de tact.

266

— Je sais. Je devrais l'être. Vous paraissez perplexe.

— C'est le moins qu'on puisse dire...

— Alors, je vais commencer au tout début, vous voulez ? Je ne crois pas que cela vous intéressera le moins du monde, mais, si vous pensez que quelque chose peut aider Jean, vous n'aurez qu'à me demander. Vous allez lui apporter votre aide, n'est-ce pas ?

— S'il en a besoin.

— Bien. Comme je l'ai dit, mon premier mari était Jules Hartung. On s'est mariés en 1938 et j'ai eu de la chance de l'épouser. Ou, en tout cas, c'est ce qu'on m'a dit, à l'époque. Je suis née dans une famille qui a tout perdu pendant la Dépression. Nous avions mené la grande vie – domestiques, vacances, un bel appartement boulevard Saint-Germain –, mais avec le krach, petit à petit, tout a disparu. Mon père, qui était habitué à fréquenter la haute société, a dû y renoncer à contrecœur. Il vivait toujours au-dessus de ses moyens et peu à peu nous nous sommes appauvris. On s'est séparés des domestiques et on a pris des hôtes payants à la place. Même mon père a fini par comprendre qu'il devait travailler, quoiqu'il ait attendu que ma mère l'ait fait en premier.

« Finalement, j'ai rencontré Jules qui, apparemment, est tombé amoureux de moi. Du moins, il a dû croire que je ferais une épouse et une mère acceptables. Il a demandé ma main à mes parents, pas à moi, et ils ont accepté. Un point, c'est tout. Il avait près de trente ans de plus que moi. C'était un mariage sans passion ni tendresse. Très comme il faut. On se vouvoyait et on se manifestait un grand respect. Je ne sous-entends pas que c'était un méchant homme, au contraire. Vis-à-vis de moi, il était toujours correct, courtois et, je suppose, aimant, à sa manière. Vous voyez, je vous raconte mon histoire sans tenir compte de ce qui s'est passé par la suite.

« J'avais dix-huit ans, il en avait presque cinquante. J'étais exubérante et sans doute très immature, il était d'âge mûr, responsable, et c'était un homme d'affaires sérieux. Il dirigeait ses entreprises, gagnait de l'argent, collectionnait des œuvres d'art et lisait ses livres. J'aimais aller danser, passer du temps dans les cafés pour bavarder et, naturellement, j'avais les idées politiques de la jeunesse, tandis que Jules possédait le point de vue d'un industriel d'un certain âge.

« Je me suis aperçue que j'allais rendre visite à mes parents de plus en plus souvent, pas pour les voir, bien sûr, car ils étaient aussi ennuyeux que Jules et pas du tout aussi gentils, mais pour fréquenter les pensionnaires et les étudiants qui logeaient chez eux.

« Voyez-vous, mon père avait cru que mon mariage le remettrait à flot grâce aux belles sommes d'argent prodiguées par mon mari et qu'il pourrait reprendre son mode de vie d'antan. Jules ne l'entendait pas de cette oreille. Il n'aimait pas mon père et n'avait pas la moindre intention d'entretenir quelqu'un qui le méprisait ouvertement.

« Jules était un homme étrange à bien des égards. D'abord, comme je n'étais pas juive, son mariage avec moi a causé une sorte de scandale. Il m'a épousée malgré tout, affirmant qu'il était trop vieux pour se soucier du qu'en-dira-t-on. Il était aussi très peu exigeant : s'il insistait pour que je l'accompagne dans les réceptions et que j'en donne chez nous, à part ça il me fichait la paix. Je l'aimais bien : il m'apportait tout ce dont j'avais besoin, sauf l'amour.

« Et il m'en fallait. J'avais besoin d'être amoureuse.

« Puis la guerre a éclaté. Dès qu'il est devenu clair que ce serait un vrai désastre, nous avons décidé de partir. Jules avait deviné la suite. Quelles que soient ses imperfections, il était perspicace. Il savait que les Français n'étaient pas disposés à se battre et que les gens comme lui seraient les premiers à faire les frais de cette guerre. Il s'y était préparé et nous étions sur le point de partir pour l'Espagne quand j'ai ressenti les premières douleurs.

« Ç'a été un accouchement pénible. Je n'ai pas pu quitter le lit pendant plusieurs semaines dans des conditions atroces. Paris s'était vidé, les hôpitaux fonctionnaient mal et débordaient de blessés. Peu d'infirmières, encore moins de médecins, des médicaments en quantité insuffisante... Je ne pouvais pas bouger ; Arthur était si fragile qu'il serait mort. C'est pourquoi Jules est resté auprès de moi, et lorsqu'on aurait pu s'en aller, il était déjà trop tard. On ne pouvait pas partir sans autorisation et quelqu'un comme lui n'aurait pas pu en obtenir une.

« Alors la vie a peu à peu repris son cours. Il ne s'agissait pas d'un retour à la normale, évidemment, mais à une existence qui paraissait compréhensible et supportable. Jules n'avait qu'un souci : essayer de protéger ses affaires ; moi, j'ai recommencé à fréquenter les étudiants. Nos discussions nous ont conduits à décider qu'il fallait faire quelque chose pour résister. Le gouvernement et l'armée nous avaient trahis, alors il était temps de montrer ce que ça voulait dire d'être français.

« Tout le monde ne pensait pas comme nous ; en fait, rares étaient ceux qui réagissaient ainsi. Jules, comme je l'ai dit, ne cherchait qu'à éviter les ennuis. Mes parents, eux, avaient toujours été de droite. L'un après l'autre, les étudiants les ont quittés et ont été remplacés par des officiers allemands cantonnés chez eux. Mes parents en ont été ravis. Ils s'adaptaient parfaitement au nouvel ordre. Leurs penchants naturels avaient été renforcés par le refus de Jules de donner de l'argent. Comme ces penchants étaient officiellement encouragés, ils sont devenus ouvertement antisémites.

« Environ une année après l'armistice, il n'y avait plus qu'un seul hôte payant, un jeune étudiant en droit qui habitait là depuis des années. Il m'avait toujours plu, je l'avais présenté à Jules et ils étaient devenus tout de suite comme père et fils. Jean était exactement le genre de fils qu'il avait toujours voulu avoir. Beau, fort, honnête, intelligent, ouvert. Comme il avait tout, sauf une famille respectable, Jules s'est mis en devoir de lui en fournir une. Il a payé ses études jusqu'à ce que Jean ait obtenu ses diplômes, l'a encouragé de toutes les manières possibles, l'a présenté à des gens importants, a tout fait pour lui fournir les occasions dont il avait besoin et qu'il méritait, selon mon mari. Il lui a même offert des cadeaux. Ils s'entendaient à merveille. Ç'a été extraordinaire tant que ç'a duré.

— Il s'agissait de Rouxel, je suppose ? » demanda doucement Flavia.

Mme Richards hocha la tête.

« Oui. Nous avions à peu près le même âge. Il logeait chez mes parents et je le voyais beaucoup. S'il n'y avait pas eu Jules, je pense qu'on se serait mariés. Mais on a dû se contenter d'être amants. C'était le premier homme que j'aimais. Et ç'a été aussi le dernier, en un sens. Avec Jules... disons que... ce qui lui restait de passion s'est épuisé peu après notre mariage. Et Henry était un homme bien, mais pas en ce sens, et, de toute façon, il était trop tard.

« J'imagine que vous trouvez ça... comment ? Surprenant ? Repoussant même en me voyant aujourd'hui. Une vieille paralytique ratatinée... Mais, à l'époque, j'étais différente. Une autre personne, pourrait-on dire. Vous fumez ?

— Je vous demande pardon ?

— Est-ce que vous fumez ? Vous avez des cigarettes ?

— Ah bien ! En effet. Pourquoi ?

— Donnez-m'en une. »

Un peu surprise de cette digression par rapport à la teneur de la conversation, Flavia fouilla dans son sac et en sortit un paquet. Elle le lui tendit et de ses mains gantées la vieille dame extirpa une cigarette avec beaucoup de difficulté.

« Merci », dit-elle, une fois que la cigarette fut allumée. Puis elle eut une horrible quinte de toux. « Ça fait des années que je n'ai pas fumé. »

Argyll et Flavia se regardèrent en haussant les sourcils, craignant d'avoir perdu son attention pour de bon. Si elle s'écartait de son récit, peut-être deviendrait-il alors impossible de lui en faire reprendre le fil.

« J'ai cessé de fumer à l'asile », poursuivit-elle après avoir humé pendant un certain temps, l'air concentré, l'odeur du tabac se consumant. Étrangement, sa voix était devenue plus forte, plus ferme, maintenant qu'elle s'était remise à parler.

« Ne prenez pas cette mine ! continua-t-elle après quelques instants. Je sais, personne ne sait quoi dire. Alors, ne dites rien. J'ai perdu la tête, tout simplement. J'y ai passé deux ans. Entre deux opérations. Henry m'a soignée de son mieux. C'était un homme très bon, si doux, si gentil. Il m'a beaucoup manqué après sa mort.

« J'ai reçu les meilleurs soins. Peu importait le coût. Je ne me plains absolument pas. Les médecins les plus compétents, le meilleur hôpital psychiatrique privé. On s'occupait de nous du mieux possible. Bien des soldats n'ont pas été aussi bien traités.

— Puis-je vous demander pourquoi ?

— Je vais vous le dire. Plus la guerre durait, plus Jean s'enthousiasmait pour la Résistance, plus il se persuadait que les Allemands pouvaient être battus. Il est devenu le véritable chef du groupe appelé Pilote. Il a établi des liens avec l'Angleterre, a désigné les cibles et élaboré les stratégies. C'était un homme merveilleux. Il vivait de façon très dangereuse et cependant il était toujours présent pour apporter réconfort et encouragements. Une fois, il a été arrêté par les Allemands et retenu pendant plusieurs jours, mais il s'est évadé. C'était à la Noël de 1942, les gardiens avaient relâché leur vigilance. Il est juste sorti par la porte et avant que quiconque s'aperçoive de sa fuite il avait disparu. Il était vraiment extraordinaire ; il avait

272

beaucoup de classe, vous savez. Mais cette expérience l'avait changé : il est devenu beaucoup plus posé et prudent. Il veillait jalousement sur nous, refusant souvent de sanctionner des opérations qu'il jugeait trop périlleuses, possédant toujours une longueur d'avance sur les Allemands.

« Bien sûr, ils connaissaient notre existence et ils nous traquaient. Mais ils ne réussissaient jamais à nous attraper. Parfois on aurait dit un jeu, dont nous étions capables de rire.

« Et pendant tout ce temps, Jean était serein, plein d'assurance et totalement confiant dans la victoire finale. Vous n'imaginez pas à quel point cette attitude était rare à Paris à l'époque. On allait gagner. Il ne s'agissait pas d'un vœu, d'un calcul, d'un espoir. C'était une simple certitude. Il nous servait à tous de modèle. Et à moi en particulier. »

Elle se tourna vers Flavia, l'ombre d'un sourire mélancolique sur les lèvres, cette fois.

« Quand j'étais avec lui, dans ses bras, je me sentais surhumaine. J'aurais pu tout faire, prendre des risques, affronter n'importe quel danger. Il me donnait des forces et me protégerait toujours. Il me l'affirmait. Quoi qu'il arrive, me répétait-il, il s'occuperait de moi. Tôt ou tard, quelque chose tournerait mal, mais il ferait en sorte que je m'en tire avant tout le monde.

« Sans lui, les choses auraient été très différentes. Quelqu'un aurait commis un faux pas et aurait été arrêté bien plus tôt. Mais ç'a fini par être trop difficile, même pour lui. Il était trop affectueux. C'est ce qui a entraîné notre chute.

« Comme on avait besoin de planques, d'argent, d'équipement, de ce genre de choses, il nous fallait de l'aide extérieure, des gens à qui on pouvait faire confiance. Jules était l'une de ces personnes. Il se faisait du souci à propos de nos activités, les décourageant même parce qu'il avait peur. Jean a réussi à le persuader de nous aider, et Jules a fini par accepter, mais pas de gaieté de cœur.

« Il était terrifié à l'idée de ce qui se passerait si les Allemands le démasquaient. Après tout, il était juif et une grande partie de sa famille avait déjà disparu. Il avait survécu – selon lui – en versant d'énormes pots-de-vin et en renonçant peu à peu à ses biens. Il appelait ça "vendre chèrement sa peau". Évidemment, en désespoir de cause, il pouvait toujours s'enfuir, mais il ne voulait pas s'en aller avant d'y être vraiment obligé. C'est ce qu'il prétendait.

« En tout cas, les choses ont commencé à se gâter. Il y avait une taupe parmi nous. La réaction allemande était trop rapide et trop précise. Ils étaient forcément renseignés par l'un d'entre nous. Jean était désespéré. D'abord, il était clair que nous étions tous en danger. Et lui en premier. Il se sentait suivi. Rien de concret, mais il avait la forte impression que l'étau se resserrait sur lui. Ensuite, quand il a fini par admettre qu'il y avait un délateur au sein du groupe, il s'est senti personnellement trahi. Il ne parvenait pas à croire qu'un de ses amis, quelqu'un à qui il faisait confiance, pouvait se conduire de la sorte. Alors il a tendu un piège. Il a fourni des bribes de renseignements à différentes personnes pour déterminer l'origine des fuites.

« Une opération – un ramassage d'équipement tout simple – a mal tourné : les Allemands étaient déjà sur les lieux. Seul Jules avait été mis au courant. »

À ce moment Flavia eut envie d'intervenir mais, fascinée par ce récit, elle n'osait pas l'interrompre de peur d'en tarir le cours. De toute façon, la vieille femme ne l'aurait probablement pas entendue.

« Jean était accablé. Moi aussi. Jules s'était débrouillé pour survivre et ne s'était jamais mouillé – dans notre intérêt aussi bien que dans le sien propre, selon lui –, mais personne n'aurait soupçonné qu'il pourrait nous trahir pour sauver sa peau. Le doute subsistait, mais un soir, après une confrontation avec Jean dans son petit cabinet d'avocat, Jules s'est enfui en Espagne et les Allemands nous sont tombés dessus.

« Ils nous ont raflés l'un après l'autre. En deux temps, trois mouvements, avec efficacité et brutalité. Je ne sais pas combien nous étions, cinquante ou soixante. Davantage, peut-être.

« Cette journée est demeurée gravée dans ma mémoire. Chaque minute, chaque seconde. On peut dire que ç'a été le dernier jour de ma vie. J'ai passé la nuit avec Jean et suis rentrée chez moi vers les sept heures du matin. Jules n'était pas là. C'était un dimanche : le 27 juin 43. Une belle matinée. Croyant que Jules était peut-être allé au bureau, j'ai pris un bain et me suis couchée. Environ une heure plus tard, alors que je dormais, la porte a été défoncée à coups de pied.

— Et Rouxel ?

— J'ai pensé qu'il avait été tué. Il était trop courageux pour survivre longtemps. Mais ce n'était pas le cas : il a eu de la chance, il a réussi à passer entre les mailles du filet. Contrairement à la plupart des autres, il est resté à Paris et a réorganisé le réseau.

« En un sens, j'ai eu de la veine moi aussi, si on peut dire. Beaucoup de mes camarades ont été exécutés ou envoyés dans des camps de la mort. Pas moi. Pendant les trois premiers mois j'ai été plutôt bien traitée. Le régime cellulaire et le tabassage alternaient avec les bons repas et la persuasion en douceur.

« Ils voulaient que je leur révèle ce que je savais, et pour m'inviter à me mettre à table, ils m'ont fait part de toutes les informations qu'ils détenaient. Je n'avais pas grand-chose à ajouter. Ils connaissaient tous les détails. Points de chute et de rencontre, noms, adresses, effectifs. Je n'en croyais pas mes oreilles. Puis ils m'ont indiqué comment ils avaient recueilli tous ces renseignements. C'est votre mari, m'ont-ils déclaré. Il nous a tout dit. Pour avoir réussi à accumuler cette somme d'informations Jules avait dû nous espionner depuis des mois, nous écouter et lire les notes qui traînaient sur des bouts de papier. C'était une trahison systématique, totale, commise de sang-froid. Et il s'en est tiré indemne.

— Qui vous a raconté tout ça ? demanda Flavia d'un ton assez pressant.

— L'homme qui m'a interrogée. Le sergent Franz Schmidt. »

Un nouveau silence suivit cette déclaration pendant que la vieille femme étudiait posément leur réaction afin de voir s'ils prêtaient foi à son récit. Enfin, elle considéra qu'elle pouvait continuer.

« Je n'ai jamais rien avoué et ils avaient tout leur temps. Mais ç'a changé au début de 1944. Ils commençaient à paniquer. Ils savaient que le débarquement était imminent et il leur fallait des résultats de toute urgence. Schmidt a accentué la pression. »

Elle se tut et ôta le gant de sa main gauche dans la pénombre. Flavia eut un haut-le-cœur. Argyll regarda, puis détourna aussitôt la tête.

« Quinze opérations en tout, et Henry était le meilleur chirurgien dans son domaine. On voulait le faire chevalier pour le récompenser de sa compétence. Dans mon cas, cette main a été son triomphe. Quant au reste... »

Avec une extrême difficulté elle remit sa moufle. Même une fois qu'eut disparu dans son étui la griffe brune couverte de cicatrices avec ses deux uniques doigts déformés, Flavia la voyait encore et avait toujours la nausée.

« Mais j'ai survécu, si l'on peut dire. J'étais toujours à Paris à la Libération. Les Allemands n'ont pas pris la peine de m'expédier à l'est et n'ont pas eu le temps de m'exécuter avant l'arrivée des Alliés. On m'a envoyée en Angleterre sans tarder. À l'hôpital, à l'asile, et finalement ici. Et aujourd'hui, vous venez réveiller ces souvenirs et m'annoncer que tout n'est pas encore terminé.

— Je suis désolée, dit Flavia dans un souffle.

— Je sais. Vous aviez besoin de renseignements et je vous ai dit ce que je sais. Maintenant vous devez me remercier en aidant Jean.

— Et ensuite, qu'est-il arrivé à votre mari ? »

Elle haussa les épaules.

« Il s'en est assez bien tiré. Il est revenu en France après la guerre en croyant que personne n'était au courant de ce qui s'était passé. Mais Jean et moi avions

277

survécu. Je ne savais que faire, si ce n'est que je ne pouvais pas le revoir. C'est à l'instigation de Jean que son procès devait avoir lieu. Non par vengeance, mais en mémoire de ceux qui étaient morts. Malgré tout, il avait l'impression de faire condamner son propre père. La commission m'a écrit, et c'est à contre-cœur que j'ai accepté de témoigner.

« Heureusement, ça n'a pas été nécessaire. Confronté aux faits et craignant notre futur témoignage, Jules s'est suicidé. Un point c'est tout.

— Et Arthur ?

— Il était mieux là où il était. Il me croyait morte et on s'occupait bien de lui. Il valait mieux qu'il reste dans l'ignorance. J'ai écrit à sa famille d'accueil et elle a accepté de le garder. Que pouvais-je faire pour lui ? Je ne pouvais même pas m'occuper de moi-même. Il lui fallait prendre un nouveau départ, sans souvenir du passé, ni de son père ni de sa mère. J'ai demandé aux parents de s'assurer qu'il ne sache rien ni de mon mari ni de moi. Ils ont accepté.

— Et Rouxel ? »

Elle secoua la tête.

« Je n'ai pas voulu le revoir. Il ne me restait que le souvenir qu'il avait de moi. Je ne supportais pas l'idée de le voir comme vous changer de visage en entrant dans ma chambre d'hôpital et prendre un air d'apitoiement horrifié. Je sais. Vous n'avez pas pu vous en empêcher. C'est une réaction spontanée. Personne ne peut la maîtriser. Je l'aimais et il m'aimait. Je ne voulais pas que ses sentiments soient anéantis lorsqu'il me verrait. Aucun amour n'aurait pu survivre à cette épreuve.

— Et lui, il ne voulait pas vous revoir ?

— Il a respecté mes désirs », déclara-t-elle simplement.

Elle ne dit pas tout, pensa Flavia.

« Mais sûrement...

— Il était marié, fit-elle. Pas à une femme qu'il aimait, pas à quelqu'un comme moi. Mais il s'est marié quand il a cru que j'étais morte. Après la guerre il a découvert la vérité. Il m'a écrit pour me dire que s'il avait été libre... Mais il ne l'était pas. C'était mieux ainsi. C'est pourquoi j'ai accepté l'offre de Henry.

— Savez-vous quelque chose à propos des tableaux de Hartung ? » demanda Argyll en changeant de sujet de manière quelque peu abrupte.

Elle sembla ne pas comprendre.

« Pourquoi ?

— Tout est parti d'un tableau qui lui appartenait, appelé *La Mort de Socrate.* Votre mari l'avait-il donné à Rouxel ?

— Ah ! celui-là, je m'en souviens. Oui, en effet. Juste après l'armistice. Comme il croyait que les Allemands les prendraient de toute façon, il a distribué quelques tableaux à des amis pour qu'ils les gardent pour lui. Jean a eu celui-là pour servir de pendant à celui qu'il lui avait déjà offert et qui était un tableau religieux. Ç'a surpris Jean et, à mon avis, il n'en voulait pas vraiment.

— Hartung était-il au courant de vos rapports avec Rouxel ? »

Elle secoua la tête à nouveau.

« Non. Pas du tout. Je lui devais bien ça. C'était un bon mari, à sa manière. J'étais une bonne épouse, à ma

279

façon. Je ne désirais surtout pas le blesser. Il n'a jamais eu le moindre soupçon. Et j'ai toujours ménagé Jean également. Il avait le sang chaud, c'était un homme passionné. J'avais horriblement peur qu'il aille voir Jules pour tout lui raconter dans l'espoir de le faire divorcer. »

Elle s'était remise à pleurer en revivant tous ces souvenirs et les moments de ce passé désormais enfui. Flavia devait se décider : soit elle restait pour réconforter la vieille dame, soit elle partait. Mais elle voulait en savoir plus. Que voulait dire Mme Richards lorsqu'elle affirmait avoir toujours ménagé Rouxel ? Mais elle paraissait épuisée, et tout réconfort semblait inutile. Flavia se leva et se tint devant le lit.

« Madame Richards. Je ne peux que vous remercier pour le temps que vous nous avez consacré. Je sais que nous vous avons forcée à vous souvenir de choses que vous souhaitiez oublier. Pardonnez-nous, je vous en prie.

— La seule chose que je vous demande, c'est de tenir votre promesse : aidez Jean s'il en a besoin ! Et dites-lui alors qu'il s'agit de mon dernier présent en témoignage de l'amour que je lui porte. Vous me le promettez ? »

Flavia promit.

Se replonger dans l'air pur et sentir l'agréable tiédeur du soleil, c'était comme se réveiller après un cauchemar et découvrir que les horribles visions n'étaient en fait pas réelles. Ni l'un ni l'autre ne dirent mot en regagnant la voiture. Ils s'y installèrent, Argyll mit le moteur en marche et ils s'éloignèrent.

280

Ils avaient parcouru environ un kilomètre et demi lorsque Flavia saisit le bras d'Argyll et s'écria : « Arrête la voiture ! Tout de suite ! »

Il s'exécuta et elle mit pied à terre. Passant par la brèche d'une haie près de la route, elle entra dans un pâturage. À l'autre bout, des vaches étaient en train de paître.

Argyll la rattrapa. Haletante, le regard vide, elle fixait le lointain.

« Ça va ?

— Oui. Ça va. Il me fallait seulement un peu d'air. J'ai eu l'impression d'étouffer là-bas. Grand Dieu ! C'était atroce. »

Il était superflu d'acquiescer ou de faire le moindre commentaire. À pas lents, en silence, ils marchèrent côte à côte dans le pré.

« Tu es songeuse, finit-il par dire. Tu commences à y voir un peu plus clair ?

— Oui. Je n'ai pas encore tout compris, mais ça vient. J'aurais préféré demeurer dans le noir.

— Allons ! fit-il doucement au bout d'un moment. Viens ! Tu te sentiras mieux dès qu'on se sera mis à faire quelque chose de concret. »

Elle hocha la tête et il la ramena à la voiture. Ils rentrèrent à l'hôtel. Il la conduisit au bar, commanda un whisky et la força à l'avaler.

Elle resta presque une heure plongée dans ses pensées avant de pouvoir lever la tête et de demander : « Qu'en penses-tu ? »

Argyll avait lui aussi le regard dans le vague.

« Je pense que c'est la première fois que je rencontre une personne dont je pourrais sincèrement dire qu'il vaudrait mieux pour elle qu'elle soit morte. Mais je suppose que ce n'est pas ça qui t'intéresse.

— Je n'avais rien de précis en tête. Je voulais juste entendre quelqu'un parler normalement. De n'importe quoi. Même toi, tu sembles avoir perdu ton ironie...

— Tout ce que je sais, c'est qu'on a désormais une autre bonne raison de tirer au clair cet imbroglio. Ça ne va guère changer sa vie, mais on doit faire quelque chose pour elle. Ne serait-ce que protéger ses souvenirs. »

17

À sept heures et demie environ, épuisé et déprimé, Argyll gara avec précaution la Bentley intacte sur une place de stationnement devant la maison puis alla sonner à la porte d'Edward Byrnes.

« Flavia ! hurla une voix tonitruante en provenance du salon, au moment où la porte s'ouvrit. C'est pas trop tôt ! »

Une seconde à peine après cette apostrophe apparut le corps du général Bottando.

« Ma chère petite, fit-il d'un ton affectueux, je suis si content de vous voir. »

Et, dans un élan mélodramatique bien peu professionnel, il l'entoura de ses bras et la serra contre lui.

« Mais que faites-vous ici, général ? demanda-t-elle, stupéfaite.

— On verra ça plus tard. D'abord, j'ai l'impression que vous avez besoin d'un remontant.

— Bien tassé, précisa Argyll. Et de quelque chose à manger.

— Et ensuite, vous pourrez nous raconter ce que vous avez fabriqué. Sir Edward m'a transmis votre message, et j'ai décidé qu'il était temps que je prenne l'avion pour qu'on puisse faire un brin de causette. Vous paraissez fort peu désireuse de rentrer au bercail, déclara Bottando en ouvrant la marche vers le salon de Byrnes.

— Et si vous me racontiez ce que vous, vous avez fabriqué, suggéra Flavia en le suivant dans la pièce.

— Désirez-vous goûter le gin de sir Edward ? s'enquit Bottando d'une voix sereine.

— Absolument. »

Byrnes, qui se tenait à l'écart, l'air ravi et tout fier de montrer qu'il savait organiser des retrouvailles, s'empressa de servir à boire, tout en se demandant s'il devrait avoir la discrétion de se retirer ; mais repoussant cette idée simplement parce qu'il était trop curieux, il s'installa pour écouter la conversation.

Assis dans ce salon, les deux hommes – le patron de Flavia et l'ancien patron d'Argyll – étaient le portrait craché de Tweedledum et Tweedledee[1]. Tous les deux bien en chair, débonnaires, vêtus de costumes sombres de bonne coupe, l'un aux cheveux gris foncé, l'autre gris clair. Ils formaient un duo tout ce qu'il y a de rassurant ; après les événements de ces derniers

---

1. Noms d'abord utilisés pour désigner les compositeurs rivaux Bononcini et Haendel dans une satire de John Byrom (1725), ils furent ensuite repris par Lewis Carroll dans *À travers le miroir* pour deux personnages se ressemblant comme des jumeaux. Ils sont petits, gros et vêtus d'uniformes d'écoliers. *(N.d.T.)*

jours – meurtres, poursuites, entretiens déprimants –, ils représentaient l'incarnation idéale d'un retour au monde normal, plutôt bienveillant et placé sous l'égide de l'autorité paternelle. Le salon confortable de Byrnes et ses généreux verres de gin finirent par inciter Flavia à se détendre.

Non pas que son débit ait été fluide et son récit bien conduit. Au contraire, c'est par bribes et d'une voix hachée qu'elle raconta son histoire.

« C'est sa mère ! lança-t-elle pour commencer.

— Qui donc ?

— La femme du Gloucestershire.

— La mère de qui ?

— De Muller. Elle lui a fait quitter la France en 1943 tandis qu'elle restait sur place. Quand les Allemands ont opéré leur descente, elle a été ramassée. Elle a pensé qu'il serait mieux là où il était et a préféré laisser les Canadiens s'occuper de lui.

— Vous en êtes sûre ? demanda Bottando, mais il se reprit quand il la vit se renfrogner. Enfin, je veux dire, comme c'est intéressant !

— Et elle était l'épouse de Hartung et la maîtresse de Rouxel. Le monde est petit, pas vrai ?

— En effet. Est-ce que ça nous aide à découvrir pourquoi Muller a été tué ? Ou pourquoi Ellman l'a été ?

— Je n'en sais rien. Est-ce que je vous ai dit que le vrai nom d'Ellman était Schmidt ?

— Oui. Et j'ai harcelé sans merci les Allemands pour qu'ils me fournissent des renseignements. Je leur ai demandé ce qu'ils avaient concernant quelqu'un portant ce patronyme et pourquoi il l'avait changé. Je

285

leur ai suggéré de jeter un coup d'œil sur les archives militaires. Notamment celles ayant trait à Paris.

— Oui, eh bien ?... »

Ayant sa pierre à apporter à l'édifice, Bottando n'était pas disposé à être interrompu.

« Ça semblait valoir le coup d'essayer. J'étais très fier de mon idée. Quoi qu'il en soit, ça leur a pris pas mal de temps. Les malheureux ! Passer en revue tous les Franz Schmidt de l'armée allemande n'a pas dû être une partie de plaisir. Mais ils ont fini par trouver. Il était à Paris en 1943 et 1944.

— Ça, on le sait.

— Mais ce n'était pas un rond-de-cuir. Si l'homme dont il a pris le nom était un bureaucrate, Schmidt, lui, se trouvait dans une unité de contre-espionnage, l'Abwehr, spécialement chargée de lutter contre la Résistance.

— On le sait déjà. Mme Richards nous l'a dit. »

Bottando eut l'air agacé.

« J'aimerais vraiment que vous me fournissiez ce genre d'éléments. Ça m'éviterait peut-être alors de perdre mon temps à chercher ce que vous savez déjà.

— On ne l'a appris que cet après-midi.

— Hum ! Saviez-vous qu'il était recherché pour crimes de guerre ? s'enquit-il, plein d'espoir.

— Non.

— Bon. Eh bien, il l'était. Le char de la justice avance avec lenteur mais il semble l'avoir rattrapé en 1948. On était sur le point de l'arrêter quand...

— ... il a disparu, s'est réfugié en Suisse, a changé de nom, et on n'a plus jamais entendu parler de lui, déclara Flavia pour apporter sa contribution, ce qui lui valut un regard vexé de la part de Bottando.

— Cet homme, continua-t-il, un peu déçu, savait tout sur Hartung.

— C'est lui qui a révélé la bonne nouvelle à sa femme pendant qu'il la torturait. »

Bottando opina du bonnet.

« Je vois. Et, naturellement, il devait connaître à merveille les techniques utilisées sur Muller pour les avoir souvent pratiquées. En fait, je crois que nous pouvons raisonnablement conclure que c'est bien lui qui a tué Muller. La torture et le pistolet. Tout s'emboîte plutôt bien.

— Cependant, nous ne savons toujours pas qui l'a tué, lui.

— En effet.

— Mais a-t-on vraiment besoin de le savoir ? demanda Argyll d'un ton las, tout à son désir de rentrer en Italie. Pour moi, la personne qui a fait ça, quelle qu'elle soit, a fait preuve de civisme. Si, muni d'une arme, j'avais rencontré le dénommé Ellman/Schmidt et découvert ce dont il était coupable, je n'aurais pas hésité à lui régler son compte moi-même.

— C'est vrai, répliqua Bottando, mais qui était au courant de ce dont il était coupable ? En outre, j'ai bien peur que du point de vue officiel on ne soit pas autorisés à voir les choses de cette façon. Et, évidemment, il y a toujours la crainte que celui qui a tué Ellman n'a peut-être pas terminé sa besogne. Rouxel... Sait-on si quelqu'un l'a contacté ?

— Non

— Vous êtes conscients, bien sûr, que la cérémonie d'attribution du prix Europa a lieu dans dix jours ? Si Rouxel est d'une manière ou d'une autre menacé, il faut prendre des précautions. Et pour ce faire, on a besoin de connaître la nature de la menace.

— Mais comment courrait-il le moindre danger ? Qui donc pourrait le menacer ? »

Bottando redressa la tête d'un air fat.

« L'homme à la cicatrice, par exemple ?

— Je me suis penchée sur la question, répondit Flavia, et j'en ai conclu qu'il se peut fort bien qu'il soit policier, comme il l'affirmait quand il nous poursuivait.

— Et quand il a téléphoné à M. Argyll à Rome, si c'est bien lui.

— Et son lien avec Besson indique la même chose. Janet soutient le contraire. Pourtant, quelqu'un a enlevé des documents du Centre de la documentation juive et a enjoint au directeur de me mettre des bâtons dans les roues. Janet était la seule autorité à savoir que j'allais m'y rendre. Et à Rome, un individu téléphone à Argyll et annonce qu'il passera à cinq heures. Argyll nous en parle et vous appelez Janet pour lui apprendre le meurtre. Alors l'individu nous fait faux bond. Je pense que Janet lui a expédié un message qui disait en substance : Tirez-vous au plus vite !

— Ça ne ressemble pas du tout à Janet..., dit Bottando à regret. Normalement, il est respectueux de la légalité.

— Vous aussi. Mais il est arrivé qu'on fasse pression sur vous. Ce que j'aimerais bien savoir, c'est pourquoi on fait pression sur lui. Mais je me doute que ça ne servirait à rien de le lui demander. »

Très contrarié, Bottando réfléchit un moment à ces propos. Des meurtres pouvaient bien se produire, mais pourquoi le fonctionnement harmonieux de son service devrait-il en subir le contrecoup ? Le bon climat de la coopération avec la France depuis des années avait beaucoup contribué aux succès limités de son action. La perspective d'une rupture résultant de cette affaire le tracassait de plus en plus.

« Il va falloir que vous démêliez cet écheveau au plus vite, dit-il d'un ton morose. Je refuse qu'une amitié et une coopération de longue date soient mises à mal par un stupide tableau. Avez-vous la moindre idée des tenants et des aboutissants de cette affaire ?

— Oui », fit-elle simplement.

Cette réponse tira Argyll de sa rêverie. Il avait regardé dans le vide pendant la plus grande partie de cet échange, sans y prêter attention. Depuis plusieurs jours, il avait un vague pressentiment dont l'objet lui échappait. Et, comme un minuscule caillou dans la chaussure, ça l'agaçait de plus en plus. Qu'en dépit de tous ses efforts il ne parvînt pas à déterminer l'origine de son irritation ne faisait qu'empirer la situation.

« Vraiment ? Tu aurais pu me mettre au courant. De quoi s'agit-il ?

— J'ai admis que j'avais une petite idée, rétorqua-t-elle. Je n'ai pas affirmé que je détenais une preuve ni que mon idée était bonne.

— Je ne suis guère convaincu.

— Moi non plus. Mais on ne possède pas encore assez d'éléments. Général, avez-vous eu de la chance auprès des Suisses à propos de ce coup de téléphone ? Celui qu'a reçu Ellman et qui l'a fait partir pour Rome ?

— Ah ! celui-là..., dit Bottando en faisant la grimace. En effet. Mais il est possible que la réponse ne vous plaise pas.

— Dites toujours !

— Il n'émanait pas du tout de Paris, mais bien de Rome. De l'hôtel Raphaël pour être précis.

— D'où ?

— Je vous l'ai dit.

— De quel poste ?

— Hélas ! nous ne pouvons pas le déterminer. Mais nous pouvons tirer nos propres conclusions, pas vrai ? »

Il la fixa, le petit sourire qu'il arborait chaque fois qu'il avait trouvé la réponse avant elle flottant sur ses lèvres. En vérité, il avait eu davantage de temps pour y réfléchir. Cependant, elle n'avait pas un retard si considérable.

« Oh ! Grand dieu ! C'était lundi, n'est-ce pas ? »

Il hocha la tête.

« Et c'est le jour où je n'arrivais pas à obtenir quoi que ce soit des fonctionnaires du ministère de l'Intérieur parce qu'une délégation internationale se trouvait en visite à Rome. Liaison et surveillance financières, ou quelque chose du genre. »

Il hocha la tête derechef.

« Et la petite-fille de Rouxel a dit à Jonathan qu'il faisait partie de la délégation française d'un certain comité qui s'occupe de surveillance financière. »

Bottando approuva une troisième fois.

« Rouxel était à Rome ce jour-là ? »

Nouveau hochement de tête.

« Il a passé ce coup de téléphone ? » demanda-t-elle, poursuivant son raisonnement selon, croyait-elle, une logique implacable.

Bottando haussa les épaules.

« Non, fit-il, gâchant tout. Cela paraissait une hypothèse raisonnable. Sauf qu'à ce moment-là il participait à une réunion qu'il n'a jamais quittée. Autre hic : quand Muller a été tué, Rouxel assistait à un dîner officiel et, lorsque ç'a été au tour d'Ellman, Rouxel se trouvait déjà dans l'avion qui le ramenait chez lui. J'ai tout vérifié, et plutôt deux fois qu'une. Aucun doute à ce sujet : il n'a ni téléphoné ni tué.

— Ce qui nous laisse ce soi-disant policier à la cicatrice.

— C'est juste. Et si vous avez raison, alors nous pêchons en eaux extrêmement troubles.

— Oh, là là ! s'écria-t-elle, en ayant soudain pardessus la tête de toute cette histoire. Quelle est votre opinion ?

— Si on s'appuie sur les preuves existantes, aucune.

— Nom d'un chien ! s'exclama-t-elle d'un ton furieux. On n'a suivi que des fausses pistes. Ou plutôt, si on a bien progressé, on n'a abouti à rien. On n'a découvert que des détails périmés depuis longtemps et qui n'ont plus grand sens aujourd'hui. J'aurais bien aimé que Muller ne se soit pas trompé. S'il y avait eu quelque chose de particulier dans ce "jugement dernier", on aurait au moins eu un point de départ. »

Alors, dans un coin calme et presque oublié de la pièce, des rouages se mirent en route. De vieilles manettes rouillées s'abaissèrent. Des synapses devenues paresseuses à force d'être inutilisées tressaillirent en un sursaut de vie. L'idée qui prenait forme au fin fond de l'esprit d'Argyll jaillit brusquement au premier plan, devenant tout à coup absolument lumineuse.

« Quoi ? fit-il.

— Ce tableau. Si on pouvait...

— Tu l'as appelé *Le Jugement dernier.*

— En effet.

— Ah ! fit-il en se calant dans son fauteuil, l'air profondément soulagé et satisfait. Bien sûr... Sais-tu que tu ne m'as jamais dit que j'étais non seulement joli garçon mais également génial ?

— Et je n'ai pas l'intention de le faire si tu ne le mérites pas, rétorqua-t-elle avec irritation.

— C'est logique. La lettre de Hartung faisait référence au "jugement dernier". Muller a cru qu'il s'agissait de *La Mort de Socrate*, le dernier tableau à avoir été peint. »

Elle opina de la tête.

« Un tableau faisant partie d'une série de quatre. »

Elle acquiesça une nouvelle fois en se forçant à être patiente.

« La liste des ventes effectuées par Rosier Frères énumérait les achats de Hartung. Un tableau de Floret représentant Socrate. Ainsi qu'un autre. Celui-ci envoyé à une adresse boulevard Saint-Germain. C'est là qu'habitaient les parents de Mme Richards. Où Rouxel avait une chambre. Et Mme Richards nous a dit que Hartung avait offert un tableau à Rouxel. Dont le sujet était religieux.

— Et alors ?

— La série concernait les jugements d'Alexandre, de Salomon, de Socrate et de Jésus. On sait où se trouvent trois d'entre eux, mais *Le Jugement de Jésus* manque à l'appel. On a supposé qu'il s'agissait d'une représentation du procès de Jésus. Devant Pilate. Mais est-ce bien le cas ?

— Jonathan, mon chéri...

— Attends un peu ! Hartung a donné à Rouxel le Socrate pour servir de pendant à l'autre. D'accord ? C'est ce qu'a affirmé Mme Richards. Et il possède toujours l'autre, poursuivit-il avec de plus en plus de fougue. Je l'ai vu. J'en ai reconnu la facture, sans prendre conscience du fait. Couleurs intenses, style un peu académique : *Christ en majesté entouré des apôtres.* »

Elle fixait sur lui un regard vide.

« C'est l'avantage de vivre avec un marchand de tableaux très cultivé. Lors de la fin du monde, le Christ sera assis sur son trône entouré de ses disciples et Il jugera les hommes grâce au Livre de la vie. Et Il les séparera les uns des autres. Il y aura un rituel de ce genre, en tout cas. Qu'on appelle également, comme tu le sais parfaitement, le "jugement dernier". Muller a cru que l'expression française "jugement dernier" pouvait signifier "dernier jugement". Il se trompait de tableau. »

Tout fier de lui, il se rassit.

« S'il y a quelque chose à trouver, c'est dans ce tableau.

— Et tu n'y avais pas pensé plus tôt ! s'exclama Flavia.

— Mieux vaut tard que jamais !

— Je l'espère.

— Ça nous aide ? » demanda Bottando.

Elle réfléchit à cet aspect des choses.

« Cela va confirmer – ou infirmer – ma thèse de base. Si le tableau renferme quelque chose. Il est temps de mettre un point final à cette affaire. D'une manière ou d'une autre.

— Vous le pouvez ?

— Je pense que oui.

— Quelle intelligence ! s'écria Argyll avec admiration. Comment faisiez-vous avant qu'elle vienne travailler avec vous, mon général ?

— Oh ! je tâchais de me débrouiller...

— Je suis si content qu'on se marie, poursuivit Argyll. Quelle chance d'avoir une épouse aussi brillante. »

Bottando trouvait que la conversation s'égarait.

« Félicitations ! fit-il d'un ton sec. Je vous souhaite beaucoup de bonheur. Et ce n'est pas trop tôt, si vous voulez mon avis. Bon, maintenant, ma chère Flavia : êtes-vous sûre que vous pouvez boucler ce dossier ?

— Disons que je peux ou trouver une solution ou faire en sorte qu'aucune solution ne soit jamais trouvée. Dans les deux cas, cela mettra un terme à cette affaire. Me donnez-vous votre accord ? »

Bottando acquiesça.

« Ce serait sans doute la meilleure solution. Idéalement, j'aimerais qu'un assassin ou deux répondent de leurs actes. Mais si ce n'est pas possible, je veux être débarrassé de ce dossier. Comment avez-vous l'intention de vous y prendre ? »

Elle eut un petit sourire.

« En tout premier lieu, je pense qu'il nous faut prendre quelques renseignements. Je veux dire que nous devons utiliser des voies sûres et fiables. Nous allons donc retourner à Paris. »

18

Quoi qu'il arrive, il faut en finir au plus vite, se dit Flavia en suivant d'un pas traînant la file qui montait dans l'avion. Elle ne pourrait pas tenir le coup encore long-temps. Certains hommes d'affaires, paraît-il, font ça constamment. Trois pays par jour, sautant d'un aéroport à l'autre. Pas elle. Elle avait même du mal à se souvenir du jour qu'on était. Tout ce qu'elle savait, c'est que, à peine elle pensait avoir atteint l'endroit où poser sa tête pour jouir d'une bonne nuit de sommeil, ce répit lui était tout de suite refusé. Depuis une semaine, elle n'avait pas eu une seule nuit complète. Le teint blême, les idées brouillées, elle était à cran, avait les nerfs à fleur de peau et le moral à zéro. Elle avait l'impression d'être une bombe à retardement près d'exploser.

Absorbé par ses propres pensées et reconnaissant trop bien les symptômes, Argyll la laissa tranquille pendant toute la durée du vol. Il savait pertinemment qu'essayer d'entamer la conversation ou même de cher-cher par de petites plaisanteries à dérider sa compagne produiraient au mieux l'effet inverse.

D'ailleurs, lui non plus n'était pas d'humeur à plaisanter, il en avait plus que marre de toute cette histoire. Passe encore que certains s'adonnent au vol de tableaux ! On arrivait même à s'habituer aux meurtres... Mais à son goût ce dossier contenait de trop longues périodes de malheur. Argyll aimait que les gens soient heureux. Au risque d'avoir l'air naïf, il avait toujours considéré que le bonheur constituait le tout premier droit de l'homme. Or cette affaire concernait des tas de gens qui en avaient été privés. Muller, qui, toute sa vie durant, avait souffert du malheur de n'avoir pour ainsi dire pas de parents et de devoir affronter seul le passé familial. Au moins lui avait-on épargné le chagrin de savoir sa mère toujours vivante dans un état pitoyable. Et cette dernière, survivant dans l'ombre, sorte de cadavre ambulant depuis quarante ans ou plus. Même le fils d'Ellman avait été contaminé par toute cette affaire, faisant ni plus ni moins chanter son père et se justifiant en arguant que c'était pour une bonne cause. Seuls Rouxel et sa famille en étaient sortis indemnes. L'homme distingué, la magnifique petite-fille, traversant sereinement la vie, inconscients de la tempête se déchaînant autour d'eux. Peut-être étaient-ils sur le point d'être eux-mêmes submergés... Quelque chose avait surgi du fin fond du passé et Rouxel avait été le seul à être épargné. Jusqu'à présent.

Ce cher vieux Byrnes les avait conduits à l'aéroport, leur avait prêté de l'argent, allant jusqu'à payer leurs billets, parce qu'il était certain, affirma-t-il, que tôt ou tard l'État italien le rembourserait. Même sa glaciale épouse s'était remise d'avoir été dérangée au petit matin et leur avait préparé des sandwichs pour le voyage. Comme Argyll avait essayé de l'expliquer à Flavia, elle n'était pas réellement antipathique. Les dames anglaises ont parfois un cœur de guimauve bardé d'épaisses plaques de titane. Elles peuvent se montrer très bonnes à condition que personne ne le fasse remarquer, car alors elles se récrient et prétendent qu'on se trompe du tout au tout. Voilà un trait de caractère anglais vraiment très bizarre !

Bottando était resté à bavarder avec Elizabeth Byrnes. Ils s'étaient tout de suite bien entendus et, tandis que Flavia et Argyll se traînaient cahin-caha jusqu'à la voiture, Bottando était demeuré dans la cuisine à boire du vin tout en regardant son hôtesse s'activer aux préparatifs du repas. Bien sûr, le général allait dîner en leur compagnie et passerait la nuit chez eux. Ça ne dérangeait pas le moins du monde.

C'est à peu près ce qu'avaient pensé Flavia et Argyll quand la voiture s'éloignait. La division du travail leur paraissait injuste. Ils couraient dans tous les sens, tandis que Bottando s'apprêtait à passer une nuit confortable. Son allusion aux privilèges résultant du grade au moment de leur départ n'avait pas arrangé les choses. Quant à sa participation à l'effort – un coup de fil à Janet pour lui annoncer qu'ils étaient en route –, elle n'avait rien de surhumain. Argyll avait protesté, vu que le palmarès de Janet en matière de serviabilité semblait laisser beaucoup à désirer, mais Flavia avait insisté. Voilà justement pourquoi c'était nécessaire, avait-elle affirmé. Elle était sûre que cette fois-ci l'intervention de Janet serait utile.

Au demeurant, comme l'avait rappelé Bottando, Flavia était en charge du dossier. L'ayant pris en main dès le début, la tâche de le mener à son terme lui revenait. C'était une marque de confiance, et puis, contrairement à lui, elle en connaissait tous les tenants et aboutissants. Et, bien sûr, c'est elle qui voulait en remontrer à Fabriano.

L'aéroport de Roissy-Charles-de-Gaulle était plutôt vide. Ils quittèrent l'avion très vite et se dirigèrent à grands pas vers la sortie en empruntant les tapis roulants. Au contrôle, ils se placèrent dans la file des détenteurs de passeports de la Communauté européenne. En général, tout se passe très simplement. Le plus souvent, les fonctionnaires des services d'immigration ne prennent même pas la peine d'examiner les documents. Surtout le soir, un hochement de tête sans aménité et un regard d'ennui jeté sur la couverture du passeport, c'est tout ce que le voyageur peut espérer en guise de marques de bienvenue.

Mais ce ne fut pas le cas. Soit parce qu'il possédait l'enthousiasme de la jeunesse, soit parce qu'il venait de prendre son service, ou pour toute autre raison, le policier avait bien l'intention de faire du zèle. Chaque passeport était ouvert, chaque visage scruté, chaque passager remercié par un « Merci, monsieur, passez un bon séjour ! ».

Qui a jamais entendu parler de la courtoisie d'un fonctionnaire de la police de l'air et des frontières ? Chacun sait qu'il existe quelque part un centre international de formation qui dispense à ses élèves des cours d'impolitesse élémentaire et de sarcasme de haut niveau.

« *Madame, m'sieu** », fit-il, comme les deux jeunes gens tendaient leur passeport. Flavia avait de plus en plus l'impression d'être un agneau qu'on mène à l'abattoir.

Cette sensation s'intensifia lorsqu'il étudia leur photo, les dévisagea l'un et l'autre, puis consulta une liasse de listings posés sur sa table.

« Merde ! souffla Argyll entre ses dents.

— Ne t'en fais pas !

— Ayez l'amabilité de me suivre, je vous prie, dit le policier.

— Avec plaisir, susurra-t-elle. Mais nous sommes extrêmement pressés. Nous n'avons absolument pas de temps à perdre.

— Désolé. Mais ça ne prendra que quelques instants. Je suis certain que vous comprenez. Vérifications de routine. »

Il se paye notre tête ! se dit-elle. Mais que faire, sinon obtempérer et lui emboîter le pas ?

Elle eut le sentiment que le petit réduit où on les fit entrer avait été délibérément aménagé pour être déprimant. Murs blancs défraîchis, aucune fenêtre, chaises dures, table en plastique et métal. Tous les éléments du décor paraissaient destinés à vous réduire à un problème administratif dont la meilleure solution était l'expulsion.

Il y avait deux portes, celle par laquelle ils étaient entrés et une autre qui s'ouvrit peu de temps après qu'ils se furent assis dans un silence pesant. Voici donc ce qu'on ressent quand on est un immigrant clandestin ! se dit Flavia.

« En voilà une surprise ! s'exclama Argyll en reconnaissant la personne qui venait d'entrer.

300

— Jonathan ! Je suis ravi de vous revoir », répondit l'homme qui, en l'espace de quelques jours, avait été jeté par terre, frappé avec des bouteilles, battu avec un sac à main et victime de croche-pieds. Malgré les paroles de bienvenue, il ne semblait pas du tout content de les voir. Il avait un gros sparadrap au-dessus de l'œil gauche. Étouffant un léger ricanement, Flavia prit le parti de ne pas évoquer leur dernière rencontre. Inutile de faire de la provocation.

« Le plaisir n'est pas réciproque ! rétorqua Argyll.

— Je m'en doutais. Mais peu importe, répliqua le nouveau venu en s'asseyant. » Puis il ouvrit un énorme dossier de feuillets et en examina certains – davantage pour faire de l'effet que pour tout autre motif, supposa Flavia – avant de relever la tête et de fixer les deux jeunes gens d'un air vaguement soucieux.

« Eh bien, qu'allons-nous faire de vous deux maintenant ? poursuivit-il afin de montrer son autorité.

— Et si vous commenciez par une présentation en bonne et due forme ? » riposta Flavia.

Il esquissa un sourire.

« Gérard Montaillou. Du ministère de l'Intérieur.

— Et par une explication ? Par exemple, que se passe-t-il exactement ?

— Oh ! C'est très simple. En tant que membre d'une police étrangère, vous devez solliciter l'autorisation d'enquêter en France et cette autorisation vous est refusée. Par conséquent, vous êtes tenus de rentrer dans votre pays. Quant à M. Argyll, il doit s'estimer heureux de ne pas être inculpé pour trafic de tableaux volés et il est également sommé de rentrer chez lui.

— Mais c'est faux ! s'écria-t-elle. Vous ne vous êtes guère soucié d'autorisation quand vous êtes venu en Italie !

— Je m'y trouvais en tant que fonctionnaire attaché à une délégation internationale.

— Comme barbouze...

— Si vous voulez. Mais je n'ai absolument rien commis de répréhensible.

— Deux personnes sont mortes, Dieu du ciel ! Cela ferait-il partie de votre traintrain quotidien ? »

Il secoua la tête.

« Vous avez lu trop de romans d'espionnage, mademoiselle. Je passe ma journée assis derrière un bureau à brasser de la paperasse. Un peu comme vous, d'ailleurs. Ce genre d'activité est tout à fait exceptionnel pour moi.

— Voilà pourquoi vous vous débrouillez si mal ! »

Il n'apprécia guère la remarque. S'il avait été sur le point de se détendre un peu, il fit machine arrière.

« Peut-être ! concéda-t-il d'un ton guindé.

— Par conséquent, nous rentrons chez nous et je lance un avis d'extradition afin qu'on puisse vous accuser de meurtre ?

— Je n'ai tué personne. Je l'ai déjà dit, je suis un rond-de-cuir. Chaque fois que j'ai essayé de vous parler, vous m'avez frappé. Je peux prouver qu'au moment où mourait Ellman j'étais déjà de retour à Paris. Et je n'ai même jamais rencontré Muller. Je me suis rendu chez lui, mais il était sorti.

— Je ne vous crois pas. »

Il haussa les épaules avec désinvolture.

« Ça, ça vous regarde !

— Je peux faire en sorte que ça vous regarde également.

— Ça m'étonnerait.

— Alors, quelle était votre mission ?

— Je ne suis pas tenu de vous le dire.

— Quel mal y aurait-il ? Je vais créer un sacré scandale dès mon retour à Rome. Essayez donc de me convaincre que j'aurais tort ! »

Il réfléchit quelques instants.

« Parfait ! lança-t-il finalement. Vous êtes au courant, bien sûr, qu'un tableau appartenant à Jean Rouxel a été volé.

— On s'en était aperçus.

— À l'époque, on ne s'était pas préoccupé de ce vol. Comme j'appartiens à un service qui s'occupe de la sécurité des personnalités, on m'a signalé...

— Pourquoi donc ?

— Parce que M. Rouxel est un personnage important, un ancien ministre qui est sur le point de recevoir un prix international. Les célébrités sont de notre... de mon... ressort. Je suis avant tout chargé de la protection des hommes politiques. Rien de plus normal. Cela avait paru être sans importance, mais il y a environ une semaine la police chargée du trafic des œuvres d'art a arrêté un homme du nom de Besson. Il a avoué un nombre considérable de délits. L'un d'entre eux était le vol de ce tableau. J'ai donc été appelé pour lui parler. On a fini par conclure un marché. Il nous a fait part de tout ce qu'il savait et on l'a relâché.

— C'est-à-dire ?

— Qu'un homme l'avait contacté à propos de ce tableau et lui avait demandé de l'acheter pour lui. Le dénommé Muller a précisé que peu importait le prix, que Besson devait acquérir ce tableau coûte que coûte. Bien sûr, Besson a fait remarquer qu'il n'y avait guère de chance que le tableau soit mis en vente. Muller lui a dit qu'il s'en fichait. Il voulait le tableau de toute urgence. Et tant pis si Besson devait le dérober ! Qu'il l'acquière d'une façon ou d'une autre, du moment qu'on ne retrouve pas le commanditaire.

« Besson lui ayant demandé ce que ce tableau avait de si important, Muller lui a répondu qu'il appartenait à son père. Besson a souligné que ce n'était pas une très bonne raison. Muller a alors déclaré qu'il recelait un document capital concernant son père.

« Besson a reçu une forte somme d'argent et, vu sa mentalité, il n'a pas pu résister. Il a volé le tableau, l'a fait transiter par Delorme et ensuite par vous, apparemment. C'est à ce moment-là que je suis entré en jeu. Pour moi, vous n'étiez qu'un passeur clandestin de plus.

— Alors pourquoi ne pas m'avoir simplement arrêté ?

— Nous étions dans une situation inconfortable. De toute évidence, ce Muller attachait de l'importance à ce tableau, mais nous ne savions pas pourquoi, et le moment choisi pour s'y intéresser nous préoccupait beaucoup. Rouxel ne devait pas tarder à recevoir ce prix. C'est tout un cérémonial et il y avait anguille sous roche. Peut-être s'agissait-il de quelque chose d'insignifiant ou de mensonger, ou juste des divagations d'un cinglé. Quoi qu'il en soit, mes supérieurs ont décidé que le mieux était de garder le dossier sous le coude jusqu'à ce qu'on découvre de quoi il retournait. Si on vous arrêtait et que Muller l'apprenait, il était probable qu'il parle... L'idée était de récupérer le tableau et de se rendre à Rome avant que Muller comprenne ce qui se passait. Naturellement, j'étais extrêmement pressé. »

Rien de très crédible là-dedans, pensait Flavia tout en scrutant le visage de son interlocuteur. C'était une histoire à dormir debout. Elle savait que les barbouzes n'avaient pas inventé la poudre, mais ces explications étaient tout simplement grotesques. Il aurait été plus efficace d'envoyer un détachement à la gare, d'arrêter Argyll et de saisir le tableau. Ce qu'il avait fait était absurde. Du travail d'amateur. Et surtout, croire qu'elle allait gober ces balivernes était carrément vexant. Quelqu'un ici ne disait pas l'entière vérité. Et ce n'était ni elle ni Argyll.

Jetant un coup d'œil de biais, elle vit qu'Argyll s'agitait sur son siège, peu convaincu lui aussi. Le plus discrètement possible, elle lui donna un petit coup et lui lança un regard signifiant « Surtout, ne l'ouvre pas ! ».

« Et vous vous êtes planté », répondit-elle. Ce n'était pas parce qu'elle faisait semblant d'être dupe de son histoire qu'elle devait le laisser s'en tirer à bon compte.

Montaillou n'eut pas du tout l'air gêné.

« J'en ai bien peur ! acquiesça-t-il en souriant benoîtement.

— Puis, cap sur Rome où vous avez cherché à rendre visite à Muller.

— Qui était absent. Je ne l'ai jamais rencontré.

— Et vous avez téléphoné à Argyll pour lui réclamer le tableau.

— En effet, répondit-il, l'air beaucoup plus sincère. C'est exact.

— Et ensuite vos supérieurs vous ont contacté, vous ont dit que Muller avait été assassiné et que vous deviez vous sortir au plus vite de ce guêpier. »

Il opina de la tête.

« Avec pour conséquence qu'une enquête criminelle a été entravée. »

Pour varier le menu, cette fois-ci il haussa les épaules.

« Avez-vous appelé Ellman à Bâle ? Pour lui dire de s'emparer du tableau ?

— Je n'ai jamais entendu parler de cet homme. Sincèrement. Je n'ai toujours pas la moindre idée de la façon dont il est impliqué dans cette affaire.

— Rouxel était-il au courant de vos agissements ?

— Pas dans les détails. Disons que je lui en ai parlé et que j'ai tenu au courant son assistante.

— Ah ! Et en ce qui vous concerne, les choses peuvent en rester là, si j'ai bien compris. Ces deux meurtres à Rome ne vous regardent pas. Le tableau a été remis à sa place, et Rouxel ne doit pas être affecté par quoi que ce soit de gênant.

— C'est exact. Il suffit désormais de vous renvoyer chez vous. Je vous en prie, n'imaginez pas que j'entrave le cours de la justice...

— Loin de moi cette idée !

— Si tôt ou tard vous découvrez une preuve décisive qui permette d'identifier l'assassin, nous agirons en conséquence, cela va de soi.

— Vous pensez vraiment ce que vous dites ?

— Bien sûr. Mais pour le moment vos interventions n'ont servi qu'à semer la confusion. Si je ne me trompe, vous n'avez aucun suspect, aucune preuve irréfutable contre quiconque.

— Pas réellement.

— C'est bien ce que je pensais. Je vous propose de me recontacter quand vous aurez quelque chose d'un peu plus solide.

— D'accord, acquiesça-t-elle au moment où il se leva. Il leur souhaita une bonne soirée, ramassa sa liasse de feuillets et repartit.

— Te voilà bien coopérative tout d'un coup », lança Argyll lorsque la porte se fut refermée avec un bruit sec. Il trouvait surprenant qu'elle ait soudain adopté une attitude de soumission contrite. Cela ne lui ressemblait pas du tout.

« Il faut se laisser porter par le courant, telle est ma devise. Qu'as-tu pensé de tout ça ?

— Je pense que j'avais raison depuis le début. Je t'avais dit qu'appeler Janet n'était pas une très bonne idée. Il était évident que cet homme allait se trouver là pour nous accueillir sur le sol français.

— Je sais, répliqua-t-elle, un peu énervée qu'il mette tant de temps à comprendre. C'était le but de la manœuvre. Il fallait que je lui parle. Comment aurais-je pu l'attraper autrement ? Il fallait que je sache quel rôle il jouait. Alors, que penses-tu de lui ? De ce qu'il a dit ?

— J'ai trouvé ça un petit peu bizarre. Je sais, bien sûr, qu'il arrive à ces gens de commettre des bourdes, mais j'ai l'impression que cette fois-ci ils ont fait l'impossible pour rendre les choses inutilement compliquées.

— Tu crois ?

— Oui ! fit-il avec force. Il aurait été très facile de régler la question du tableau. Et ils ont déployé de grands efforts pour ajouter complication sur complication.

— Donc, tu penches pour la théorie de l'incompétence ?

— As-tu une meilleure hypothèse ?

— Oui.

— Laquelle ?

— Tu ne la connais pas ?

— Non.

— Ça me donne un sentiment de supériorité. Moi, je sais ce qui s'est passé.

— Cesse de jouer les cachottières. Allez ! Vide ton sac !

— Non. On n'a pas le temps. Il faut se tirer d'ici.

— Ça ne devrait pas tarder !

— Mais je ne veux pas dire prendre l'avion pour rentrer gentiment à Rome. J'ai l'intention d'aller voir Rouxel.

— Mais eux souhaitent nous empêcher d'y aller. En tout cas, je suppose que c'est la mission de ces hommes avec des mitraillettes.

— Et tu ne t'es pas dit qu'un garde armé, c'est peut-être un peu beaucoup pour nous ?

— Je n'en sais rien. Et tu ne veux rien me dire. Ce dont je suis sûr, c'est que, de l'autre côté de cette porte, il y a un homme armé d'une mitraillette. »

Elle opina de la tête.

« Mais sans doute pas de l'autre côté de celle-là. Allons, viens, Jonathan ! lança-t-elle en tournant la poignée de la porte par laquelle était sorti Montaillou. Le temps presse ! »

Le réduit exigu dans lequel ils avaient été confinés faisait partie de toute une série où les malheureux qui essayaient d'entrer dans le pays pouvaient attendre et être interrogés des heures entières. Une succession de portes donnant dans la zone de contrôle des passeports laissaient passer les immigrants potentiels et faisaient face à une autre rangée de portes, s'ouvrant sur un couloir, par lesquelles les fonctionnaires de l'immigration entraient pour accomplir leur tâche. Le couloir se terminait à une extrémité par un mur, tandis qu'à l'autre, bloquant le chemin de la liberté, était posté un garde armé.

« Ça ne s'annonce pas tellement bien, hein ? chuchota Argyll.

— Chut ! » fit-elle. Non pas que sa prudence fût nécessaire. Le garde n'était pas particulièrement attentif. Il n'avait pas à l'être, après tout. Pour sortir, les fugitifs auraient dû lui marcher sur les pieds. Et, comme le suggéra Argyll, il pouvait difficilement ne pas s'en apercevoir.

« Allons, viens ! dit-elle. Par ici ! »

Et, s'assurant que le garde ne regardait pas, elle avança à pas feutrés dans la direction opposée, vers le mur qui fermait le couloir à l'autre bout.

Si la situation avait été un rien moins tendue, Argyll aurait pu souligner les inconvénients de cette décision. Il parvint toutefois à se maîtriser : seul son visage exprimait son scepticisme.

Leur réduit se trouvait à peu près au milieu d'une rangée de douze. Lorsque Flavia atteignit le dernier, elle en ouvrit délicatement la porte et passa la tête à l'intérieur. Manque de chance, il était occupé. L'air inquiet, un homme – apparemment algérien ou marocain – regardait tristement un fonctionnaire rigide qui se retourna quand il entendit la porte s'ouvrir.

« Désolée, dit-elle dans son français le plus pur, je croyais que nous étions censés l'interroger.

— Qui êtes-vous ?

— On est de la police. On croit qu'il est recherché dans son pays pour vol.

— Ah ! parfait ! Il est à vous si vous voulez. J'allais l'expulser, de toute façon.

— On prend le relais ? On vous appellera dès qu'on aura terminé. Vous n'êtes pas obligé de rester si vous souhaitez faire une pause.

— Ce n'est pas de refus. J'en ai bien besoin. C'est mon vingtième aujourd'hui. »

Il se leva, s'étira, leur fit un sourire amical, fronça les sourcils en direction de l'homme qu'il venait d'interroger, puis quitta tranquillement la pièce.

« Suivez-moi ! lança Flavia à l'immigré qui semblait terrorisé. Et taisez-vous ! » ajouta-t-elle tandis qu'il commençait à protester de son innocence.

Elle ouvrit la porte donnant sur la zone publique et regarda prudemment dehors. Les gardes armés bavardaient devant la porte du bureau où ils avaient été interrogés. Il y avait maintenant davantage de personnel pour vérifier les passeports et, heureusement, le jeune homme qui les avait interceptés avait disparu.

« Venez ! » ordonna-t-elle en se dirigeant d'un pas ferme et assuré vers l'un des guichets.

« On doit emmener cet homme pour l'inculper, dit-elle à l'un des fonctionnaires de service. Tous les papiers sont en ordre. On vous le rendra une fois qu'on aura pris ses empreintes au poste.

— D'accord ! Du moment que vous ne le perdez pas en route.

— N'ayez aucune crainte. À dans une demi-heure ! »

Et, tandis qu'Argyll agrippait l'autre bras de l'homme, elle entraîna le Maghrébin et lui fit traverser la zone de la douane et de l'immigration jusqu'au terminal des arrivées. Là, elle eut du mal à étouffer un ricanement.

« Et d'un bond, nous gagnâmes la liberté ! s'écria-t-elle. Oh ! Calmez-vous ! lança-t-elle au prisonnier en se précipitant vers la file de taxis. Vous me comprenez ? »

L'homme hocha la tête, toujours extrêmement inquiet.

« Bien. Maintenant prenez ce taxi. Voilà de l'argent, poursuivit-elle en lui fourrant dans la main une liasse des billets que leur avait donnés Edward Byrnes, et bonne chance ! D'accord ? Je vous conseille d'éviter la police pendant un certain temps. »

Elle pria le chauffeur de gagner le centre de Paris, puis regarda la voiture filer le long de la rampe et disparaître dans la nuit.

« C'est à notre tour à présent, dit-elle en entrant dans le suivant. Grand Dieu ! je lui ai donné par erreur environ six mille francs. Il doit penser que c'est sa

fête ! Comment diable vais-je expliquer ça à Bottando ?

— Où va-t-on ? demanda le chauffeur en faisant
démarrer son moteur.

— À Neuilly-sur-Seine. C'est bien là qu'il habite,
n'est-ce pas ? »

Argyll hocha la tête.

« Bien. Le plus vite possible, s'il vous plaît ! »

19

Il était maintenant plus de vingt et une heures et, la circulation des heures de pointe s'étant calmée, le chauffeur put montrer son adresse. Il conduisait une énorme Mercedes, très efficace pour les transporter à toute vitesse jusqu'à Paris, songea Argyll.

La seule difficulté, c'est qu'il ne connaissait pas très bien l'itinéraire. Alors que Flavia et Argyll n'étaient ni l'un ni l'autre véritablement spécialistes de topographie parisienne, ils durent cependant apporter leur concours : Flavia à l'aide d'un plan et Argyll grâce au souvenir de sa précédente visite chez Rouxel. Leurs efforts conjugués leur permirent de ne pas trop mal se débrouiller : ils ne prirent que deux mauvais virages et l'une des deux erreurs ne tira guère à conséquence. Le chauffeur était très fier de lui mais regrettait un peu de devoir les déposer dans un quartier résidentiel où il n'avait pas la moindre chance de faire monter de nouveaux clients. Il les laissa dans une rue parallèle à celle de Rouxel.

Elle n'aurait pas dû se faire tant de souci. Quel que soit le nombre de policiers sur le point de leur tomber dessus – lorsque, le moment de confusion passé, on comprendrait qu'ils s'étaient échappés de l'aéroport –, pour l'instant la voie était libre.

Cette fois-ci, la grille n'était pas verrouillée. Elle s'ouvrit dans un léger grincement.

« Flavia, avant que nous n'allions plus loin, quel est le but de la manœuvre ?

— C'est une question de dates.

— De quelles dates ?

— Les dates concernant le démantèlement du réseau Pilote.

— Je ne te suis pas. Mais peu importe. Quel rapport avec le dossier ?

— On devra le demander à Rouxel. »

Argyll émit un grognement.

« Alors, à ta guise ! Même si je dois dire que si je ne te faisais pas tant confiance, je serais bigrement tenté de retourner à l'aéroport.

— Mais tu me fais confiance. Et si on entrait, au lieu de parler ? »

Prévenant toute velléité de contradiction, elle s'empressa d'appuyer sur la sonnette. Il n'y eut aucune réponse. Après avoir attendu un moment en tapant du pied impatiemment, puis sonné de nouveau, elle décida de se dispenser des politesses d'usage. Elle actionna la poignée et poussa la porte qui n'était pas fermée à clé. Entrer chez les gens sans y être invitée semblait désormais une habitude.

Une lampe était allumée dans le vestibule où s'ouvraient trois pièces dont les portes étaient closes. Sous l'une d'elles, on apercevait un rai de lumière. Elle choisit de commencer par cette pièce-là et y pénétra.

Elle était vide. Mais, à l'évidence, quelqu'un venait de la quitter : un livre était ouvert sur le tapis, et près de l'âtre se trouvait un verre de cognac à moitié vide.

« J'entends quelque chose », dit Argyll à voix basse. Il n'était pas vraiment nécessaire de chuchoter, mais ça paraissait approprié.

« Eh bien ? » demanda Flavia lorsqu'ils se tinrent devant la porte de la pièce d'où provenait le bruit.

Même si cette scrupuleuse politesse était absurde de la part de quelqu'un qui, après tout, venait de s'introduire chez des inconnus de son propre chef, elle frappa discrètement. Aucune réponse. Une nouvelle fois, elle saisit la poignée et poussa la porte.

« Qui est-ce ? » s'enquit une voix sereine venant d'un coin de la pièce au moment où Flavia ouvrait la porte et jetait un coup d'œil à l'intérieur. Debout près d'une véritable forêt de plantes, Rouxel était en train de vaporiser quelque produit sur les feuilles. Argyll avait bien dit qu'il adorait les plantes, pensa incongrûment Flavia.

La pièce était plongée dans l'obscurité à part deux flaques de lumière, l'une près du bureau, l'autre proche du fauteuil placé à côté et occupé par Jeanne Armand. C'était le cabinet de travail où Argyll s'était entretenu avec Rouxel. Une bibliothèque en bois sombre pleine de livres reliés en cuir couvrait tout un mur. De volumineux et confortables fauteuils flanquaient la cheminée.

Flavia embrassa la pièce du regard afin de gagner quelques instants pour réfléchir. Elle hésitait sur la marche à suivre. Il y avait, d'une part, la certitude qu'elle avait enfin compris et, d'autre part, le violent dégoût que lui inspirait soudain toute cette affaire.

« Qui êtes-vous ? demanda de nouveau Rouxel.

— Je m'appelle Flavia di Stefano. J'appartiens à la police romaine. »

Il ne parut pas très intéressé.

« J'ai été chargée de l'enquête concernant le vol de votre tableau.

— On me l'a rendu.

— Et des deux meurtres qui lui sont liés.

— Oui, je suis au courant. Mais il me semble que maintenant tout est réglé.

— Je crains que vous ne vous trompiez. Rien n'est réglé. »

Elle se dirigea vers le mur du fond, celui qui faisait face aux portes-fenêtres donnant sur le jardin.

« Où se trouve le tableau ?

— Lequel ?

— *La Mort de Socrate*. Celui que vous avait offert votre mentor, Jules Hartung.

— Ah... Eh bien ! vous savez, il m'a causé tellement d'ennuis que je l'ai fait détruire.

— Vous avez fait quoi ?

— C'est Jeanne qui en a eu l'idée. Elle l'a brûlé.

— Pourquoi ? »

Il haussa les épaules.

« Je ne crois pas être obligé de me justifier auprès de vous de ce que je fais avec ce qui m'appartient.

— Cependant, il vous reste d'autres tableaux. Comme celui-ci. » Elle désigna une petite toile accrochée à côté d'une bibliothèque en acajou, à peu près de la taille des autres. C'était le genre de peinture qu'aimait Argyll. Le Christ trônait au milieu des apôtres, à la manière de *La Cène* de Léonard de Vinci. Ils avaient tous l'air graves, mais le visage de certains des apôtres était empreint de pitié, voire de tristesse. Au-dessous d'eux se trouvait une file de personnes ; l'une d'entre elles était agenouillée et attendait le verdict.

À nouveau, aucune réponse. Rouxel ne paraissait pas agacé par ses questions, ne refusait pas d'y répondre, n'essayait pas même de les faire cesser. Il ne semblait pas inquiet non plus. Simplement, il n'était pas très intéressé.

« "Et chacun était jugé selon ses œuvres", dit-elle. Êtes-vous prêt à subir ce jugement, monsieur ? »

Elle obtint enfin une réaction. Rouxel esquissa un pâle sourire et remua un peu sur son siège.

« Y a-t-il quelqu'un qui le soit ?

— Je me demande combien de temps il faudra à la cavalerie pour arriver jusqu'ici, dit-elle en jetant un coup d'œil sur sa montre.

— Qui ? demanda Argyll.

— Montaillou et ses amis. Ils devraient déjà être là.

— Et que se passera-t-il alors ? »

Ce fut maintenant au tour de Flavia de prendre un air indifférent.

« Peu m'importe, en fait. Qu'en pensez-vous, monsieur Rouxel ? Est-ce que je devrais m'expliquer ?

— Vous semblez être le genre de jeune femme qui croit que les choses peuvent être expliquées. Qu'on peut les analyser, les comprendre et les rendre intelligibles. À mon âge je n'en suis plus si sûr. Ce que font

317

les gens et les raisons qui les motivent restent souvent un mystère.

— Pas toujours.

— Les voilà, je crois, dit Argyll en s'approchant de la fenêtre et en regardant à travers le rideau. Oui, Montaillou et quelques autres. L'un d'entre eux paraît avoir reçu l'ordre de garder le portail. Un autre se tient devant la porte d'entrée. Les deux autres pénètrent dans la maison. »

Montaillou et l'autre homme qu'Argyll voyait pour la première fois traversèrent le vestibule puis entrèrent dans le cabinet de travail. Alors que pendant leur dernière entrevue l'officier des renseignements s'était montré courtois, cette fois-ci il ne s'embarrassa pas le moins du monde de politesses.

L'autre homme paraissait plus détaché. La cinquantaine achevée, les cheveux gris coupés court, le nez pointu, il avait un regard intelligent voilé pour le moment par une expression de résignation soucieuse.

« Voici quelques heures j'ai promis de ne pas inculper M. Argyll ni de gêner votre carrière, déclara Montaillou d'un ton sec qui cachait mal sa colère. Je suis certain que vous me comprendrez si je vous dis qu'il m'est désormais impossible de tenir cette promesse. »

Flavia ne lui prêta aucune attention. Ce n'était peut-être pas la meilleure façon de désarmer sa colère, mais elle s'en moquait.

« Rebonjour, monsieur l'inspecteur Janet, fit-elle. Je suis si contente de vous revoir ! »

L'homme aux cheveux gris lui fit un signe de tête gêné. Pour la première fois Argyll le scruta d'un œil très intéressé. Voici donc l'homme censé être la seule personne à laquelle ils pouvaient faire confiance... En tout cas, pensa-t-il, les relations franco-italiennes concernant le trafic d'objets d'art allaient mettre un bon bout de temps à redevenir normales.

« Salut, Flavia, répondit-il avec un sourire presque malheureux et penaud. Je déplore vraiment ce qui vient de se passer. »

Elle haussa les épaules.

« Mais pourquoi êtes-vous venue ici ? reprit Janet. Dans quel but ?

— Moi, je le sais... », commença Montaillou. D'un mouvement de la main, Janet lui intima de se taire. Flavia remarqua le geste. Intéressant... Elle avait toujours su que Janet possédait plus de pouvoir que ne lui en conférait officiellement sa position hiérarchique. Contrairement à Bottando, il faisait partie d'une élite de fonctionnaires qui, grâce à leur entregent, peuvent régler un problème en donnant un simple coup de téléphone à l'un de leurs contacts. Mais ça, c'était nouveau. Montaillou acceptait implicitement l'autorité supérieure de son collègue. Et apparemment Janet paraissait être encore tenu à une sorte de collaboration avec elle et son service italien. Cela signifiait qu'elle aurait au moins une chance de se faire entendre.

« J'ai fait une promesse, dit-elle.

— Vous pouvez fournir une explication, alors ? Une preuve ?

— Je pense pouvoir fournir un bon compte rendu.

— Il a intérêt à être bon.

— Je ne crois pas que ce sera nécessaire. Je ne pense pas qu'on aura besoin de preuve ou de quoi que ce soit. Il ne s'agit pas de ce genre d'affaire. Je crains que cela ne se termine pas par l'inculpation, l'extradition ou le procès de quiconque.

— Allez-vous donc suggérer que les meurtres ont été commis à l'instigation des services de renseignements français ? J'espère que non ! s'écria Janet. Malgré la maladresse avec laquelle M. Montaillou s'est occupé de ce dossier... »

Elle secoua la tête, tout en notant le désaccord entre les deux hommes. Cela pouvait s'avérer utile.

« Non. Il ne nous a simplement pas facilité la tâche... Ni vous non plus.

— Alors, qui a tué ces gens ?

— C'est elle, répondit simplement Flavia en désignant Jeanne Armand. Ou, en tout cas, elle a commandité le premier meurtre et commis le second. »

Cette déclaration fut accueillie par un silence général, sans même que la femme assise dans le fauteuil n'émette la moindre protestation. C'est finalement Argyll qui réagit le premier.

« Oh ! Flavia, réellement, s'écria-t-il. Quelle drôle d'idée ! Est-ce que tu trouves qu'elle a l'air d'une meurtrière ?

— Pouvez-vous prouver ce que vous avancez ? » demanda Janet.

Flavia secoua de nouveau la tête.

« Rien de concluant. Mais M. Rouxel se trouvait à Rome ce jour-là, à la tête d'une délégation auprès du ministère de l'Intérieur italien. Le coup de fil passé à Ellman à Rome l'a été depuis l'hôtel Raphaël. Et dans la chambre située en face de celle d'Ellman résidait un témoin qui a été interrogé par l'inspecteur Fabriano.

Une certaine madame Armand. C'était vous, n'est-ce pas ? »

Jeanne Armand leva les yeux et hocha la tête.

« Oui. Mais j'ai dit la vérité. Je n'ai rien entendu de significatif. Le fait que j'étais descendue dans le même hôtel relève d'une horrible coïncidence, bien sûr...

— Horrible, en effet, acquiesça Flavia, mais vous n'avez pas dit l'entière vérité.

— J'ai pensé qu'il me fallait protéger mon grand-père. Je...

— Vous ne vouliez pas que son nom apparaisse dans les journaux juste avant la remise du prix. Cela va de soi.

— Mais c'était quand même une coïncidence, dit Janet d'un ton calme. Sauf si vous nous persuadez du contraire.

— Je le répète, je ne possède aucune preuve. Mais je peux vous raconter une histoire, si vous le désirez. Vous pouvez ou non la croire, à vous de juger. Ensuite je rentrerai sans broncher par le prochain avion et oublierai toute cette affaire. »

Elle regarda autour d'elle mais personne ne l'encouragea à poursuivre ni ne lui intima de se taire. Elle prit donc une profonde inspiration et commença :

« Nous avons affaire à un réseau très lâche s'étendant sur plusieurs générations et plusieurs pays. Certaines des personnes concernées sont mortes, d'autres sont toujours vivantes. Jules Hartung, déjà assez âgé au début de la dernière guerre ; Jean Rouxel, Mme Richards, Ellman appartenant tous à la même génération et âgés d'une vingtaine d'années en 1940 ;

Arthur Muller était beaucoup plus jeune ; la plus jeune, c'est Jeanne Armand, ici présente. Ces personnes venaient de Suisse, du Canada, d'Angleterre et de France. Elles ont toutes été profondément marquées par la guerre et en particulier par les événements du 27 juin 1943. Ce jour-là, une cellule de la Résistance appelée Pilote a été démantelée par les services de renseignements de l'armée allemande.

« Si vous le voulez, nous pouvons reparler de ça plus tard. Je veux d'abord vous dire ce qui s'est passé. Cela ne ressemblait pas du tout à Arthur Muller de demander à Besson de voler le tableau. On ne peut guère imaginer d'homme plus droit, plus honnête et plus franc. Il ne commettait aucun acte illégal. Mais, en l'occurrence, il a été complice d'un délit de manière tout à fait délibérée. Dans quel but ? Nous savons qu'il souhaitait examiner un tableau, mais pourquoi ne pas écrire à Jean Rouxel pour le lui demander ? Je pense que la réponse est toute simple. Il l'a fait. Mais on l'a éconduit.

— C'est faux ! s'écria Rouxel. C'est la semaine dernière que j'ai entendu parler de cet homme pour la première fois.

— Non. Votre secrétaire trie tout votre courrier. Elle a reçu ses lettres et y a répondu pour vous. Au début, à mon avis, elle a cru que Muller n'avait pas toute sa tête. Il avait de bonnes raisons de ne pas révéler le vrai motif pour lequel il voulait examiner le tableau. Quoi qu'il en soit, elle a rejeté toutes ses demandes.

— Vous aurez du mal à prouver vos allégations, dit Jeanne.

— Je sais. Quand vous avez tué Ellman, vous avez pris soin d'emporter et de détruire le dossier contenant la correspondance qu'il avait saisie dans l'appartement de Muller. Je suppose que s'y trouvaient toutes les lettres que vous lui aviez adressées.

— C'est vous qui le dites.

— En effet. Je le répète, je ne fais que raconter une histoire. Quand la police a arrêté Besson, celui-ci a été interrogé et remis à Montaillou. Qui a téléphoné pour poser des questions à propos du tableau. C'est à Mme Armand que vous avez parlé, n'est-ce pas ? »

Montaillou opina de la tête.

« Elle savait donc qu'il était destiné à Muller et elle se doutait désormais de la raison pour laquelle ce tableau était si important. Afin qu'il soit intercepté, elle a déclaré que Muller était fou à lier, qu'il était obsédé par l'idée de révéler que Rouxel avait mal mené l'enquête sur la culpabilité de Hartung. C'est elle qui vous a poussé à le récupérer avant qu'il ne quitte le pays en arguant que cela risquait de créer un scandale. »

Montaillou hocha de nouveau la tête.

« Et vous avez échoué. À ses yeux, il était déjà trop tard. Même si on parvenait à reprendre le tableau à Muller, il n'y avait aucune garantie que ce qu'il recelait n'ait pas été enlevé. Muller était dangereux et il fallait qu'on s'en occupe. Avant que vous ne m'interrompiez, je vous promets de révéler pourquoi dans un instant.

« Comme il s'agit d'une affaire délicate, il lui faut s'adresser à quelqu'un de toute confiance. Elle appelle donc Ellman. Depuis son hôtel. Et elle lui indique ce qu'il doit faire. Il acquiesce.

« Ellman arrive à Rome et se rend chez Muller. Comme il nie détenir le tableau, Ellman le torture pour qu'il révèle l'endroit où il se trouve. Quand il avoue que c'est Argyll qui l'a, Ellman tue Muller et s'en va en emportant les documents.

« Il rencontre alors Mme Armand qui est restée à Rome après le départ de Rouxel pour Paris. Peut-être a-t-il essayé de jouer au plus fin, je n'en sais rien. Mais elle s'empare de son pistolet et le tue, puis part en prenant tous les papiers qu'il avait dans sa chambre. J'imagine qu'elle les a détruits.

« Quelques jours plus tard, Jonathan rapporte le tableau, et Mme Armand pour plus de sûreté le brûle. »

Flavia regarda autour d'elle pour voir comment l'auditoire appréciait ce qui était, en vérité, une version des faits difficilement crédible. Beaucoup d'hypothèses et peu de preuves. Elle pouvait presque entendre Bottando grogner en coulisses.

Les réactions s'accordaient parfaitement avec ses suppositions. Argyll avait l'air un peu déçu ; Janet, surpris d'avoir été tiré de son lit en pleine nuit pour entendre de pareilles élucubrations ; Montaillou, méprisant ; tandis que Jeanne Armand paraissait presque amusée. Seul Rouxel lui-même n'était pas affecté : il demeurait tranquillement assis dans son fauteuil comme s'il avait entendu un jeune cadre enthousiaste présenter un projet totalement délirant.

« Vous me pardonnerez de vous dire que tout ça est fort maigre, ma jeune dame », déclara-t-il lorsqu'il apparut clairement que personne n'allait rompre le silence. Et il lui fit un sourire presque gêné.

« Ce n'est pas tout, reprit-elle. Bien que je ne sois pas sûre que vous vouliez entendre la suite.

— Si elle est aussi faible que la première partie, j'imagine que nous survivrons, commenta Montaillou.

— Monsieur Rouxel ? demanda-t-elle avec une extrême réticence. Et vous ? »

Il secoua la tête.

« Vous avez décidé de parler. Il est trop tard pour vous arrêter en chemin. Vous le savez aussi bien que moi. Vous devez dire ce que vous pensez, même si c'est complètement idiot. Mon avis ne compte guère. »

Elle hocha la tête.

« Bien. Alors passons aux deux motifs. À celui de Montaillou pour s'emparer du tableau toutes affaires cessantes. Tout comme Jeanne Armand.

« Commençons par Mme Armand. Il s'agit d'une femme intelligente et cultivée. Qui a fait des études, a commencé une carrière prometteuse avant de la quitter pour aider provisoirement son grand-père. Mais il n'a plus pu se passer d'elle, et le jour où elle a voulu voler de ses propres ailes au lieu de s'occuper de lui il l'a persuadée de rester. Malgré sa compétence elle est considérée comme à peine plus qu'une secrétaire.

« M. Rouxel s'est marié en 1945, sa femme est morte jeune et il ne s'est jamais remarié. Sa fille est morte en couches. Mme Armand est sa parente la plus proche et a toujours été aux petits soins pour lui. Comment pouvait-elle agir ainsi, vu la façon dont elle était traitée, j'ai personnellement du mal à le comprendre. Mais elle a travaillé pour lui, s'est occupée de lui, l'a protégé des soucis du monde extérieur. Je me trompe ? »

Rouxel opina du bonnet.

« Elle représente tout ce que peut demander un vieil homme. Totalement dévouée. Elle a été merveilleuse pour moi, je dois dire, et si vous attaquez cet aspect de son caractère, je vais me mettre en colère...

— Je suppose qu'elle est également votre héritière. »

Il haussa les épaules.

« Cela va sans dire. Ce n'est pas un secret. Je n'ai pas d'autre famille. Qui d'autre pourrait hériter de moi ?

— Et votre fils ? » demanda Flavia d'un ton calme.

Le silence qui salua sa question était si dense que Flavia se demanda s'il serait jamais brisé. Chacun semblait retenir son souffle pour ne pas le troubler.

« Arthur Muller, la première victime dans cette affaire, était votre fils, monsieur, reprit-elle après un bon moment. Le fils de Henrietta Richards, alias Henriette Hartung. Elle vit toujours. Elle a été votre maîtresse pendant plusieurs années. Muller est né en 1940 à une époque où, selon sa mère, elle et son mari n'avaient pas été intimes, pour reprendre son expression, depuis deux ans. Contrairement à vous deux. Elle a gardé secret le nom du père de son enfant. Cela aurait mis en danger les chances de celui-ci d'hériter, et elle voulait se conduire, à sa façon, en bonne épouse. Ce qui voulait dire rester discrète à défaut d'être fidèle. Et elle craignait que vous n'alliez exiger de Hartung qu'il la laisse partir. »

Rouxel ricana.

« Ça, il n'en était pas question.

— Je vous demande pardon ?

— Que j'épouse Henriette ? Moi ? Cela ne m'est jamais venu à l'idée !

— Vous étiez amoureux d'elle, répliqua Flavia, un sentiment de haine montant en elle.

— Jamais de la vie ! rétorqua-t-il avec mépris. Elle était sympathique, jolie fille et amusante. Mais amoureux d'elle, moi ? Pas du tout. Épouser la laissée-pour-compte sans le sou de Hartung ? C'est absurde. Je ne le lui ai d'ailleurs jamais promis.

— Elle vous aimait. »

Même aujourd'hui, dans cette conjoncture particulière, Rouxel eut un petit haussement d'épaules presque suffisant. Cela va sans dire ! paraissait-il suggérer.

« C'était une petite idiote. Elle l'avait toujours été. Elle s'ennuyait et voulait de l'animation dans sa vie. Je me suis chargé de lui en procurer. »

Flavia ne répondit rien mais elle l'étudia de plus près, respirant lentement pour se maîtriser. Comme Rouxel l'avait dit, elle ne pouvait plus s'arrêter en chemin. Il n'était plus question de se retenir. Elle le devait à Henriette Richards. Elle le lui avait promis.

« Mais elle n'a jamais parlé de vous à quiconque, sauf à son fils. Quand il a été envoyé pour sa sécurité en Argentine, puis au Canada, elle lui a affirmé que son père était un grand héros. C'était un petit enfant à l'époque, mais il a compris et s'est accroché à cette croyance. Même quand on lui a appris ce qui était arrivé à Hartung, il a refusé de l'admettre. Sa sœur adoptive pensait qu'il vivait dans un monde de rêves. Mais il a cru ce que sa mère lui avait dit. Il était certain que, même avant d'être accusé de trahison, Hartung n'était pas lui-même de l'étoffe des héros. Par conséquent, son père devait être quelqu'un d'autre. Quand il a lu les lettres écrites par ses parents, il a compris que ce qu'il avait toujours imaginé était la vérité et il a entrepris sa quête.

« Il a fait ce qui paraissait évident : il a écrit aux personnes ayant eu un lien avec son père et a fouillé personnellement dans les archives, bien qu'il n'ait eu aucune formation d'historien. Il a parlé à l'archiviste du Centre de documentation juive. Jeanne Armand a compris ce que Muller recherchait grâce aux lettres qu'il a adressées à M. Rouxel et qu'elle a interceptées et lues, grâce aussi à d'autres remarques entendues au cours des ans et à sa lecture d'un certain nombre de papiers dans votre cabinet de travail auquel elle avait libre accès. Elle a deviné qui il était et elle se doutait qu'il recherchait des documents prouvant sa véritable identité, mais elle ignorait où ceux-ci se trouvaient.

« Ce que Muller cherchait, c'était la preuve dont avait parlé Hartung dans sa lettre. Preuve qui se trouvait dans le "jugement dernier" que Muller a interprété comme le "dernier jugement". Il a cru l'identifier et l'a volé. Ç'a été la plus grave erreur de sa vie.

« Quand la peinture a été volée et que Montaillou a appris à Mme Armand qui était le voleur, toutes les pièces du puzzle se sont emboîtées. Elle n'a pas perdu de temps : elle a tué votre fils, monsieur. Elle l'a fait tuer de sang-froid. Torturer à mort par le même homme qui a torturé votre maîtresse et détruit sa vie. Voilà comment elle vous a remercié de la façon dont vous l'avez traitée... Vous me croyez ? demanda-t-elle après un autre long silence.

— Je ne sais pas », fit-il en secouant la tête. Il la croyait. La façon dont ses épaules s'étaient affaissées indiquait clairement que même si Janet et Montaillou pouvaient demeurer sceptiques, Rouxel savait parfaitement que ce que Flavia avançait était vrai. Sans preuve. Mais tout procès et châtiment de la part du système judiciaire seraient moins éprouvants, de toute façon.

« Henriette Hartung était votre maîtresse vers l'époque où votre fils a été conçu », reprit-elle.

Il opina de la tête.

« Et vous n'avez jamais eu le moindre soupçon ?

— Je me suis fait du souci, en effet. Mais elle m'a dit de ne pas me tracasser. J'étais un étudiant sans le sou. Hartung avait été bon pour moi. Je lui devais tout. Néanmoins, j'entretenais une liaison avec sa femme et je n'avais pas l'intention d'y mettre fin. Je ne voulais pas non plus qu'il s'en aperçoive. Ce n'était pas seulement parce que ç'aurait fait capoter ma carrière avant même qu'elle ait commencé, mais aussi parce que l'homme m'était cher.

— Vraiment ? Vous avez une drôle de façon de montrer votre affection ! »

Argyll, qui était resté tranquillement assis jusque-là, leva les yeux en entendant cette remarque lancée avec une ironie mordante et amère, inhabituelle chez Flavia. Il scruta son visage : elle avait une expression tout à fait impassible et sereine, mais, connaissant parfaitement son amie, Argyll était à peu près certain que quelque chose de pénible était sur le point de se passer. Et, à ses yeux, l'atmosphère était déjà assez lourde comme ça...

« Étant donné que c'était quelqu'un qui vous avait beaucoup aidé et que vous admiriez tant, vous l'avez trahi dans les grandes largeurs, c'est bien ça ? »

329

Rouxel haussa les épaules.

« J'étais jeune, et stupide. Paris vivait une étrange époque.

— Ce n'est pas ce que je voulais dire.

— Que vouliez-vous donc dire ?

— M. Montaillou le sait, me semble-t-il. »

Montaillou secoua la tête.

« Non, je n'en sais rien. Tout ce que je sais, c'est que vous causez beaucoup de tracas pour rien. On connaît maintenant l'assassin de Muller. C'est Ellman. Vous ne pouvez pas prouver qui a tué Ellman, et je pense que personne ne cherche à le savoir. Laissez tomber !

— Non ! s'écria Janet avec une fougue inattendue. J'en ai assez de toute cette histoire. Je veux connaître la vérité. Cette semaine, j'ai été soumis à d'intolérables pressions et interventions de toutes sortes. On a mis un terme à certaines de mes investigations. Votre service m'a enjoint d'entraver une enquête concernant un meurtre en Italie, ce qui a causé d'énormes dommages à mes relations avec des collègues étrangers. J'attrape un important voleur que je traque depuis des années, et vous le relâchez en lui accordant une amnistie, pour ainsi dire. J'en ai par-dessus la tête ! Je veux aller au fond des choses avant de déposer plainte en bonne et due forme contre vous, Montaillou. Alors, Flavia, poursuivez votre analyse. Allez au bout de vos explications.

— J'ignore pour qui travaille Montaillou, mais je suis certaine qu'il ne s'agit pas d'une petite institution de rien du tout chargée de la protection des personnalités officielles. Comme vous l'avez dit, il s'est beaucoup démené ces derniers temps. On ne s'active pas

330

comme il l'a fait si son travail consiste seulement à surveiller les diplomates et les hommes politiques.

« Le boulot de Montaillou était d'empêcher qu'éclate un grand scandale. Lui et son service ont été manipulés par Mme Armand, comme tout le monde. On l'a convaincu que le tableau volé par Muller recelait des documents compromettants qui, s'ils étaient révélés au moment opportun, risquaient d'obliger M. Rouxel à refuser publiquement le prix Europa. Prix auquel il avait été présenté par le gouvernement français. Montaillou avait pour mission d'empêcher cela.

« Il nous faut donc revenir en arrière. À Pilote et à son démantèlement. Il y avait un mouchard. Les opérations se mettaient à capoter. Qui était-ce ? Rouxel a pris les choses en main. Des renseignements ont été donnés à l'avance à certains membres uniquement : en principe, si les opérations en question se déroulaient sans encombre, ces membres étaient blanchis. C'était un travail lent et difficile, mais dont il fallait bien que quelqu'un se charge. Je ne sais rien, évidemment, de l'atmosphère d'une situation de guerre, mais j'imagine qu'il ne peut rien y avoir de pire que lorsque les soupçons sapent peu à peu le moral. Il fallait démasquer le coupable.

« Ce qui fut fait. Des renseignements fournis seulement à Hartung ont provoqué l'échec d'une mission. C'était une preuve irréfutable, et même sa femme en a été convaincue. C'est pourquoi Hartung a été convoqué à un entretien au cours duquel, selon Mme Richards, M. Rouxel l'a accusé directement. Avant de le laisser s'échapper. Est-ce bien ça ? »

Rouxel hocha la tête.

« Oui, fit-il. Mis au pied du mur, le cœur m'a manqué. On devait l'envoyer au peloton d'exécution. Mais je n'ai pu m'y résoudre. Par sentimentalisme, je suppose, ce que j'ai immédiatement regretté. Cela nous a coûté très cher.

— En effet. Hartung s'est enfui, et Pilote a été liquidé en cinq sec. La conclusion qui s'imposait, c'est qu'il avait alerté les Allemands avant de partir. Et cela a été confirmé par les Allemands eux-mêmes. Franz Schmidt a tourmenté la femme de Hartung en lui affirmant que son malheur était causé par la trahison de son mari. Il n'avait même pas essayé de la sauver. C'est à cause de ça surtout qu'elle et Rouxel étaient désireux de le poursuivre en justice après la guerre. Est-ce un résumé équitable, monsieur ?

— Oui. Dans l'ensemble.

— Sauf que c'est un tissu de mensonges. »

Rouxel secoua la tête.

« Hartung avait toujours été plus ou moins en marge de votre cellule et malgré ça il a réussi à en trahir tous les membres, sans exception ? Comment pouvait-il avoir connu tous ces détails ? Vous lui avez parlé le soir du 26 juin, vers vingt-deux heures et pourtant dès six heures trente le lendemain matin les Allemands ont embarqué tous les membres de la cellule au cours d'une opération de grande envergure ? Opération qu'ils avaient pu organiser de A à Z en sept heures ? Et si c'est vraiment ce qui est arrivé, comment se fait-il que vous, vous soyez passé entre les mailles du filet ? Vous, le chef du groupe, le numéro un de leur liste ? L'homme qui connaissait réellement le nom, l'identité et l'adresse de tous les membres du groupe ?

— J'ai eu de la chance. Et la Gestapo pouvait agir très vite si besoin était. Il s'agissait de l'opération Rasoir. Elle était très douée pour ce genre de choses.

— Oui. L'opération Rasoir. J'en ai entendu parler. »

Rouxel hocha une nouvelle fois la tête.

« Mise sur pied pour détruire Pilote. Organisée sur la base de la trahison complète de Hartung la nuit du 26 juin. Trahison motivée parce qu'il avait compris que tout était fichu pour lui après sa conversation avec vous. »

Nouveau hochement de tête.

« Alors, comment se fait-il que l'ordre de lancer l'opération Rasoir a été rédigé le 23 juin ?

— Que voulez-vous dire ?

— Le dossier sur la collection d'œuvres d'art qui se trouve dans le Centre de documentation juive établit tout à fait clairement que les Allemands agissaient en accord avec les instructions concernant l'opération Rasoir données dès le 23 juin. Trois jours avant que Hartung ne soit accusé, avant sa fuite et avant, selon vous, qu'il vous trahisse.

— Sans doute est-il possible qu'il nous ait trahis plus tôt.

— Ou il est peut-être possible que non. Peut-être qu'au cours de l'entretien qu'il a eu avec vous ce soir-là il vous a accusé, vous, d'être le traître. Peut-être vous a-t-il annoncé qu'il en détenait la preuve. Peut-être avez-vous contacté les Allemands pour vous assurer qu'il ne puisse pas parler, mais il s'est échappé avant d'être arrêté. Et vous vous êtes arrangé pour que la vie d'Henriette soit épargnée afin qu'elle puisse apprendre que c'était son mari qui avait trahi et que, le moment venu, elle soit à même de témoigner contre lui. »

Rouxel éclata de rire.

« Un vrai roman, ma chère dame ! Vous racontez n'importe quoi !

— Je n'en suis pas si sûre. Réfléchissons un peu ! Le dénommé Schmidt... C'est un tortionnaire, un criminel de guerre recherché. Connu personnellement de votre ancienne maîtresse. Quand les autorités ont voulu l'arrêter en 1948, il a été prévenu et a disparu en réussissant à changer de nom. Mais, depuis quelques années, une compagnie appelée Services financiers lui payait soixante mille francs suisses par an. Compagnie qui est sous votre coupe, monsieur. Pouvez-vous expliquer pourquoi ? Le plaigniez-vous ? Ou bien achetiez-vous son silence ?

— Je ne sais pas de quoi vous parlez.

— Bien sûr que si ! Ne me racontez pas d'histoires ! Le compte d'Ellman était crédité de cette somme par la compagnie Services financiers. Vous êtes membre du conseil d'administration et vous en avez été le président. Et un important actionnaire. Quel est le motif de ce virement ?

— Aucune idée.

— Vous parlez ! » Elle se tut après cette exclamation afin de se rasséréner. Elle ne voulait surtout pas que l'entretien dégénère en une prise de bec. Il fallait qu'elle procède posément et avec méthode.

« Il y a un dernier problème, reprit-elle. Hartung s'est pendu en prison pour éviter son procès. Pourquoi donc, s'il pensait pouvoir laver sa réputation ? Est-ce raisonnable de la part de quelqu'un qui se sent capable de prouver son innocence ? Bien sûr que non. La version officielle, c'est que le procureur est venu le voir en prison, lui a exposé le dossier et que, ne voyant pas d'autre issue, Hartung s'est suicidé. Le lendemain, on l'a retrouvé pendu dans sa cellule. Monsieur Rouxel, le procureur dans cette affaire, c'était vous. Vous lui avez rendu visite le soir de sa mort. Et vous l'avez pendu pour l'empêcher de vous dénoncer pendant son procès.

— Ce sont des mensonges éhontés... de la pure invention !

— Heureusement, nous ne sommes pas obligés de compter sur votre sincérité. Il y a des preuves. »

À ce moment précis, elle capta totalement l'attention de son auditoire. Jusqu'alors ç'avait été une lutte entre Flavia et Rouxel. Maintenant, abandonnant le rôle de spectateurs passifs, tous les témoins de la scène se redressèrent d'un seul coup.

« Quelles preuves ? demanda Janet.

— La seule preuve qui reste. Les autres ont été systématiquement dissimulées, voire détruites, comme les dossiers de Muller et les documents classés secrets du ministère. J'avais annoncé à M. Janet que j'allais me rendre au Centre de documentation juive et quelqu'un est arrivé sur les lieux avant moi. Je suppose que c'est vous, monsieur Montaillou. Il ne reste donc que la preuve signalée par Hartung, celle qui, il en était persuadé, allait l'innocenter. Ce sur quoi repose toute cette affaire.

— Je croyais qu'on avait établi qu'elle n'existait pas.

— Oh si ! elle existe. Muller avait déduit qu'elle avait été cachée dans le dernier tableau d'une série sur la justice, représentant des jugements : *Le Jugement et la mort de Socrate, Le Jugement d'Alexandre, Le Jugement de Jésus, Le Jugement de Salomon*. Je crois qu'il s'agissait de ces quatre-là. Le *Socrate* a été offert à M. Rouxel quand il a été reçu à sa licence en droit. Mais il y avait également *Le Jugement de Jésus* acheté et livré lorsqu'il vivait encore chez les parents d'Henriette. Celui-ci, précisa-t-elle en désignant le tableau qui était suspendu dans un coin de la pièce. *Le Christ en majesté entouré des apôtres. Le Jugement dernier.* Il ne s'agit pas de Jésus passant en jugement, mais de Jésus jugeant les hommes. Tableau qui se trouvait dans le bureau où Rouxel et Hartung ont eu leur conversation en 1943. Dans l'endroit le moins évident, avait dit Hartung dans sa lettre. Et en effet. Pensez-vous que nous devrions le décrocher pour regarder ? »

C'était quitte ou double. Après tout, elle ne savait pas s'ils trouveraient quelque chose. C'est pourquoi elle mit dans ses paroles toute sa force de conviction. Les prochaines minutes lui donneraient raison ou la ridiculiseraient complètement.

Cette fois-ci, c'est Jeanne Armand qui rompit le silence. Elle éclata de rire. C'était un rire âpre et sans joie, d'autant plus troublant qu'il était inattendu et intempestif.

« Qu'y a-t-il ? demanda Janet.

— Je n'arrive pas à y croire ! s'écria-t-elle. Tout ce travail, tout ce brouillage de pistes pendant des décennies, pour être finalement dénoncé par quelque chose qui se trouve dans son cabinet de travail depuis quarante ans. C'est drôle. Voilà ce qu'il y a.

— Dois-je comprendre que vous acceptez mon explication ? demanda vivement Flavia dans l'espoir de l'encourager à parler.

— Oh que oui !

— Vous avez demandé à Ellman de récupérer le tableau ?

— Oui. Je savais qui était ce satané Muller et je n'allais pas tolérer qu'il débarque ici pour me dénier mes droits. Ça fait des années que je m'échine pour cet homme. Il m'a suppliée de travailler pour lui, en me disant qu'il avait tant besoin de moi, lui, un vieillard seul au monde. Il est très persuasif, vous vous en êtes aperçus. C'est donc ce que j'ai fait, afin d'honorer le héros de la famille. J'ai tout abandonné pour lui, et tout ce que j'ai reçu en échange, ce sont des reproches parce que je ne suis pas le petit-fils dont il puisse être réellement fier. Pour perpétuer le nom de Rouxel, comme si cela avait le moindre sens. Et voilà que cet individu fait son apparition. Je voyais déjà la scène : les retrouvailles dans les larmes, l'adoption officielle, le délicieux accueil au sein de la famille. Un fils ! Le couronnement final d'une carrière jalonnée de brillants succès. Oh non ! Je n'allais pas être évincée comme ça de la place que j'avais bien méritée. Je connaissais l'existence de cet Ellman.

— Comment ?

— Je vous l'ai dit. J'organisais la vie de mon grand-père. Toutes ses lettres, toutes ses finances. Tous ses anciens papiers. J'étais au courant de ces paiements mais je ne parvenais pas à comprendre à quoi ils correspondaient. J'y ai donc mis fin il y a un an. Un mois plus tard à peu près, Ellman est venu me voir. Il m'a beaucoup parlé des exploits héroïques de mon grand-père. J'ai alors un peu fouillé dans ses papiers. Assez pour savoir qu'Ellman était le genre de personne qui pourrait effectuer cette sorte de besogne tout en ayant de bonnes raisons de se taire. Je n'ai pas pensé que M. Montaillou pourrait le faire pour moi. Et si Montaillou rendait visite à cet homme et obtenait une explication complète ? Croyez-vous qu'il aurait détruit les preuves de l'identité de Muller ? Pas la moindre chance. Ce n'était pas son boulot. Il aurait jugé que c'était une affaire familiale sans conséquence et ne s'en serait pas préoccupé. Il me fallait quelqu'un qui soit capable de trouver les documents et de les détruire. Mais je ne savais pas qu'il allait commettre un crime. Ce n'était pas mon but. J'en voulais seulement aux preuves que détenait Muller.

— Alors pourquoi a-t-il été tué ?

— Parce que j'ai sous-estimé la cruauté d'Ellman. Il ne voulait pas voir un rival empiéter sur son territoire, je suppose. Il a eu peur que Muller n'avertisse la presse. Et, bien sûr, dans ce cas il risquait d'être démasqué et même poursuivi en justice.

— Et vous, vous avez tué Ellman ?

— Oui, en effet, fit-elle avec un calme parfait. Il méritait la mort. Il m'a déclaré avoir récupéré le tableau et réclamé un million de francs puisque ça comptait tant pour moi. Je n'avais pas le choix. Je ne savais pas qu'il mentait et qu'il n'avait rien trouvé. C'est pourquoi je l'ai tué avec son propre pistolet. Et alors ? Quelqu'un ici considère-t-il qu'il méritait de vivre ? Il aurait dû être pendu il y a des années. Et il l'aurait été s'il n'avait pas été protégé par le fléau de l'injustice ici présent. »

Elle hocha la tête, l'air absent, puis regarda Flavia comme si elle était la seule personne qui la comprenait vraiment. Que pouvait donc faire d'autre une personne sensée ? semblait-elle insinuer.

« Vous avez dit qu'Ellman vous avait révélé ce qu'il savait sur votre grand-père ?

— Oui. Je ne parvenais pas à le croire. Le grand homme, vous savez. Si droit, si respectable. Et le gouvernement n'avait jamais rien fait à ce sujet...

— Le gouvernement était au courant, bien sûr, interrompit Flavia. C'est pourquoi il a donné *carte blanche*** à Montaillou.

— Je n'étais absolument pas au courant ! » rétorqua Montaillou avec raideur.

Parfait ! Lui aussi se troublait.

« Oui, je vous crois, répondit Flavia. Je pense que vous n'étiez pas au courant. Contrairement à vos supérieurs...

— Schmidt, Ellman, peu importe son nom, poursuivit Jeanne, m'a appris qu'en 1942 grand-père a été arrêté et menacé d'être torturé. Il a immédiatement lâché le morceau. Il n'a même pas essayé de tenir tête. Ellman nourrissait pour lui le plus profond mépris. Il m'a dit que grand-père aurait fait n'importe quoi pour qu'on le laisse partir. Et c'est ce qui s'est passé. En échange de sa liberté, il a offert de donner les noms de tous les résistants qui lui venaient à l'esprit.

« Plus j'y réfléchissais, plus ça paraissait convaincant. Et maintenant vous me dites qu'il existe une preuve. Parfait ! J'en suis ravie. Au moins, ça va dissiper toute incertitude. Je vais pouvoir être assurée de ne pas avoir commis une faute si grave. En tout cas, par rapport à tous les autres. »

Flavia poussa un énorme soupir de soulagement. Mais la satisfaction de pouvoir apporter la preuve de ses allégations lui fut refusée.

« Monsieur Rouxel ? Si vous souhaitez prouver que je me trompe, à vous de jouer. »

Mais Rouxel avait abandonné la lutte lui aussi. Tout comme Flavia, il savait que dorénavant l'existence d'une preuve importait peu. Tous les occupants de la pièce savaient que ce qu'elle avait dit était la vérité.

« Une seule erreur, dit-il d'un ton las après quelque temps. Un seul moment de faiblesse que j'ai passé le reste de ma vie à m'efforcer de rattraper. J'y ai réussi, vous savez. J'ai travaillé dur – sans répit, pourrait-on dire – pour mon pays. C'est ce que devait récompenser ce prix. Et je l'ai bien gagné. Je l'ai mérité. Ça, vous ne pouvez pas me l'enlever.

— Personne ne...

— C'était la douleur. Je ne pouvais pas la supporter. Rien que l'idée. J'ai été arrêté par accident. Un manque de chance ridicule. On m'a remis entre les mains de Schmidt. C'était un horrible individu. Un monstre. Vraiment, je n'avais jamais imaginé qu'il existait des gens de son acabit. Il adorait faire mal. C'était une vocation chez lui. Ce que je ne pouvais pas supporter, c'est de savoir que m'interroger lui procurerait de la jouissance. Et je savais que, tôt ou tard, je passerais aux aveux. C'était le lot de tous. Alors j'ai cédé. Ils m'ont laissé partir – et raconter que je m'étais évadé – en échange de renseignements.

— Était-il réellement nécessaire de collaborer à ce point ?

— Oh oui ! Ils connaissaient mon adresse. Si je ne l'avais pas fait, ils auraient pu venir me cueillir à tout moment. »

Il jeta un coup d'œil alentour pour voir quel effet produisaient ses révélations. Il décida finalement que cela n'avait aucune importance.

« Puis le vent a commencé à tourner. Les Américains avaient débarqué et tout le monde se rendait compte que les Allemands allaient perdre la guerre. J'ai rencontré Schmidt et il m'a proposé un marché. Non que j'ai eue la moindre possibilité de refuser. Il garderait mon secret et moi le sien. Il savait que lorsque les Alliés auraient gagné il deviendrait un homme traqué. On avait besoin l'un de l'autre.

« Ce fut une erreur. Il s'agit de l'entrevue, je suppose, dont avait entendu parler Hartung. Comment il en a eu vent, je ne l'ai jamais découvert. Mais il a eu quelque chose entre les mains : une photo, un journal intime, peu importe. Il a commencé à me traiter bizarrement. Alors Schmidt et moi on a eu une idée. Qui résoudrait tous nos problèmes d'un seul coup. On a concocté un plan selon lequel on mettrait Hartung au courant d'une opération dont l'échec lui serait imputé.

« Juste au moment où tout était mis au point, il est entré dans mon bureau et m'a accusé sans ambages d'être un traître. J'ai nié, évidemment, mais il a dû deviner quelque chose.

— Est-il resté un moment seul dans la pièce ? »

Rouxel haussa les épaules, désormais coopératif, obligeant même.

« C'est possible. C'est peut-être à ce moment-là qu'il a caché sa preuve. Le lendemain il s'est enfui et les Allemands l'ont manqué. Je ne sais pas comment il leur a échappé, mais c'est ce qui s'est passé. Ils ont arrêté tous les autres.

« Il est revenu après la guerre. Ç'a été facile. Comme je travaillais pour la commission, j'ai pu aisément le faire arrêter et préparer le dossier. Mon propre témoignage et celui de sa femme : du béton. Quand je lui ai rendu visite en prison pour l'interroger, il m'a déclaré qu'il attendait impatiemment le procès. Qu'alors il présenterait ses preuves.

« En possédait-il ? Je n'en savais rien, mais il paraissait sûr de lui. Une fois de plus je n'avais pas le choix, voyez-vous. Je ne pouvais pas le laisser faire sa déposition devant le tribunal. C'est pourquoi on l'a retrouvé pendu. De même pour Schmidt : je ne pouvais risquer qu'on lui fasse un procès. Aussi, quand j'ai appris que les Allemands le recherchaient, je l'ai averti et aidé à acquérir une nouvelle identité. Il y a environ dix ans, il a commencé à me faire subir un chantage en règle. Sous prétexte que son fils lui coûtait cher. J'ai bien été obligé de payer.

« Et voilà à quoi tout ça aboutit. Je découvre que j'avais un fils et que ma propre petite-fille l'a fait assassiner. Je ne vois pas quel plus cruel châtiment vous pourriez m'infliger. »

Puis il sombra dans un silence total, et tous les autres se regardèrent en se demandant ce qu'il était désormais souhaitable de faire.

« Il me semble que nous devrions avoir un petit entretien, dit Janet. Je suis certain que vous comprenez que cela crée des problèmes extrêmement graves qui dépassent de beaucoup un simple meurtre. Montaillou peut emmener Mme Armand au commissariat pour un interrogatoire plus approfondi. Quant à vous, Flavia, j'aimerais avoir une discussion avec vous sur plusieurs points. »

Réfléchissant très vite, elle regarda Rouxel. S'il y avait eu le moindre doute dans son esprit, il fut dissipé par le spectacle qu'il offrait. C'était un homme brisé. Toutes ses défenses s'étaient effondrées, toutes ses protestations d'innocence avaient été peu à peu réduites à néant par le récit de Jeanne Armand. Sa vie était finie. Il n'y avait guère de risque qu'il s'enfuie. Et d'ailleurs, s'il s'échappait, quelle importance ? Alors elle acquiesça.

« D'accord. On va dans l'entrée ? »

Tandis que Montaillou, qui avait beaucoup perdu de sa superbe, emmenait la jeune femme, Janet et Flavia, accompagnés d'Argyll, restèrent dans le vestibule pour discuter.

« D'abord, dit le Français, je vous prie d'accepter mes excuses, mais vraiment je n'avais guère le choix.

— Ne vous en faites pas. Bottando est un peu hérissé, mais je suis certaine que ça ne durera pas.

— Bon. Que convient-il de faire maintenant ? telle est la question. Je ne sais pas ce que vous en pensez, mais je crois que des examens adéquats pourraient fort

343

bien révéler que Mme Armand souffre d'un déséquilibre mental.

— Ce qui signifie que vous souhaitez qu'elle soit hospitalisée ?

— Oui. Je pense que ce serait la meilleure solution.

— Ni procès ni publicité ? »

Il hocha la tête.

« Premier stade du processus destiné à étouffer l'affaire... En quoi consiste le second ? »

Il se dandina d'un air gêné.

« Que faire d'autre ?

— Inculper Rouxel ?

— L'affaire est trop ancienne. Quelle que soit la preuve qui se trouve dans ce tableau, il s'est écoulé beaucoup trop de temps. Et puis, pouvez-vous vraiment imaginer que le gouvernement va soutenir l'inculpation d'un homme qu'il a lui-même choisi comme candidat à ce prix ? Alors qu'on risque de découvrir qu'il avait toujours été au courant de son passé ? Dans quelle mesure cette preuve est-elle sans appel ? »

Elle haussa les épaules.

« Il faudra voir. Je doute qu'elle soit désormais vraiment irréfutable. Étayée par le témoignage d'autres personnes, elle aurait pu suffire à faire acquitter Hartung il y a cinquante ans, mais aujourd'hui...

— Par conséquent, il n'y a probablement aucun indice probant. Aucune preuve concrète ? Pratiquement rien à partir de quoi lancer même une vague rumeur ? »

Elle secoua la tête.

« J'en doute. Cependant, vous savez que c'est la vérité. Et l'homme qui se trouve là le sait aussi. » Elle fit un geste vers la porte du bureau de Rouxel.

« Ce que nous savons et ce que nous pouvons prouver sont deux choses différentes.

— C'est vrai.

— On rentre dans la pièce ? »

Elle fit oui de la tête et poussa la porte.

« Je pense que l'heure est venue », annonça-t-elle d'une voix calme.

Elle entendit Janet prendre une brusque inspiration lorsqu'en pivotant sur ses gonds la porte révéla la scène. Dans les affres de la mort, Rouxel supportait la douleur avec dignité. Sur le sol se trouvait une fiole qu'il venait de laisser choir. Il ne fallait pas être grand clerc pour deviner qu'elle avait contenu du poison : l'insecticide qu'il était en train de pulvériser sur ses plantes au moment de l'arrivée de Flavia et d'Argyll. Livide, le bras flasque, il laissait pendre son point serré.

Mais c'est surtout la tête qui captait l'attention : les yeux étaient exorbités et vitreux, mais l'expression était digne et sereine. C'était le visage de quelqu'un qui savait qu'on allait pleurer sa disparition.

Janet s'immobilisa pour contempler la scène puis, soudain furieux, il se retourna brusquement vers Flavia.

« Vous le saviez ! hurla-t-il. Allez au diable ! Vous saviez qu'il allait se tuer ! »

Elle haussa les épaules avec indifférence.

« Je n'avais aucune preuve », répondit-elle.

Puis elle tourna les talons et se dirigea vers la sortie.

20

« Mon Dieu ! s'exclama Bottando. Quel pétrin ! Alors, quelle était cette preuve finalement ?

— Deux photos et quelques notes glissées entre la toile et le fond du cadre. Hartung devait avoir des soupçons et il avait fait suivre Rouxel. Ce témoin a noté les mouvements de Rouxel. En particulier une visite en pleine nuit à un QG allemand et un rendez-vous dans un café avec Schmidt.

— Et vous avez laissé Rouxel se suicider ? Quelle absence de sensibilité ! Cela ne vous ressemble pas. Avec l'âge, vous vous métamorphosez en divinité de la vengeance... »

Elle haussa les épaules.

« Je n'avais pas prévu sa réaction. Mais je ne peux pas dire que ça m'ait beaucoup chagrinée. C'est ce qui pouvait arriver de mieux. En un sens, Hartung était un héros. Il savait que Muller n'était pas son fils. L'allusion dans la lettre écrite aux parents nourriciers le suggère. Mais, en 1940, il est resté auprès de sa femme alors qu'il aurait pu fuir.

Et il a continué à servir de mentor à Rouxel malgré cette liaison.

— Je ne sais pas si je dois vous féliciter ou non.

— Franchement, je préférerais que vous n'en fassiez rien. Cette enquête a été un cauchemar du début à la fin. Tout ce que je veux, c'est l'oublier.

— Ce sera difficile. Je crains qu'il n'y ait des répercussions pendant quelque temps encore. D'abord, nous sommes extrêmement mal vus des services de renseignements. Ensuite, les relations avec ce bon vieux Janet risquent de mettre un bout de temps à se normaliser. Enfin, bien sûr, Fabriano ne vous adressera plus jamais la parole.

— À quelque chose malheur est bon.

— Je ne peux m'empêcher de le plaindre, cependant. Il ne va pas tirer grand profit de cette affaire même s'il va falloir que nous évitions de nous en mêler. Plus important : étant donné que ç'a vraiment été une sale affaire, nous n'allons pas, nous non plus, être chaudement félicités pour notre intervention. Et je pense que ç'a dû être aussi absolument affreux pour Janet. Vous avez vu les journaux ? »

Elle fit oui de la tête.

« Apparemment, on va mettre les petits plats dans les grands... Des funérailles grandioses. En présence du Président de la république. Toutes les médailles sur le cercueil. Je ne peux pas affirmer que j'aurai le courage d'en lire le compte rendu.

— Je comprends. Alors, chère amie. On se remet au boulot ? On essaie de faire semblant que vous êtes toujours sous mes ordres ? »

Elle lui sourit.

347

« Pas aujourd'hui. Je prends l'après-midi. Crise familiale. Et, tout d'abord, je dois écrire une lettre. Ce qui ne m'enchante guère. »

Étonnamment, une fois commencée, la lettre fut très facile à rédiger. Elle mit toutefois une bonne heure à déterminer l'angle d'approche : elle jeta les premiers mots sur le papier, les biffa, refit le début, regarda fixement par la fenêtre. Puis, se vidant l'esprit, elle l'écrivit d'un trait.

> *Chère Madame Richards,*
> *J'espère que vous me pardonnerez le fait de vous écrire, au lieu de venir vous voir en personne, pour vous faire part du résultat de notre rencontre.*
> *Comme vous l'avez peut-être appris par les journaux, Jean Rouxel est mort paisiblement pendant son sommeil il y a quelques jours et sera bientôt enterré avec tous les honneurs, ainsi qu'il sied à un homme qui a bien servi son pays. Il a rendu à la France et même à l'Europe entière d'immenses services dans presque tous les domaines – industrie, diplomatie, politique. Son courage et sa vision ont servi de modèles à toute une génération et continueront à inspirer les générations futures.*
> *J'ai pu m'entretenir brièvement avec lui avant sa mort. Il m'a expliqué à quel point vous aviez compté dans sa vie et il m'a décrit toutes les actions qu'il avait entreprises pour vous sauver. Il ne vous avait jamais oubliée et, malgré le passage des ans, ses sentiments pour vous n'avaient pas changé.*

J'espère que ma lettre vous apportera quelque réconfort. Vous avez terriblement souffert, mais votre sacrifice et votre courage ont protégé un homme qui a pu survivre et apporter énormément à son pays. Et, lorsque son heure est venue, il a eu, grâce à vous, la mort qu'il méritait.

Sentiments dévoués,

Flavia di Stefano

Elle relut la lettre, réfléchit posément, la glissa dans une enveloppe et envoya un planton la poster. Puis elle prit son sac et jeta un coup d'œil sur sa montre en refermant la porte de son bureau.

Ils avaient rendez-vous à trois heures pour visiter leur nouvel appartement et elle allait être en retard. Comme d'habitude.

Robert Daley
Trafic d'influence, 1994
En plein cœur, 1995
La Fuite en avant, 1997

Daniel Easterman
Le Septième Sanctuaire, 1993
Le Nom de la bête, 1994
Le Testament de Judas, 1995
La Nuit de l'Apocalypse, 1996

Allan Folsom
L'Empire du mal, 1994

Dick Francis
L'Amour du mal, 1998

James Grippando
Le Pardon, 1995
L'Informateur, 1997

Colin Harrison
Corruptions, 1995
Manhattan nocturne, 1997

A.J. Holt
Meurtres en réseau, 1997

John Lescroart
Justice sauvage, 1996

Judy Mercer
Amnesia, 1995

Iain Pears
L'Affaire Raphaël, 2000
Le Comité Tiziano, 2000
L'Affaire Bernini, 2001

Junius Podrug
Un hiver meurtrier, 1997

John Sandford
Le Jeu du chien-loup, 1993
Une proie en hiver, 1994
La Proie de l'ombre, 1995
La Proie de la nuit, 1996

Rosamond Smith
Une troublante identité, 1999
Double délice, 2000

Tom Topor
Le Codicille, 1996

Michael Weaver
Obsession mortelle, 1994
La Part du mensonge, 1995

Pour en savoir plus
sur les éditions Belfond
(catalogue complet, auteurs, titres,
extraits de livres),
vous pouvez consulter notre site Internet :

www.belfond.fr

Impression réalisée sur CAMERON par

BUSSIÈRE CAMEDAN IMPRIMERIES

GROUPE CPI

à Saint-Amand-Montrond (Cher)
en avril 2003

Composé par Nord Compo à Villeneuve-d'Ascq

N° d'édition : 3782. — N° d'impression : 032065/1.
Dépôt légal : avril 2003.

Imprimé en France